irolertod

Lena Avanzini lebt als Musikerin, Musikpädagogin und Autorin in Innsbruck. Sie schreibt gern spannende Geschichten für alle Altersstufen. Ihr im Emons Verlag erschienenes Krimidebüt »Tod in Innsbruck« wurde mit dem Friedrich-Glauser-Preis 2012 in der Sparte »Debüt« ausgezeichnet.

LENA AVANZINI

Tirolertod

KRIMINALROMAN

emons:

Bibliografische Information der Deutschen Nationalbibliothek
Die Deutsche Nationalbibliothek verzeichnet diese Publikation in der Deutschen Nationalbibliografie; detaillierte bibliografische Daten sind im Internet über http://dnb.d-nb.de abrufbar.

MIX
Papier aus verantwortungsvollen Quellen
FSC® C083411

Umschlagmotiv: Goldenes Dachl
Umschlaggestaltung: Tobias Doetsch
Druck und Bindung: CPI – Clausen & Bosse, Leck
Printed in Germany 2012
ISBN 978-3-95451-035-1
Originalausgabe

Für meine Schreibschwestern,
die wunderbare Susanne und die fabelhafte Emma,
in Dankbarkeit

»Stirb, Ungeheu'r, durch unsre Macht!«
Die drei Damen in: W. A. Mozart/
Emanuel Schikaneder: »Die Zauberflöte«

JULI

Vorspiel

Der Tag, an dem sie beschlossen, Annas Mann umzubringen, war ein Freitag. Freitag, der dreizehnte. Nicht dass Valentina abergläubisch gewesen wäre. Wenn sie die kommenden Ereignisse jedoch geahnt hätte, nur ansatzweise geahnt, sie hätte sich in ihrer Wohnung eingeschlossen und niemandem geöffnet, schon gar nicht ihren Freundinnen. Hätte es sich mit einem Glas Eistee und einem Schmöker auf dem Balkon gemütlich gemacht und ihrer beginnenden Arthrose im rechten Knie mit Topfenwickeln Paroli geboten. Später hätte sie vielleicht bei dem schnuckligen Studenten im Parterre geklingelt und ihn auf ein Glas Whisky in ihre Wohnung gelockt. Denn einen sechzehnjährigen Lagavulin trank man am besten zu zweit, mit einem pockennarbigen Harleyfahrer oder einem milchgesichtigen Knaben. Da auch der pockennarbigste Harleyfahrer mit der Zeit an Attraktion verlor – das Leben, eine Verschleißerscheinung! –, wäre ihr das Milchgesicht gerade recht gekommen.

Aber Valentina ahnte nichts. Sie saß mit ihren beiden Freundinnen auf dem Balkon und strickte oder versuchte es wenigstens.

Als Marion und Anna mit einem großen Korb voller Wollreste und Stricknadeln aufgekreuzt waren, hatte Valentina die Hände über dem Kopf zusammengeschlagen.

»Stricken? Ich bitte euch! Damit hat mich zuletzt die Zörghuber gequält.« Ihre Handarbeitslehrerin in der Hauptschule, die ebenso grausam wie dürr war und für heruntergefallene Maschen am liebsten die Prügelstrafe eingeführt hätte.

Doch Marion hatte erklärt, dass es um eine gute Sache gehe, nämlich um den Erhalt des Naturschutzgebiets Schlenderer Wiesen. »Wir stricken für eine Protestaktion, die von verschiedenen Umweltschutzbewegungen gemeinsam organisiert wird.«

»Wie muss ich mir das vorstellen? Laufen wir dann alle mit selbst gemachten Beanies herum und halten gestrickte Banner hoch?«

Marion schüttelte den Kopf. »Wir stricken den Eduard-Wallnöfer-Platz ein. Und zwar die Straßenlaternen, die hässlichen Poller, die Bänke, die Denkmäler. Anna und ich waren gestern dort und haben schon Maß genommen.« Sie deutete auf ein Blatt Papier, das mit Zahlenkolonnen vollgekritzelt war. »Wenn wir uns wöchentlich ein- bis zweimal treffen, kommen wir bestimmt gut voran.«

»Nur wir drei?«, fragte Valentina skeptisch.

»Aber nein! Mindestens dreißig Frauen sind beteiligt, und sicher werden es noch mehr.«

»Ein paar Männer sind auch dabei«, ergänzte Anna.

Marion rieb sich kampfeslustig die Hände. »Im August ist eine große Demo geplant. Dann versammeln wir uns vor dem Landhaus und bringen unser Gestricktes an. Dazu gibt's natürlich Action, Musik, Reden und auch einen Protestmarsch durch die Innenstadt.«

»Ich mache Manschetten für die Jungbäumchen«, sagte Anna.

»Damit den mageren Hascherln im Winter nicht kalt wird?«

Marion fuchtelte mit ihrem erhobenen Zeigefinger vor Valentinas Nase herum. Das Zeigefingerfuchteln, eine ihrer Lieblingsgesten als ehemalige Lehrerin, würde sie sich wohl nie abgewöhnen. »Nein. Damit die Schlenderer Wiesen nicht durch den Windpark von Lois Holzgruber verschandelt werden!« Sie betonte »Holzgruber« und sah Valentina scharf an.

Aber sosehr Valentina den Lois – anderer Qualitäten wegen – schätzte, so hielt sie es in diesem Fall eindeutig mit den Umweltschützern. Denn Windturbinen und erneuerbare Energie waren zwar eine wunderbare Sache, aber nicht, wenn dafür eines der größten Tiroler Naturschutzgebiete geopfert werden musste.

»Wer eine Hülle für eine der Bänke stricken will, kann auch eine Parole einarbeiten. ›Intakte Natur statt Energiewirtschaftsdiktatur‹ zum Beispiel.«

»Das ist aber nur für Fortgeschrittene«, warf Anna ein.

»Walli kann sich ja einen kürzeren Spruch ausdenken.«

»›Honigbiene statt Turbine‹ vielleicht? Oder ›Akelei statt Energei‹?«

Marion runzelte die Stirn. »Dann lieber ›Holzgruber raus!‹.«

»Ich fürchte nur, wenn wir den Windpark tatsächlich verhindern können, wird das nicht dem Naturschutzgebiet zugutekommen, sondern Romed und seinem gigantischen Skiarena-Projekt«, sagte Anna. »Und da wäre mir ehrlich gesagt der Windpark noch lieber.«

»Ich dachte, die Skiarena ist aus Kostengründen längst gestorben?«, fragte Valentina.

»Von wegen. So schnell gibt Romed nicht auf.« Anna musste es wissen, immerhin war Romed ihr Mann. »Mehr als zehn Hotelburgen will er bauen, lauter Luxusbunker! Von den Restaurants, Après-Ski-Hütten, Bars, Discos und Liftanlagen gar nicht zu reden.«

»Mach dir keine Sorgen, Anna. Der Windpark wurde bereits vom Landtag beschlossen, den wird Romed nicht verhindern können. Wir leider auch nicht, aber kämpfen tun wir trotzdem!« Marion wandte sich an Valentina. »Wie sieht es jetzt aus, Walli? Was wir vorhaben, hat nichts mit ›Handarbeiten für Hausfrauen‹ zu tun, sondern es ist gestrickter Aktionismus. Bist du mit von der Partie?«

Natürlich hatte Valentina keine Sekunde gezögert und zugestimmt. Und nun saßen die drei also auf Valentinas Balkon, ließen die Nadeln klappern und nippten zwischendurch am Eierlikör, den Anna mitgebracht hatte. Selbst gemacht, mit echtem Cognac.

Marions Musterfleck hatte bereits die Ausmaße eines Bettvorlegers erreicht. Und Anna strickte nicht minder schnell, dabei erzählte sie von dem Film, den sie gestern zum siebzehnten Mal gesehen hatte. »Gilbert Grape« mit dem jungen Johnny Depp, ihrem Lieblingsschauspieler.

Obwohl die Sonne Valentinas Rücken wärmte und der Eierlikör ihren Gaumen cremte, schmolz ihre gute Laune wie Aprilschnee. Schuld waren die Nadeln. Es gelang ihr kaum, in die angeschlagenen Maschen einzustechen und eine Reihe darüber zu stricken. Auf ihrer Stirn bildeten sich Schweißperlen. Sie wischte sie mit dem Blusenärmel weg und plagte sich weiter, während Anna zehn Minuten lang die Form und Farbe von Johnnys Augen beschrieb. Ohne Luft zu holen.

Als Valentina die erste Reihe bewältigt hatte und das Ergebnis begutachtete, ahnte sie, dass da etwas nicht stimmte.

»Lass mal sehen.« Anna beugte sich über Valentinas Werk und schüttelte den Kopf. »Walli, das ist rekordverdächtig. Drei Fehler in einer Reihe!«

Ohne auf Valentinas Protest zu achten, trennte sie alles auf, strickte es neu und gleich drei weitere Reihen dazu. Dann erst gab sie das Strickzeug zurück. »Bitte sehr. Bleib bei rechten Maschen, die sind am einfachsten. Und strick nicht so fest!« Mit einem perfiden Lächeln auf den Lippen beugte sie sich zu Marion hinüber. »Komisch, oder? Wo sie sonst immer so locker ist, unsere Walli. Unser Blumenkind. Kriegt sie es bei harmlosen Maschen nicht hin.«

Marions Oberlippe wölbte sich schadenfroh, und die Haut um ihre Mundwinkel kräuselte sich zu feinstem Plissee. »Wen wundert's? Strickanleitungen hat das Kamasutra nicht zu bieten.«

Die beiden sahen einander an. Marion keckerte, Anna lachte ihr Silberlachen.

Valentina tat, als hätte sie die Lästereien überhört. »Lauter rechte Maschen«, grummelte sie. »Ist das eigentlich politisch korrekt?« Sie hielt die Stricknadeln wie kleine Speere und focht weiter, obwohl sie sie lieber geschleudert hätte.

»Nur nicht aufgeben«, feuerte Marion sie an. »*Make love, not war* – das gilt auch für Wolle.«

Der Faden schnitt in Valentinas Zeigefinger. Vier Maschen, fünf. Dann schob sie das Gestrickte ans Ende der Nadel. Diese knirschte und verbog sich.

Das Geräusch sorgte für einen neuerlichen Lachanfall ihrer Freundinnen.

»Ob sie beim Rendezvous mit ihrem Neuen auch so verbissen guckt?«

Anna wischte sich Lachtränen aus den Augenwinkeln. »Meinst du den mit der schlechten Haut? Der ständig an seiner Maschine rumschraubt?«

»Aber nein, der Harleyfahrer ist längst out. Ich glaube, sie hat jetzt einen Studenten an der Angel. Jünger als ihr Sohn und wohnt hier im Haus.« Marion schielte vergnügt über ihren Brillenrand.

»Praktisch, nicht? Erst Einkaufstaschenschlepphilfe, dann Frischfleischverkostung.«

»Walli, ist das wahr?« Annas Stimme schraubte sich in pubertäre Höhen.

»Könnt ihr noch ein bisschen lauter schreien, damit alle Nachbarn diesen Unsinn mitbekommen?«, zischte Valentina.

»Oh, die fänden das sicher interessant. Wohnt nicht eine Edelnutte hier im Haus? Die könnte einiges von dir lernen.« Marions linke Braue zuckte.

»Vanessa bietet Tantra-Massagen an. Sie wohnt genau unter mir und sitzt bei dem Wetter vermutlich auch auf dem Balkon. Also benehmt euch gefälligst!«

Anna und Marion beeindruckte das wenig. Sie lachten, waren wohl bereits beschwipst.

Valentina warf das Strickzeug hin. »Wisst ihr was? Ich gehe spazieren. Hab eh kein Talent für diesen Nadelsport.« Sie sprang auf.

Anna hielt sie am Arm fest. »Entschuldige, Walli. Wir hätten dich nicht auslachen dürfen. Ein bisschen Übung und bald strickst du wie eine Eins. Wetten?«

Marion schenkte Eierlikör nach. »Sag mal, was machen eigentlich deine Krimipläne?«

»Was?«, fragte Anna. »Walli schreibt einen Krimi, und ich weiß nichts davon?« Sie zappelte wie ein kleines Kind unterm Weihnachtsbaum, das seine Geschenke noch nicht auspacken durfte.

Valentina ließ sich wieder in ihren Korbstuhl sinken. »Ach, das ist nur eine vage Idee.«

»Ist es nicht ein Jugendtraum von dir?«

»Schon.« Sie leerte ihr Glas in einem Zug, sann dem Vanillegeschmack nach und schnalzte mit der Zunge. »Früher habe ich mir immer gedacht: Später schreibst du mal ein Buch.«

»Worauf willst du warten?«, fragte Marion. »Du bist in Rente. Dein ›später‹ hat doch längst begonnen.«

»Als ob das so einfach wäre!« Ausgerechnet Marion, die ehemalige Deutschlehrerin, die seit zehn Jahren eine kleine Buchhandlung betrieb und sich auf Spannungslektüre spezialisiert hatte. Die musste doch wissen, wie schwierig es war, einen Kriminalroman zu schreiben. Einen guten Kriminalroman!

»Träume muss man leben.« Marion nickte. »Sagst du selbst immer.«

»Stimmt, aber …«

»Kein ›aber‹.« Marion war in ihrem Element. Lehrerinnenblick, Lehrerinnenstimme. »War es etwa einfach, allein einen Sohn großzuziehen und nebenbei im Supermarkt zu arbeiten? Na?«

»Nein, war es nicht. Besonders gut habe ich es auch nicht hingekriegt.« Valentina hatte einen Spießer großgezogen, der sich für seine Mutter schämte. Sogar für seinen eigenen Namen schämte er sich. Sie seufzte. »Also gut, ihr habt gewonnen. Ja, ich möchte einen Krimi schreiben. Weil ich erst mitten in der Planung stecke, wollte ich es euch noch nicht erzählen. Bisher weiß ich nicht mal, wer das Mordopfer sein soll.«

Anna klopfte mit ihren Nadeln auf den Tisch wie mit einem Auktionshammer. »Vielleicht können wir helfen?« Ihre Wangen überzogen sich mit roten Flecken, wie immer, wenn sie aufgeregt war. Oder beschwipst.

»Und ob wir das können«, sagte Marion mit dem Gesichtsausdruck einer Gottesanbeterin, die soeben ein ahnungsloses Opfer entdeckt hatte.

»Ihr seid ja betrunken, alle beide.«

Anna kicherte. »Na und? Ein, zwei Promille und es mordet sich viel leichter.«

Marion schob die Ärmel hoch. »Also, meine Lieben, lasst uns Nägel mit Köpfen machen. Wen wollen wir killen?«

»Da der Krimi hier spielen soll, habe ich an eine bekannte Tiroler Persönlichkeit gedacht«, sagte Valentina. »Einen Skispringer vielleicht.«

»Kommt nicht in Frage! Skispringer sind Sympathieträger. Helden! Und wenn du einen Helden um die Ecke bringst, dann werden die Leser dich lynchen.«

»Hm.« Valentina überlegte. »Wie wär's dann mit einem Politiker? Mit dem Landeshauptmann, zum Beispiel.«

Marion schlug die Hände zusammen. »Um Himmels willen, nein! Keine Ausstrahlung, zu schwammig, zu tölpelhaft, zu …«

Valentina stöhnte auf. »Wozu braucht ein Mordopfer eine Ausstrahlung?«

»Das ist doch sonnenklar!« Marion nahm ihre Brille ab und putzte sie. »Wenn du einen konturlosen Langweiler umbringst, reißt das niemanden vom Hocker. Du brauchst eine schillernde Figur, eine erfolgreiche Figur. Einen rücksichtslosen Geschäftsmann, einen Macho, der reihenweise Frauen umlegt. Einen, der immer gewinnt, der immer obenauf ist, einen …«

»Romed«, sagte Anna trocken.

»Romed?« Valentina hätte sich beinahe an ihrem eigenen Speichel verschluckt. »Okay, meine Liebe. Wie du meinst. Dann murksen wir eben deinen Mann ab.« Sie kicherte. Irgendetwas musste in dem Eierlikör sein, das Frauen im Rentenalter in die Pubertät zurückfallen ließ.

»Genial«, sagte Marion.

»Bingo«, sagte Anna.

»Hallo, das war ein Witz! Ich kann doch nicht …«

»Und ob du kannst!« Marion richtete die Spitze ihrer abgestrickten Nadel auf Valentina. »Romed ist erfolgreich, er ist eine schillernde Figur, er ist ein Schwein. Was willst du mehr?«

»Und er hat es verdient.« Annas Nadeln klapperten, als wäre ihnen Mitleid ein Fremdwort. »Und wie er es verdient hat!«

»Also gut.« Valentina holte ein Blatt Papier und einen Stift. »Romed Schatz«, schrieb sie in die Mitte des Blattes und zeichnete ein Kreuz daneben. »Habt ihr Wünsche, was die Todesart betrifft? Soll ich ihn erschießen?«

»Schade um die Kugel. Erschlag ihn lieber.« Etwas Dunkles hatte sich in Annas Stimme gemischt, eine Art unterdrücktes Knurren, das nur einen Sekundenbruchteil anhielt. »Am besten, während er es mit Nadine treibt«, sagte sie wieder im gewohnten Tonfall. Und lachte ihr helles Silberlachen, als hätte sie eben von Johnny-Boy geschwärmt.

Valentina war sprachlos.

»Grandiose Idee.« Marion nickte. »Und da alle Welt weiß, dass er sich jeden Montagabend mit Nadine vergnügt mit der Regelmäßigkeit eines stechuhrgetriebenen Beamten, hast du automatisch zahllose Verdächtige.«

Valentina schrieb und schrieb.

Gemeinsam spannen sie den Plot weiter. Während ihre Freundinnen strickten, kritzelte sie Stichwort um Stichwort auf den Zettel. Bis die Sonne hinter dem Dach des gegenüberliegenden Seniorenheims verschwunden war, hatte Valentina das Blatt auf beiden Seiten mit ihren krakeligen Buchstaben gefüllt.

Sie leerten die Flasche Eierlikör bis auf den letzten Tropfen. Dann verabschiedeten sich Anna und Marion. Anna kicherte und schwankte, Marion hielt sich kerzengerade. Ihr merkte man nie etwas an. Höchstens ihrer geröteten Nase, die dadurch noch spitzer wirkte als sonst und Marions Ähnlichkeit mit Mary Poppins unterstrich, einer in die Jahre gekommenen Mary Poppins allerdings.

»Wenn du eine Testleserin brauchst«, sagte sie mit erhobenem Zeigefinger, »dann melde dich einfach.«

Anna, die bereits im Treppenhaus stand, drehte sich noch einmal um. »Und wenn dein Krimi verfilmt wird, muss Johnny Depp den Kommissar spielen! Dann kommt er für die Dreharbeiten nach Innsbruck, und ich backe Marillenkuchen für ihn. Den unwiderstehlichen Marillenkuchen mit Baisergitter.«

Valentina grinste. »Kommissar gibt's keinen«, murmelte sie und schloss die Tür.

Als sie später das Blatt Papier mit den Plotskizzen suchte, fand sie es nicht. Wo, um alles in der Welt, hatte sie das wieder hingelegt?

Gestern der Wohnungsschlüssel, vorgestern die Lesebrille. Egal, irgendwann tauchte alles wieder auf. Zum Glück hatte sie die Ideen noch im Kopf. Während der Laptop hochfuhr, aß sie ein paar Oliven und ein Käsebrot. Dann setzte sie sich hin und tippte drauflos.

Sie sah die Szene regelrecht vor sich, brauchte sie nur noch aufzuschreiben.

Romed und Nadine, nackt.

Die Schöne, die sich hingibt.

Das Biest, das sie quält; sie demütigt.

Nadine, die fast an ihrer Wut erstickt. An der Wut, die sich über die Jahre aufgestaut hat und plötzlich schwerer wiegt als all die finanziellen Zuwendungen, die das Biest ihr zukommen lässt. Viel schwerer.

Die Skulptur auf dem Nachttisch: »Les Amoureux« von Man Ray. Ein überdimensionaler weiblicher Mund aus Bronze, der zugleich ein liegendes Paar darstellt.

Nadines Arm, der schlanke Arm eines Exmodels, der den Bronzemund ergreift und mit der ganzen über die Jahre aufgestauten Wut zuschlägt.

Einmal, zweimal, dreimal, viermal.

Das Splittern von Knochen.

Die Schöne, atemlos.

Das Biest, erschlafft. Mit Augen, die blind werden.

Als der Prolog fertig war, las Valentina sich alles durch, verbesserte da ein Wort, drehte hier einen Satz um. Dann nickte sie zufrieden und schickte die Datei an Marion.

Eine ehemalige Deutschlehrerin als Testleserin, was konnte sich eine Jungautorin Besseres wünschen?

SEPTEMBER

1

Heisenbergs Rechte zitterte ein wenig, als er sie nach dem Bilderrahmen ausstreckte. Er hauchte das Glas an und polierte es mit einem Stofftaschentuch, das er nur zu diesem Zweck in der Nachttischlade aufbewahrte.

Dann setzte er sich auf die Bettkante und hielt das Bild auf Armlänge vor seine Augen. Es war eine Schwarz-Weiß-Fotografie, an den Rändern schon etwas vergilbt. An den Tag, an dem sie entstanden war, entsann er sich genau. 1971 war das gewesen, am 5. Juni, dem ersten Tag ihrer Hochzeitsreise. So lebhaft war seine Erinnerung, dass er sogar die frühsommerliche Hitze auf seiner Haut spüren konnte. Der Saum von Theas getupftem Sommerkleid flatterte im Wind. Im Hintergrund flogen Tauben auf, deren Flügelschlag er noch im Ohr hatte. Auch die übrigen Geräusche waren in seinem Gedächtnis gespeichert: Stöckelschuhgeklapper, das Rumpeln eines Handwagens über die Pflastersteine, das Klicken von Fotoapparaten und die Ahs und Ohs der Touristen, die über den Markusplatz herfielen. Das Abrufen der Klangkulisse setzte wie immer die Olfaktorik in Gang, ein Zusammenhang, den er nicht begriff, der aber jedes Mal funktionierte. In seinem Hirn legte sich ein Schalter um, und er roch das salzig-fischige Aroma Venedigs mit seinen unverwechselbaren Moder- und Fäulnisnoten. Als er das Foto direkt unter seine Nase hielt, bildete er sich ein, den Honigduft von Theas Haar einzusaugen.

Rasch blinzelte er die aufsteigende Feuchtigkeit weg.

Kruzifixsakrament. Keine Sentimentalitäten jetzt.

Er straffte seine Schultern und blickte ihr in die Augen. Erzählte ihr seinen Tagesablauf. Dass er die Buchsbäume auf ihrem Grab gegossen hatte. Ganz trocken waren sie gewesen, schließlich hatte es seit drei Wochen nicht mehr geregnet. Beim Gießkannenschleppen war ihm der Schweiß ausgebrochen wie den ganzen Sommer über nicht.

»Ich hab dir auch einen Strauß frischer Rosen gebracht. Die

dunkelroten, samtigen, die du am liebsten magst.« Er schluckte. »Ich …«, er rieb sich die Nase, »… muss dir nämlich ein Geständnis machen.«

Theas helle Augen blickten verständnisvoll.

»Letzte Woche habe ich eine Annonce aufgegeben, in der Tageszeitung.« Ermutigt durch ihr mildes Lächeln sprach er weiter. »Es haben sich einige Frauen gemeldet, sogar eine Dreißigjährige war dabei.« Er lachte bitter auf. »Doch alle sind sie nur auf eins aus: auf Geld. Auf eine finanzielle Absicherung. Sie haben sich erkundigt, ob ich ein Auto habe und wie es um meine Pension bestellt ist. Eine hat gefragt, ob ich noch eigene Zähne habe. Und eine andere, ob er mir noch …« Er spürte, wie ihm das Blut ins Gesicht schoss. »Du weißt schon.«

Theas helle Augen blickten verständnisvoll.

»Natürlich war mir von vornherein klar, dass dir keine das Wasser reichen kann.« Er seufzte. »Ich hätte mir bloß ein bisschen Wärme erhofft, ein bisschen Geborgenheit. Ablenkung, damit der letzte Abschnitt sich nicht so zieht.«

Theas helle Augen verschwammen hinter einem Tränenschleier. Verärgert kniff Heisenberg sich in den Schenkel. Er war ein sentimentaler alter Narr, der in Selbstmitleid zerfloss. Widerlich!

Vorsichtig legte er das Bild weg, schnäuzte sich, vorsichtig nahm er es wieder in die Hand. »Bitte verzeih mir. Natürlich habe ich alle Zuschriften verbrannt. Nie wieder werde ich …«

Die Türglocke riss ihn mitten aus dem Satz.

»Kruzifixsakrament!« Wer wagte es, ihn bei seiner Abendunterhaltung mit Thea zu stören?

Er stellte das Bild an seinen angestammten Platz zurück und schlurfte zur Tür. Beim Blick durch den Spion erkannte er den blonden Haarschopf von Wurz. Den konnte er jetzt am allerwenigsten gebrauchen. Er hatte große Lust, einfach nicht zu reagieren. Zu warten, bis Wurz wieder gegangen war.

Aber Wurz ging nicht.

Sturer Hund. Dickköpfig wie ein Kriminalbeamter.

Er ging nicht, sondern begann, mit der Abdeckung des Briefschlitzes zu klappern.

Heisenberg ergab sich in sein Schicksal. Er riss die Tür auf, dass Wurz vor Schreck einen halben Meter zurücksprang. »Hallo, Toni. Was willst denn du schon wieder?«

»'n Abend, Wilfried. Komm ich ungelegen?« Wurz trat verlegen von einem Fuß auf den anderen.

Heisenberg erinnerte sich an den letzten Tag seiner Dienstzeit als Kripochef. Damals hatte Wurz genauso dagestanden, mit gesenktem Kopf und geröteten Wangen. Kurz zuvor war er in einer äußerst gefährlichen Situation von einer Schießhemmung befallen worden, was seiner Meinung nach einem kläglichen Versagen gleichkam. Deshalb wollte er die Konsequenzen ziehen und seine Kündigung einreichen. Heisenberg fuhr ihm über den Mund. Er zerriss den Wisch und machte Wurz stattdessen ein Kompliment zu seiner hervorragenden Ermittlungsarbeit, vermutlich das erste Kompliment, das er ihm überhaupt je gemacht hatte in all den Jahren. In der Folge ließ er seine Beziehungen spielen und setzte durch, dass Wurz, der eigentlich noch zu jung war, zum interimistischen Nachfolger bestellt wurde. Diese Übergangslösung hielt nun schon zwei Jahre an, und Wurz floss über vor Dankbarkeit. Er meinte, sich um seinen alten Vorgesetzten kümmern zu müssen, sah alle paar Wochen nach dem Rechten, und Heisenberg wusste nicht, ob er sich geschmeichelt fühlen oder genervt sein sollte.

»Jetzt komm schon rein«, brummte er und schlurfte voraus in die Küche. Er nahm zwei Flaschen Bier aus dem Kühlschrank. »Gläser kann ich leider nicht bieten, meine Geschirrspülmaschine ist kaputt.« Ein gelbes Lämpchen blinkte andauernd, das Geschirr wurde nicht mehr sauber. Und zum Spülen von Hand hatte er sich schon seit Tagen nicht aufraffen können. Schmutzige Teller mit schimmligen Essensresten, Tassen und Gläser mit dunklen Rändern standen überall herum.

Wurz entfernte mit spitzen Fingern einen Pizzakarton von einem Stuhl und setzte sich. Am Bier nippte er nur. Nach dem üblichen Smalltalk – »Wie geht's?« – »Danke, gut, und selbst?« – begann er auf seinem Stuhl hin und her zu rutschen. Erst auf mehrfache Nachfrage rückte er mit seinem Anliegen heraus: Wann Heisenberg endlich gedenke, sich wieder eine Frau zu suchen?

Der lachte laut auf. Er war wütend über die Einmischung und zugleich gerührt. Wurz schien sich wirklich um ihn zu sorgen. Dass er selbst schon auf dieselbe Idee gekommen und damit baden gegangen war, verschwieg er natürlich. Stattdessen tat er so, als handelte es sich um den abwegigsten Gedanken aller Zeiten. »Geh, Toni, wer soll sich deiner Meinung nach für ein Fossil wie mich interessieren?«

»Aber ich bitte dich! Mit sechsundsechzig Jahren fängt das Leben doch erst an.«

»Mag sein. Aber mit siebenundsechzig, nach zwei Operationen und vier Chemotherapien, ist es fast vorbei.«

Wurz riss die Augen auf, wirkte ehrlich besorgt. »Ich dachte, der Krebs ist ein für alle Mal besiegt?«

»Sagen wir lieber: einstweilen zum Stillstand gekommen.«

»Na prima. Dann hast du noch zwanzig oder mehr schöne Jahre vor dir. Bestimmt gibt es einige Frauen, die nur darauf warten –«

»Meine Pension abzuzocken? Ja, bestimmt.«

Ehe Wurz weitere Argumente auffahren konnte, drehte Heisenberg den Spieß um. »Was macht eigentlich dein Liebesleben, Toni?«

»Ich … ähm … also, da …«

»Da sieht es offensichtlich himmeltraurig aus, dabei liegt deine Scheidung doch schon drei Jahre zurück.« Während Thea erst anderthalb Jahre tot ist, fügte er in Gedanken hinzu.

»Es gäbe da vielleicht … Aber ob sie die Richtige …«

»Na ja, in den Mund fliegt sie einem nicht, die Richtige. Wie die gebratene Taube im Schlaraffenland. Du musst schon selbst aktiv werden.«

»Ich habe sie schon –«

Angesprochen? Geküsst? Für immer vergrault? Heisenberg würde es nie erfahren, denn in diesem Moment piepte Wurz' Handy. Der junge Kripochef nahm den Anruf an, sagte dreimal »Ja« und zweimal »Nein« und beendete das Gespräch. Seinem Gesichtsausdruck nach zu urteilen, war etwas passiert. Etwas Kapitales.

»Ich muss sofort los. Ein Mordfall.« Wurz' Wangen, die gerade noch vor Verlegenheit geleuchtet hatten, schimmerten jetzt blassrosa. In den Augen blitzte Abenteuerlust. Endlich ein Fall, an dem ich mich beweisen kann, schien sein Blick zu sagen. Er verabschiedete sich und stürmte hinaus.

Heisenberg hatte gerade Zeit, aufzuatmen, sich ein Butterbrot zu schmieren, davon abzubeißen und das Fotoalbum hervorzukramen, das er sich allabendlich zu Gemüte führte, um dem Vergessen vorzubeugen. Da läutete es erneut.

Er fluchte. Brotbrösel sprühten in alle Richtungen.

Schon wieder Wurz. Mit roten Hektikflecken im Gesicht. »Mein Wagen springt nicht an!«

»Fährst du immer noch den alten Fiat, diese Rostlaube?«

»Ich habe den ÖAMTC-Pannendienst angerufen, aber das wird dauern, und ich wollte fragen, ob du …«

»Ehrensache. Ich fahr dich hin.« Heisenberg fischte den Autoschlüssel vom Brett und eilte Wurz voran.

Erst als er den Wagen startete, bemerkte er, dass er noch seine Hausschuhe trug.

Unwichtig. Er wurde gebraucht. Und er wunderte sich selbst darüber, dass ihn das tatsächlich zu freuen schien. »Wo ist der Tatort?«

»Wir müssen mitten in die Altstadt, zum Domplatz.«

Als Heisenberg das Blaulicht des Einsatzwagens erblickte, das über die mittelalterliche Häuserfront wischte, sich im Schaufenster von »Nadines Boutique« spiegelte und der Schaufensterpuppe im geblümten Dirndl ins Dekolleté leuchtete, freute er sich noch immer. Einmal über die Tatsache, dass er sich zum ersten Mal in seinem Leben einem Tatort näherte, ohne die kleinste Verantwortung für die Ermittlungen zu tragen, was ihn in einen völlig entspannten Zustand versetzte. Und – zugegeben – ein wenig auch darüber, dass er gleich seine langjährigen Mitarbeiter wiedersehen würde.

Ein Uniformierter, der telefonierend neben dem Streifenwagen stand, winkte ihm freundlich zu, seinen Namen hatte Heisenberg vergessen. Mit forschem Schritt nahte Mitterhofer, der immer noch lang und dünn wie eine Bohnenstange war. Er schien vor Staunen zu erstarren, aber nur einen Herzschlag lang, dann fasste er sich und begrüßte seinen Exchef mit einem Handschlag, ehe er Wurz in Stichworten informierte. »Mordopfer: Romed Schatz, zweiundsechzig Jahre. Stark blutende Kopfwunde, vermutlich erschlagen.«

»Etwa der Immobilien-Schatz?«

Mitterhofer nickte.

Wurz pfiff durch die Zähne. »Was hatte der in der Trachtenboutique zu suchen?«

»Es ist nicht im Laden passiert, sondern in der Wohnung darüber, genauer gesagt im Schlafzimmer der Geschäftsinhaberin. Sie wurde übrigens vom Täter niedergeschlagen.«

»Und sie heißt wie?«

»Na, die Lederer, Toni. Nadine Lederer, das Exmodel. Ein Klasseweib, immer noch.« Mitterhofer küsste seine Fingerspitzen.

Kurz darauf zuckte er unter Heisenbergs missbilligendem Blick zusammen. Der funktionierte also noch immer!

»Ist das nicht die Frau von Berti Lederer, dem ehemaligen Skistar?«, fragte Wurz.

»Genau. Die Frau vom Abfahrtskönig und die Geliebte vom Immobilienkaiser.«

Wurz zog die Brauen hoch und pfiff noch einmal.

»Du schaust wohl nie die ›Seitenblicke‹, was? Dass die beiden was hatten, hab ja sogar ich gewusst«, verkündete Heisenberg aufgeräumt.

Mitterhofer räusperte sich. »Die Staatsanwältin Heidrich wartet oben. Wirkt leicht ungeduldig. Der Notarzt hat den Tod des Opfers festgestellt und die Polizeistreife angefordert. Die Jungs haben die Heidrich und uns informiert. Und den Prantl. Der müsste eigentlich jeden Moment eintrudeln.«

Heisenberg fuhr herum, als ihm jemand grob auf die Schulter klopfte. Bartsch, der Chef der Spurensicherung, reichte ihm und Wurz je ein weißes Päckchen. Dann zwinkerte er. »Willi, alter Junge! Kannst es wohl nicht lassen. Hast Sehnsucht nach uns, was?«

»Servus, Severin. Schön, dich zu sehen. Aber mit meiner Sehnsucht ist es nicht ganz so weit her.« Er gab das weiße Päckchen zurück.

»Du weißt, dass ich dich ohne nicht reinlassen darf.«

»Ich habe nicht vor, den Tatort zu betreten.«

»Was machst du dann hier, wenn ich fragen darf?«

»Taxi spielen. Demnächst werde ich eine Gehaltserhöhung für meinen Nachfolger beantragen, damit er sich endlich einen anständigen fahrbaren Untersatz leisten kann.«

Bartsch verzog den Mund zu einem Grinsen. In dem weißen Einwegoverall sah er wie eine fette Made aus, deren Haut jeden Moment aufzuplatzen drohte. Eine grinsende Made.

Bei dem Gedanken trat Heisenberg rasch zurück. Er gab Wurz zu verstehen, dass er am Wagen auf ihn warten würde.

Gemächlich schlenderte er quer über den Platz. Die funzelige Beleuchtung ließ den Dom kränklich und geschrumpft aussehen. Die fahlgelben Flecken auf der Fassade erinnerten Heisenberg an die Haut seines leberkranken Großvaters. An den Blättern der Bäume riss der Föhn, ihre Schatten tanzten über das Mauerwerk und hauchten ihm Leben ein. Ein Betrunkener torkelte vorbei und erbrach sich vor das Kirchenportal. Wie viele Generationen von Betrunkenen die Türme schon vorübertorkeln gesehen hätten, wenn ihre runden Fenster Augen wären? Heisenberg wurde ein bisschen sentimental. Er hätte Lust gehabt, den Streifenpolizisten um eine Zigarette zu bitten, eine Genusszigarette bloß. Aber seit sein Magen entfernt worden war, rauchte er nicht mehr.

Plötzlich machte sich eine tiefe Genugtuung in ihm breit. Wie übel die Leiche auch aussehen mochte, es musste ihn nicht kümmern. Ekelerregende Anblicke, wie Mordopfer sie meist boten, hatte er ein für alle Mal hinter sich, ebenso wie die schauderhaften Gerüche und Geräusche bei den Obduktionen und die menschlichen Abgründe, die sich bei den damit verbundenen Ermittlungen auftaten. Sollten sich die Jungen damit abquälen!

Schritte näherten sich und rissen ihn aus seinen Überlegungen. »Was für eine angenehme Überraschung!«, rief eine sonore Stimme aus, die ihm nur allzu vertraut war. Mit einem breiten Lächeln kam Prantl auf ihn zu, stellte seinen Koffer ab und reichte ihm die Hand. »Mein lieber Heisenberg, gut sehen Sie aus! So schlank und rank!«

Der Gerichtsmediziner begrüßte ihn so fröhlich, als hätten sie sich zufällig in einem Café getroffen und es stünde ihm nichts Schlimmeres bevor als die Entscheidung, ob er einen Apfel- oder einen Topfenstrudel zur Melange bestellen sollte. Früher hatte Heisenberg allergisch auf Prantls Lässigkeit reagiert. Vielleicht war er auch nur neidisch gewesen, dass der Gerichtsmediziner durch nichts aus der Ruhe zu bringen war, weder durch Babyleichen noch durch den Anblick halb verwester Körperteile.

Heute genoss er die Begegnung. Er lächelte zurück. »Da staunen Sie, was? Krebs ist eben immer noch die nachhaltigste Diät.«

Prantls Kiefer klappten auseinander. Er öffnete und schloss den Mund mehrmals, ohne Töne von sich zu geben, als rezitierte er »Fisches Nachtgesang« von Morgenstern.

Heisenberg beschloss, den Anblick in seinem Gedächtnis festzuhalten. Ein sprachloser Prantl, ein Prantl, der ein Fischgedicht aufsagte, davon würde er noch lange zehren.

2

Überaus erleichtert nahm er zur Kenntnis, dass Heisenberg draußen warten wollte. Der Alte hatte sich als sehr hilfsbereit erwiesen und ihn hergefahren, ohne mit der Wimper zu zucken. Deshalb wäre es Wurz unangenehm gewesen, ihm den Zutritt zum Tatort zu untersagen. Umso besser, dass er von sich aus darauf verzichtete. Die anderen hätten es bestimmt als Einmischung angesehen, Mitterhofer hatte schon so merkwürdig geschaut. Und jedwede Einmischung von außen würde ihm natürlich als Schwäche ausgelegt und untergrübe seine Autorität.

Aber entweder war der Alte sensibel genug, um das zu spüren, oder vollkommen desinteressiert an seinem früheren Beruf. Vielleicht war er auch nur froh, dass er den Toten nicht in Augenschein nehmen musste. Wurz verbiss sich ein Grinsen, als ihm einfiel, dass Heisenberg beim Anblick von Leichen regelmäßig grün im Gesicht geworden war. Und spätestens bei der Obduktion wie ein Reiher gekotzt hatte.

Auch Staatsanwältin Heidrich, sonst eine eiskalte Person, wirkte etwas bleich um die Nase. Wurz wechselte so wenige Worte wie möglich mit ihr. Dennoch versäumte sie nicht, ihm ihre überlegene Bildung unter die Nase zu reiben, indem sie ihn »Herr Wurz« nannte und das »Herr« betonte, während er es nicht gewagt hätte, sie anders als »Frau Dr. Heidrich« anzusprechen. Er senkte den Blick und entdeckte eine Laufmasche, die sich wie ein fetter Wurm über ihr rechtes Schienbein schlängelte. Doch auch diese kleine Genugtuung verhinderte nicht, dass er sich wie ein Schulbub fühlte. Erst als sie den Schauplatz verlassen hatte und er sich seiner Arbeit zuwandte, kehrte seine Selbstsicherheit zurück.

Zunächst versuchte er, sich einen Gesamteindruck vom Tatort zu verschaffen. Der tote Immobilienmagnat lag bäuchlings auf dem Bett, sein rechter Arm hing über die Bettkante, als hätte er sich gerade zu einem erholsamen Nickerchen ausgestreckt. Der solariumgebräunte Körper, der lediglich an den Hüften etwas Speck angesetzt hatte und für einen Mann seines Alters noch recht fit wirkte, sah unversehrt aus. Nur am Hinterkopf klaffte eine tiefe Wunde, die stark geblutet haben musste, denn Leintuch und Bettvorleger waren blutgetränkt. Wurz versuchte, den möglichen Tathergang als Film vor seinem inneren Auge ablaufen zu lassen, genau wie Lieutenant Horatio Caine das immer machte. Er sah das Mordopfer vor sich, das – erschöpft vom Liebesspiel – vollkommen entspannt auf dem Bett lag. Womöglich war es sogar eingeschlafen. Der Täter hatte sich hereingeschlichen und einen harten Gegenstand auf den Hinterkopf des Opfers geknallt. Nach der Form der Wunde und den zahlreichen Blutspritzern an Betthaupt, Nachttisch und Kissen zu urteilen, hatte er mehrfach zugeschlagen. Dem Opfer war es nur noch gelungen, die Augen zu öffnen, dann hatte es – unfähig zu einer Abwehrbewegung – das Bewusstsein verloren und zu guter Letzt sein Leben ausgehaucht.

Wurz nickte zufrieden. So könnte es sich abgespielt haben. Er nahm das Schlafzimmer ins Visier. Trotz der sparsamen Einrichtung wirkte der Raum gediegen und zudem sehr ordentlich. Das Mobiliar bestand aus einem französischen Doppelbett, einem begehbaren Spiegelschrank, der offen stand und den Blick auf diverse Abendkleider freigab, und einer Kommode aus irgendeinem exotischen Holz, Palisander vielleicht. An den Wänden hingen großformatige Bilder. Keine Billigdrucke, sondern Ölgemälde, die wertvoll aussahen, obwohl Wurz nicht allzu viel davon verstand. Krimskrams fehlte völlig. Auf der Kommode standen lediglich ein Parfumzerstäuber und eine Skulptur, beide nicht geeignet, um jemanden damit zu erschlagen.

Wurz kniete nieder und begutachtete die feine Staubschicht auf der Kommodenoberfläche. Sie war vollkommen homogen. Nichts deutete darauf hin, dass ein Gegenstand verschoben oder entfernt worden wäre. Der Mörder musste das Tatwerkzeug also mitgebracht haben und auch wieder damit verschwunden sein.

Während der Kriminaltechniker Sepp Weinreich von allen Seiten Fotos des Opfers schoss, begab sich Wurz in die Wohnküche. Hier setzte sich der ordentliche Eindruck fort: Ein Küchenblock aus mattiertem Edelstahl, der wie neu aussah, ein Esstisch aus Kirsche mit dazu passenden Stühlen, hinter einem Mauervorsprung ein offener Kamin und eine Sitzgarnitur aus cognacfarbenem Leder. Darauf saß eine Blondine, die zweifellos Nadine Lederer sein musste. Ein Mann, auf dessen orangerotem Overall das Wort »Notarzt« prangte, beugte sich über sie und machte sich an ihrem Gesicht zu schaffen.

»Stopp!«

Er wollte gerade ein Pflaster über eine Platzwunde kleben, hielt inne und starrte Wurz perplex an.

»Guten Abend allerseits. Wurz, Kriminalpolizei. Bitte warten Sie noch einen Moment mit dem Verbinden, damit ich die Verletzungen beurteilen kann.«

»Was fällt Ihnen ein?« Der Notarzt hob die Brauen, die jedem Uhu zur Ehre gereicht hätten, und fuhr Wurz an: »Seit wann mischt sich die Exekutive in ärztliche Erste-Hilfe-Maßnahmen? Sind Sie von allen guten Geistern verlassen?«

Die Lederer legte ihren Arm auf den des Arztes. »Schon gut. So schlimm ist es ja nicht.« Sie wandte sich Wurz zu.

Er zuckte zurück, als er den rotvioletten Bluterguss unter ihrem Auge entdeckte.

»Es ist absolut in meinem Interesse, dass die Kriminalpolizei ihre Arbeit machen kann. Bringen Sie das Schwein, das Romed auf dem Gewissen hat, hinter Schloss und Riegel. Das werden Sie doch, Herr Wurz, oder?« Sie schenkte ihm ein Lächeln. Dabei platzte ihre Lippe auf und begann zu bluten.

»Wir tun unser Bestes.« Beinahe hätte er »gnädige Frau« dazugesagt, so sehr beeindruckte ihn die Lederer, die in ihrer Zerbrechlichkeit erstaunlich stark wirkte, gefasst. Mit ihren hohen Wangenknochen und den ebenmäßigen Gesichtszügen sah sie trotz ihrer Verletzungen wunderschön aus. Der Täter hatte sich von ihrem Äußeren jedoch nicht beeinflussen lassen und hart zugeschlagen. Wurz nickte dem Arzt zu, damit er sein Werk vollenden konnte.

»Wollen Sie mir erzählen, was passiert ist?«, fragte er, sobald der Doktor gegangen war. »Wenn der heutige Abend Sie zu sehr mitgenommen hat, können wir das Gespräch selbstverständlich auch morgen in meinem Büro nachholen. In aller Ruhe.«

»Bis dahin habe ich vielleicht schon das Wichtigste vergessen.

Fragen Sie mich nur!« Ihre Hände zitterten, als sie nach einem Glas Wasser griff, aber die Stimme klang ruhig.

»Wie war Ihr Verhältnis zum Toten?«, erkundigte sich Wurz rundheraus.

»Wir hatten eine Affäre. Seit fünf Jahren. Oder sind es schon sechs?«

»Haben Sie ihn geliebt?«

»Nein.« Sie antwortete, ohne zu zögern. Dabei wich sie Wurz' Blick nicht aus. »Romed war nicht die Sorte Mann, die man lieben konnte. Er hatte etwas Menschenverachtendes an sich. Vielleicht, weil er so reich war? Er war es gewohnt, sich alles zu nehmen, was er haben wollte, indem er es einfach kaufte. Egal, ob Frauen, Immobilien oder Macht.«

»Dann haben Sie ihn gehasst?«

»Nein, ganz und gar nicht.« Sie tupfte ihre Lippen mit einem Taschentuch ab. »Unsere Beziehung war rein körperlich. Ich mochte den Sex mit ihm. Außerdem war Romed sehr großzügig.«

»Was verstehen Sie darunter?«

»Seit gut fünf Jahren betreibe ich eine Trachtenboutique und bin recht erfolgreich. Das ist nur möglich, weil die Miete für den Laden und auch für die Wohnung äußerst günstig ist. Das Haus gehört Romed. Ich meine, es gehörte ihm.«

»Weiß Ihr Mann von der Affäre?«

»Berti wusste es von Anfang an. Wir haben keine Geheimnisse voreinander. Romed hat ihn schon unterstützt, als er noch im Skisport aktiv war. Nach dem Unfall hat er Berti ermöglicht, in einem seiner Häuser einen Nachtclub zu betreiben.«

»Um welches Lokal handelt es sich?«

»Das ›Paloma‹ in der Innstraße. Berti zahlt eine sehr geringe Miete.«

»Dann ist Berti … Ihr Mann also nicht eifersüchtig?«

»Dazu hat er keinen Grund. Er weiß, dass ich ihn niemals verlassen würde.« Nadine strich eine Haarsträhne hinters Ohr. »Romed hat mir etwas gegeben, was mein Mann mir nicht mehr geben kann, seit seinem schweren Unfall vor sieben Jahren.«

»Warten Sie, das war in Kitzbühel, nicht wahr?«

»Auf der Streif.«

»Ich erinnere mich. Ein fürchterlicher Sturz. Ihr Mann lag einige Tage im Koma. Hat er nicht eine künstliche Hüfte bekommen?«

»Das stand in allen Zeitungen. Was nicht drinstand: Seit dem Unfall ist Berti auch psychisch verändert. Er leidet an Depressionen. An Schlaflosigkeit. Immer wieder hat er mit Panikattacken zu kämpfen. Und … er ist impotent.«

Wurz versagte es sich, durch die Zähne zu pfeifen. »Frau Lederer, erzählen Sie mir, wie der heutige Abend verlaufen ist.«

»Romed ist kurz vor fünf in der Boutique aufgetaucht, wie jeden Montag. Ich habe den Laden dichtgemacht, und wir sind in die Wohnung gegangen. Ins Schlafzimmer. Wir hatten Sex. Danach ist er eingeschlafen, wie immer.«

»Wann war das?«

»Vielleicht um Viertel nach fünf? Ich bin nicht sicher.«

Schnelle Nummer, dachte Wurz. Das verstand ein Klasseweib wie die Lederer also unter gutem Sex? Und Lisbeth hatte ihm immer vorgeworfen, dass er … Dabei …

Er schüttelte den Kopf. *Frauen!*

»Vielleicht war es auch zwanzig nach fünf. Jedenfalls wollte ich gerade aufstehen und ins Bad gehen, als jemand die Schlafzimmertür aufriss. Ich war wie gelähmt vor Schreck. Konnte mich nicht bewegen.«

»War der Jemand ein Mann oder eine Frau?«

»Ich würde sagen, ein Mann. Er trug Jeans und einen dunklen Parka, außerdem Handschuhe. Sein Gesicht habe ich nicht gesehen, weil er eine schwarze Mütze mit Sehschlitzen aufhatte. Wie heißen diese Mützen gleich? Eine Baladingsbums.«

»Eine Balaklava?«

»Genau.«

»War er groß, dick, klein, dünn?«

»Größer als ich. Mindestens eins achtzig. Und ziemlich kräftig.«

»Augenfarbe?«

»Keine Ahnung. Ehe ich Luft holen und schreien konnte, verpasste er mir einen Faustschlag ins Gesicht. Mir wurde schwarz vor Augen, und ich ging zu Boden. Als ich wieder aufwachte, war Romed blutüberströmt und der Vermummte weg.« Ihre Stimme flatterte. Hoffentlich würde sie ihm jetzt nicht zusammenklappen.

»Ich habe mindestens eine Viertelstunde gebraucht, bis ich es geschafft habe, einen Notruf abzusetzen. Zuerst konnte ich das Handy nicht finden. Dann habe ich mich fünf Mal vertippt. Als der Notarzt endlich da war, hat er Romeds Tod festgestellt und die Polizei verständigt.«

»Wo war Ihr Mann zu dieser Zeit?«

»Bei seinen Eltern. Er hat unseren Sohn dort abgeliefert.«

»Wie jeden Montag?«

»Nein, das war nicht immer so. Aber vor Kurzem wurde bei Bertis Mutter Brustkrebs diagnostiziert. Seither will sie ihren Enkel möglichst oft sehen.«

»Ist er denn ... ich meine, ist er wirklich ihr Enkel?«

»Ja.« Nadine sah Wurz so lange in die Augen, bis er den Blick abwenden musste. »Berti ist der Vater meines Sohnes. Ohne jeden Zweifel.«

Wurz vernahm ein Poltern. Wenig später stürmte ein blonder Hüne herein mit einem Gesichtsausdruck, als wollte er alles kurz und klein schlagen. Oder sich mit Skiern einen senkrechten Steilhang hinunterstürzen. Dann begann ein Muskel in seinem Gesicht zu zucken. Der Hüne schluchzte auf und warf sich in Nadines Arme.

Argwöhnisch beobachtete Wurz die Begrüßung des Ehepaars. Entweder sie liebten sich wirklich, oder es waren veritable Schauspieler an ihnen verloren gegangen.

Berti Lederer behauptete, direkt aus Fulpmes zu kommen, wo seine Eltern wohnten. Seinen Sohn hatte er dort gelassen, er würde bei den Großeltern schlafen.

Wurz bat ihn, so bald wie möglich in sein Büro zu kommen. Mit dem Jungen. Er bat auch um eine Liste mit eventuellen Feinden des Opfers und um eine Überprüfung, ob in der Wohnung etwas fehlte. Dann verabschiedete er sich rasch. Die Lederer wirkte nun doch ziemlich bleich. Kein Wunder. Bei dem, was sie mitgemacht hatte, wären robustere Frauen zusammengeklappt.

Ehe Wurz ging, schaute er noch einmal ins Schlafzimmer. Spusileute sprühten den Parkettboden mit Luminol ein. Einer steckte den Bettvorleger in eine Tüte. Prantl war fertig mit der Erstuntersuchung und packte sein Instrumentarium zurück in den Koffer. Zur Todesursache wollte er sich nicht äußern. Lächerlich! Die klaffende Kopfwunde sprach doch Bände.

»Spekulationen liegen mir nicht, ich halte mich an Fakten«, sagte er mit seinem obligaten Lächeln. »Morgen um halb neun in uns'ren heil'gen Hallen. Nach der Obduktion wissen wir mehr.«

Wurz nahm es zur Kenntnis. Nach der Todeszeit wollte er gar nicht erst fragen. Doch siehe da, Prantl schien sich bereits sicher zu sein. Er schüttelte die herabhängende Rechte des Toten. »Schlaff, sehen Sie? Warm ist er auch noch. Also kann es nicht länger als drei Stunden her sein.«

Wurz zückte sein Handy. Drei Minuten nach acht. Die Todeszeitbestimmung des Gerichtsmediziners passte also zu den Angaben der Lederer.

Vor der Wohnungstür stieß er auf Weinreich, der das Schloss fotografierte.

»Wurde die Tür aufgebrochen?«

Weinreich nickte. »Ja mei. Das war fei ein Dilettant.«

»Interessant, Sepp. Ciao, bis morgen.«

»Pfiati, Toni.«

Wurz trat auf den Domplatz hinaus und atmete tief durch. Als er Heisenberg entdeckte, winkte er ihm zu. Die gute Laune des Alten war verflogen. Vermutlich hatte ihm die Warterei zu lang gedauert.

»Wo soll ich dich jetzt hinfahren?«, knurrte er. »Zu dir nach Hause? Oder brauchst du was aus deinem Auto?«

»Es ist mir zwar furchtbar peinlich. Aber dürfte ich dich um einen weiteren Gefallen bitten?«

»Lass mich raten: Du musst der Witwe des Opfers einen Besuch abstatten.«

»Natürlich könnte mich Mitterhofer hinbringen, aber er befragt gerade einige Nachbarn. Und Tappeiner ist krank.«

»Welcher Tappeiner?«

»Unser Neuzugang. Revierinspektorin Selma Tappeiner.«

»Oho! Ihr habt eine Revierinspektorin bekommen. Das hast du mir ja gar nicht erzählt! Ist sie hübsch? Tüchtig?«

»Sie liegt mit Magen-Darm-Grippe im Bett.« Darauf konnte der Alte lange warten, dass er ihm Selma beschreiben würde. Schlimm genug, dass die Frau ihn bis in seine Träume verfolgte. Ihre unergründlich dunklen Augen. Die gebogenen Wimpern, die Lippen so voll, so weich, wobei Letzteres natürlich eine reine Vermutung war.

Heisenberg klopfte Wurz auf den Rücken. »Selbstverständlich fahre ich dich zum Haus von Schatz. Du musst schließlich die Ehefrau informieren.«

»Wie ich das hasse«, flüsterte Wurz. Das war das Schlimmste an seinem Beruf. Schlimmer als jede Obduktion. Schlimmer als jeder Anruf des Polizeipräsidenten.

»Wenn du willst, sage ich es ihr«, schlug Heisenberg vor. Seine Knurrigkeit schien verflogen zu sein.

Und obwohl alles in Wurz gegen die Einmischung des Alten aufbegehrte – Was würde Selma dazu sagen, wenn sie davon erführe? Er wäre unten durch. Als Chef, und als Mann sowieso –, obwohl sämtliche Alarmglocken losschrillten und ihn ermahnten, seiner Pflicht als interimistischer Chef des Tiroler Landeskriminalamts nachzukommen und das Heft in die Hand zu nehmen, sagte er zu. Äußerst dankbar. Und überaus erleichtert.

3

Sie wanderte vor der Haustür auf und ab. Klingelte zum dritten Mal, wartete und lauschte. Nichts. Musste sie sich Sorgen machen? Normalerweise stand Anna um diese Zeit in der Küche und bereitete das Abendessen vor.

Valentina wartete noch ein, zwei Minuten, dann wandte sie sich enttäuscht zum Gehen.

Als sie in die Kaiserjägerstraße einbog, stieß sie mit einer dunkel gekleideten Frau zusammen, die mit gesenktem Kopf und Riesenschritten um die Ecke stürmte und Valentinas Schulter rammte. »Aua!«

»Verzeihung!« Entgeistert starrte die Frau sie an. »Walli, du? Was machst du denn hier?«

»Ich wollte dich besuchen. Wann legst du dir endlich ein Handy zu?«

»Wieso rufst du nicht vorher auf dem Festnetz an?«

»Weil du doch sonst um diese Zeit verlässlich zu Hause bist.«

»Ich war einkaufen.«

»Was du nicht sagst!« Anna ging nie zu Fuß einkaufen, weil sie die Schlepperei hasste. Außerdem hatte sie gar keine Einkaufstasche dabei.

»Ich wollte Tofu besorgen. Also war ich im Naturkostladen um die Ecke.«

»Und wo ist er jetzt, dein Tofu?«

»Er war aus. Im Reformhaus auch. Und in der Drogerie haben sie mir die Tür vor der Nase zugesperrt. Es war eine Minute nach sechs.« Sie seufzte, als käme der fehlende Tofu einer mittleren Naturkatastrophe gleich.

»Seit wann isst du dieses Zeug?«

»Den brauche ich für Romeds Diät. Er wird Gift und Galle speien, wenn ich ihm nicht vorsetze, was auf seinem Speiseplan steht.« Anna fuhr sich durch die Haare. »Er hält sich eisern an die Vorschriften seines Ernährungsberaters. Und heute ist asiatische Gemüsepfanne mit Tofu an der Reihe.« Ihre Stimme kippte.

»Jetzt beruhige dich erst mal. Ich lade mich einfach zu dir zum

Abendessen ein, dann wird er sich hüten, einen Aufstand zu machen.«

»Das würdest du tun?« Anna schluchzte auf und ließ sich in Valentinas Arme fallen.

Valentina verdrehte die Augen. Sie konnte es nicht fassen, dass eine erwachsene Frau sich derart drangsalieren ließ. »Wann trennst du dich endlich von ihm?« Sie drückte Anna fest an sich und strich ihr immer wieder über das Haar.

»Du weißt, dass das nicht geht. Laut Ehevertrag gehört mir nichts. Ich stünde auf der Straße ohne einen müden Cent.«

»Du kannst bei mir wohnen, bis du etwas Eigenes gefunden hast.«

Anna befreite sich aus der Umarmung und zupfte am Revers ihres Mantels herum. »Und wovon soll ich leben? Von deiner Mindestrente?«

»Du suchst dir einen Job.«

»Mit zweiundsechzig? Lächerlich! Außerdem würde Romed mir das Leben zur Hölle machen. Er will sich nun mal nicht scheiden lassen.«

»Natürlich nicht, weil du ihn hinten und vorne bedienst und dich demütigen lässt. Ach, ich versteh das nicht. Wo bleibt dein Stolz?«

»Bitte, fall jetzt nicht auch du noch über mich her.« Tränen kullerten über Annas Wangen.

Valentina lenkte ein. »Komm, gehen wir zu dir. Dann übernehme ich das Kochen. Ich habe auch schon eine Idee.«

In Annas Küche mischte sie Topfen mit Mehl und etwas Gelatine, gab Salz und frische Kräuter dazu und verrührte das Ganze. Dann presste sie die Masse in eine Kastenform und stellte sie kühl.

Während der falsche Tofu fest wurde, bereitete sie einen deftigen Gemüseeintopf mit roten Linsen und Curryreis zu. Gleichzeitig erzählte sie Anna von ihrem verpfuschten Krimianfang. Marion hatte endlich Zeit gefunden, den Prolog zu lesen. Und sie hatte ihn nicht nur mit kritischen Kommentaren versehen, sondern regelrecht durch die Mangel gedreht, zerrissen, kein gutes Haar daran gelassen. Valentina war zutiefst enttäuscht und hatte sich von Anna Trost erhofft. Nur deshalb war sie eigentlich hergekommen.

»Zu viele Adjektive, Schachtelsätze, Perspektivfehler. Und das Hauptproblem: Ich habe schon ganz am Anfang viel zu viel verraten. Kurz gesagt, das Ganze taugt nichts.«

»Hm«, sagte Anna und rührte im Reis.

»Glaubst du, Marion hat recht?«

»Bestimmt.«

Valentina ließ vor Enttäuschung den Kochlöffel fallen. »Dann kann ich das Schreiben gleich aufgeben.«

»Genau, mach das.« Anna kostete die Linsen und würzte sie nach. Plötzlich sah sie auf. »Wen willst du aufgeben?«

»Du hörst mir überhaupt nicht zu!« Valentina nahm die Topfenmischung aus dem Kühlschrank. Besser, sie erzählte ein anderes Mal von ihrer kriminalschriftstellerischen Schlappe. Mit Anna war nichts anzufangen, so nervös und fahrig wirkte sie. Valentina kippte den Tofuersatz aus der Form. Er bibberte wie Wackelpudding, sah aber ansonsten sehr appetitlich aus. Mit einem scharfen Messer schnitt sie ihn in Scheiben und marinierte diese mit Sojasauce.

Anna kostete. Ihre Stirn legte sich in Falten. »Niemals! Nie wird Romed das für Tofu halten. Es schmeckt viel zu gut.«

»Wir sagen ihm, dass es sich um ein Spezialrezept aus Indien handelt. Wenn er weiß, dass ich das Essen zubereitet habe, wird er es ohnehin über den grünen Klee loben. Schon, um dich damit hintanzusetzen.«

»Da könntest du allerdings recht haben.« Allmählich entspannte Anna sich ein wenig. Sie holte eine schmale Flasche aus dem Kühlschrank. Der Inhalt war dickflüssig und vergissmeinnichtblau.

»Aparte Farbe. Was ist das?« Voller Vorfreude schnalzte Valentina mit der Zunge.

»Lavendellikör.« Annas selbst gebackene Kuchen übertrafen die feinsten Konditoreikreationen, aber ihre alkoholischen Obst- und Kräuterelixiere waren legendär. »Komm, den haben wir uns verdient.«

Sie setzten sich ins Wohnzimmer.

»Wir könnten ja stricken, bis Romed nach Hause kommt«, schlug Valentina vor. Etwas Übung hatte sie dringend nötig. Außerdem würde sie der Kampf mit den Nadeln von ihrem Krimifrust ablenken.

Anna war einverstanden. »Aber wenn er kommt, räumen wir die Stricksachen sofort weg, okay?«

»Hat er dir etwa den Umgang mit Nadeln verboten?«

»Wenn er herausfindet, dass es um eine Protestaktion der Naturschützer geht und dass ich dabei meine Finger im Spiel habe, dann ist die Hölle los. Und ich mag gar nicht daran denken, was passiert, wenn er erfährt, dass Lisa sich die ganze Geschichte ausgedacht hat. Und sie mitorganisiert.«

Die unkonventionelle Lisa, die immer abstruse Einfälle ausbrütete und der Dorn im Auge ihres Vaters war. Wie stolz wäre Valentina auf so eine Tochter gewesen. Oder wenigstens auf so eine Schwiegertochter. »Das müssen wir ihm ja nicht auf die Nase binden.«

»Er hat einen Riecher für so was. Die Skiarena ist sein Herzensprojekt. Ich möchte nicht wissen, was er unternommen hat, um Lois Holzgruber auszubooten. Dabei war der Windpark beschlossene Sache.«

Valentina nickte. »Wir haben ja schon wochenlang gegen die Windturbinen angestrickt. Nur gut, dass wir keine Parolen eingearbeitet haben, sonst könnten wir alles auftrennen.« So hatten sie die Protestaktion einfach verschoben und richteten ihre ganze Energie und Maschenwut gegen Romed und seine Mitstreiter, die Skiliftgesellschaften, Tourismusbeauftragten und Bürgermeister der betroffenen Skiorte.

»Romed ist jedenfalls äußerst hellhörig, was den leisesten Gegenwind betrifft.«

»Umso mehr sollten wir unsere Strickaktion vorantreiben. Der Windpark wäre ja schon schlimm genug gewesen. Romeds Projekt ist eine absolute Katastrophe.« Für das Naturschutzgebiet, die Finanzen, die Umwelt, die nächste Generation. Und ob man die Skigebiete im Ginzertal und Schrofnertal, die sich wirtschaftlich nicht mehr lohnten, durch den Ausbau zu einer gigantomanischen Skiarena sanieren könnte, stand in den Sternen. Vermutlich würde sich die Pleite höchstens um ein paar Jährchen hinauszögern lassen.

Valentina leerte ihr Glas. Der bittersüße Likör wärmte sie von innen. Als sie derart gestärkt zu den Nadeln griff, gelang ihr auf Anhieb ein halbwegs lockerer Maschenanschlag. Nach fünf fehlerlosen Reihen – Anna hatte inzwischen zwei Rechtecke in Schallänge vollendet – begann allerdings ihr Magen zu knurren. »Wann kommt dein Haustyrann endlich? Ich habe einen Mordshunger.«

»Eigentlich sollte er längst da sein. Aber montags ist er ja immer bei Nadine, das kann schon mal später werden.«

»Ich verstehe nicht, wie du das aushältst! Ich würde ihm …«

Es läutete.

»Das wird er sein!«

»Und wieso klingelt er? Damit du ihm wie ein Lakai die Tür aufmachst und vielleicht noch die Pantoffeln apportierst?«

Anna seufzte. »Vielleicht hat er den Schlüssel verlegt?« Sie sprang auf, strich ihren Rock glatt und eilte hinaus.

Kurz darauf kam sie mit zwei Herren wieder, die Valentina noch nie gesehen hatte. Der jüngere war blond, zerzaust und nicht unattraktiv. Der ältere hatte Hängebacken und eine Knollennase. Die wenigen Haare glichen fettigen Schnüren, die an der Kopfhaut festklebten. Sein Hemd war vollgekleckert, vermutlich mit Eigelb. Valentina traute ihren Augen nicht, als ihr Blick auf seine Füße fiel. Die steckten in Hausschuhen aus Filz. Ausgelatscht und ebenfalls voller Flecken. Sie wollte lieber nicht wissen, ob es sich dabei auch um Eigelb oder um das Ergebnis eines Pissunfalls handelte. Sie schüttelte sich.

Die beiden stellten sich als Wurz und Heisenberg von der Kriminalpolizei vor. Valentina hatte keine Zeit, sich über die Tatsache zu wundern, dass die Kripo überalterte Pantoffelhelden beschäftigte. Ihr erster Gedanke galt Lisa. Hatte Annas aufmüpfige Tochter irgendetwas ausgefressen? Etwas von krimineller Tragweite? Gespannt wanderte ihr Blick vom jungen zum alten Beamten und wieder zurück.

Aber die beiden sagten nichts. Sie setzten sich und schwiegen. Der Junge hielt den Blick gesenkt, vielleicht betrachtete er eine

Unregelmäßigkeit in der Maserung des Holztisches. Der Alte starrte Valentina an, als hätte er eine Vision. Allmählich wurde sie unruhig. Stimmte etwas mit ihrem Haar nicht? Sie fuhr sich durch die Locken. Sofort ärgerte sie sich über diese typisch weibliche Verlegenheitsgeste. Von so einem ungepflegten Kerl würde sie sich nicht verunsichern lassen, nur weil er von der Polizei war. Also starrte sie wütend zurück, bis er wegschaute.

»Haben die Herren von der Exekutive etwas auf dem Herzen?« Ihre Stimme troff vor Hohn. »Oder hat Ihnen der Duft des Lavendellikörs die Sprache verschlagen?«

Das Gesicht des jungen Kriminalbeamten begann pinkfarben zu leuchten. »Frau Schatz, wir … wir müssen Ihnen leider sagen, dass …« Seine hohe Stimme passte nicht zum markanten Bergbauerngesicht. »Dass … ähm …«

Bedauernswert. So wenig eloquent und mit einer Fistelstimme geschlagen.

»Wir haben leider eine schlechte Nachricht, Frau Schatz«, sagte nun der Alte. »Ihr Mann ist tot. Es tut mir sehr leid.«

»Was?« Valentina keuchte. »Romed ist … Aber wie …«

»Er wurde ermordet.«

Sie riss die Augen auf. Hoffentlich hatte sie sich verhört. »Ermordet?«

»Erschlagen. In der Wohnung der Familie Lederer.«

Bei den Worten »erschlagen« und »Lederer« dröhnte ihr Kopf, als hätte er sich in einen Gong verwandelt und würde soeben mit einem Schlägel traktiert. Das Blut rauschte in ihren Ohren. Sie musste ein paarmal durchatmen, bis sie ihre Fassung wiederfand. Sie schluckte. Dann blickte sie zu Anna, der man nicht ansah, ob sie das Gehörte verstanden hatte oder nicht.

»Anna-Schätzchen, bist du okay?« Valentina griff nach ihrer Hand.

Aber Anna entzog sie ihr. Wie eine Schlafwandlerin stand sie auf und wackelte hinaus.

»Wo willst du denn hin?«

»Kinder. Anrufen«, sagte sie tonlos. Sie wankte.

Valentina eilte ihr hinterher und bekam sie gerade noch zu fassen, ehe sie umkippte. Sie stützte Anna und führte sie zum Sofa.

Den Beamten mit der Fistelstimme scheuchte sie weg. »So, meine Liebe. Du legst dich jetzt hin. Ich werde Lisa und Oliver verständigen.« Sie half Anna, sich auszustrecken, und deckte sie mit einem Plaid zu. »Aber vorher rufe ich euren Hausarzt an.«

»Wir hätten da noch einige Fragen«, meldete sich die Fistel, ehe Valentina ihr Handy zücken konnte. »Wussten Sie, dass Ihr Mann eine Geliebte hatte, Frau Schatz?«

Valentina starrte ihn an. »Was fällt Ihnen ein?«

»Und wo waren Sie zwischen siebzehn und achtzehn Uhr?«, fragte er ungerührt weiter.

»Sehen Sie nicht, dass meine Freundin kurz vor einem Nervenzusammenbruch steht?« Valentina schnaubte vor Zorn. »Anna braucht jetzt Ruhe und einen Arzt. Wenn Sie nicht augenblicklich gehen, werden wir Sie wegen Hausfriedensbruch verklagen.« Sie wusste nicht, ob Hausfriedensbruch das passende Vergehen war, aber es klang beeindruckend. »Der Anwalt der Familie Schatz ist einer der besten von Innsbruck«, fügte sie zur Sicherheit hinzu.

»Überlassen Sie es doch Frau Schatz, ob Sie antworten möchte oder nicht. Schließlich geht es hier um Mord.«

Valentina senkte ihre Stimme zu einem Flüstern. »Sie verlassen sofort dieses Haus, oder ich sorge dafür, dass Sie die längste Zeit Kriminalbeamter gewesen sind.«

»Nicht Kriminalbeamter, Kripochef«, korrigierte der Alte. »Sie versuchen gerade, den Chef des Tiroler Landeskriminalamts vor die Tür zu setzen.« Dabei grinste er, als wäre er kein Polizist, sondern ein Verrückter, der aus einem Heim ausgebüxt war und vergessen hatte, Schuhe anzuziehen.

»Und wenn Sie der Kaiser von China und sein Hofnarr wären, würde mich das nicht beeindrucken. Hauptsache, Sie gehen jetzt.«

War das ein Anflug von Schmunzeln im Gesicht des Alten? Jedenfalls erhob er sich, packte den angeblichen Kripochef am Arm und trat mit ihm den Rückzug an. In der Diele drehte er sich noch einmal zu Valentina um. »Verzeihen Sie unser Vorpreschen. Aber ein Kapitalverbrechen erfordert schnelles Handeln seitens der Kripo. Trotzdem können wir das Gespräch mit Frau Schatz selbstverständlich morgen fortsetzen, wenn es ihr wieder besser geht.« So ungepflegt der Alte war, er sprach wenigstens in ganzen Sätzen. »Komm, Toni.«

Als die beiden endlich weg waren, lehnte Valentina sich erschöpft an die Tür und drückte ihre Stirn an das kühle Holz.

Ihr Herz hämmerte gegen die Brust, als wollte es den Brustkorb sprengen. Schwindel erfasste sie.

Romed war tot. Tot!

Fragen über Fragen brannten ihr auf der Zunge.

Warum hatte er nicht einen Infarkt bekommen, wie so viele erfolgreiche Männer in seinem Alter?

Warum war sein Herz nicht einfach stehen geblieben, während er es mit Nadine trieb? Der Orgasmus war ja gewissermaßen der kleine Bruder des Todes, wäre das nicht eine weit angenehmere und würdigere Art gewesen, den Löffel abzugeben?

Nein, dieser Idiot musste sich umbringen lassen.

Schlimmer noch. Trotz der vielen Todesarten, die es gab – er hätte schließlich erschossen, erhängt, vergiftet, verbrannt, erwürgt oder gepfählt werden können –, musste er sich ausgerechnet erschlagen lassen. Erschlagen mit irgendeinem Gegenstand, womöglich einer Skulptur, genau wie Valentina es sich mit der Hilfe ihrer Freundinnen für ihren Krimiplot ausgedacht hatte.

Sie wanderte unruhig in der Diele des Hauses Schatz auf und ab. Was hatte das zu bedeuten?

Die Antwort lag ihr auf der Zunge. Sie schluckte sie schnell hinunter, um sich gar nicht erst damit auseinandersetzen zu müssen. Aber wie ein zu großer Brocken blieb sie ihr im Hals stecken. Und während Valentina auf Dr. Mariacher, Annas Hausarzt, wartete, erstickte sie fast daran.

4

Wie in Trance stapfte Heisenberg die Treppe hoch, sperrte auf, trat ein, warf die Tür zu. Erst das Schnappen des Schlosses brachte ihn wieder zu sich.

Endlich zu Hause. Was für ein Tag!

Sein Kopf schmerzte. Es war nicht der übliche dumpfe Kopfschmerz, wie ihn Muskelverspannungen des Nackens auslösten, sondern ein metallisches Dröhnen. Als hätte ihm jemand mit Wucht eine Bratpfanne über den Schädel gezogen. Er wankte in die Küche und suchte nach einem sauberen Glas. Fand keines. Stellte zwei senfverschmierte Teller mit einer angebissenen Wurst zur Seite, grub einen Kaffeebecher aus und säuberte ihn. Dann füllte er ihn mit kaltem Wasser und spülte damit eine Kopfschmerztablette hinunter, obwohl ihm Kopfschmerztabletten üblicherweise nicht gut bekamen.

Ach was, dachte er. Was sollte das seinem Magen schon groß ausmachen? Seinem nicht mehr vorhandenen Magen!

Nach einiger Zeit ging es ihm tatsächlich besser, er konnte wieder klar denken.

Was war nur passiert, dass ihm wie einem Parkinsonkranken die Hände zitterten?

Warum das Herzklopfen? Warum der Schweißausbruch, der ihn dazu brachte, sich das Hemd auszuziehen? Einen Moment später fröstelte ihn, und er zog es wieder an.

Rastlos wanderte er durch die Wohnung. Im Schlafzimmer fiel sein Blick auf die Fotografie.

Theas helle Augen blickten verständnisvoll.

Instinktiv zuckte seine Hand vor und griff nach dem Bild. Er ließ sich auf das Bett sinken. Das Schwarz-Weiß-Foto begann zu verschwimmen, als würde die venezianische Luft vor Hitze flimmern.

Plötzlich sah er ein anderes Gesicht vor sich, in Farbe: grünbraune Augen, rotes lockiges Haar bis zu den Schultern; volle Lippen mit Fältchen drum herum, die das Leben geschrieben hatte. Theas zierliche Gestalt begann sich aufzublähen, wurde kurvig, um nicht zu sagen üppig, ihr geblümtes Sommerkleid verwandelte sich in flaschengrünes Leinen.

Valentina Gasser sah ihn an.

Ihr Lächeln war spöttisch und herablassend.

Heisenberg ließ das Bild fallen, als hätte er sich verbrannt. Mit einem Knacken schlug es auf dem Boden auf. Als er es aufhob, blickte Thea – denn jetzt sah er wieder seine Frau am ersten Tag ihrer Hochzeitsreise vor sich – nicht mehr verständnisvoll. Feine Sprünge zogen sich wie ein Spinnennetz über die Glasscheibe, und die Augen dahinter wirkten – zornig? Enttäuscht? Schadenfroh?

»Was bin ich doch für ein alter Trottel!«

Er legte das Bild verkehrt herum auf den Nachttisch. Morgen würde er als Erstes einen neuen Rahmen kaufen. Zur Sicherheit schrieb er »Bilderrahmen« in sein Notizbuch ein und sah, dass da schon »Ventilator« stand. Er erinnerte sich. Er musste einen neuen Filter für seine Toilettenlüftung besorgen.

Kaum hatte er das Notizbuch weggelegt, erwischte ihn die Müdigkeit am Schlafittchen. Seine Glieder waren mit einem Mal so schwer, dass er es nicht einmal mehr schaffte, sich auszuziehen und in seinen Schlafanzug zu schlüpfen. Wie er war, legte er sich ins Bett und knipste das Licht aus. Doch die Abgeschlagenheit betraf nur seinen Körper. Unter der bleiernen Hülle flatterte sein Herz wie ein verrückter Vogel, und die Gedanken wirbelten im Kreis. Wie ein Film lief die Szene im Hause Schatz vor seinem inneren Auge ab, wieder und immer wieder. Noch einmal sah er Valentinas fragenden Blick, ihren musternden Blick, ihren verächtlichen Blick, ihr Erschrecken, ihre Sorge um die Freundin; hörte, wie sie Wurz anfauchte, erlebte, wie sie kurzen Prozess machte und Wurz und ihn ohne Punkt und Komma hinauswarf.

Sie hatte das Temperament einer Wildkatze.

Wenn Wurz recht hatte und er, Heisenberg, mit seinen siebenundsechzig Jahren noch nicht zum alten Eisen zählte, könnte er vielleicht versuchen, sie …

Und irgendwie hatte Wurz ja recht! Pensionisten konnten heutzutage noch alles Mögliche anstellen, sie konnten reisen, das Leben genießen, etwas Neues beginnen. Warum nicht auch lieben? Warum nicht auch er?

Was für ein Unsinn. Lieben! »Lächerlich!«, bellte er und versuchte, das Kopfkino anzuhalten. Vergeblich.

Außerdem hatte Wurz eben nicht recht, denn er, Heisenberg, war trotzdem ein alter Mann. Mochte seine Geburtsurkunde auch eine andere Zahl nennen, tief in seinem Innersten fühlte er sich wie achtzig. Und so lebte er auch. Er ging nur aus dem Haus, um Theas Grab zu pflegen. Das bisschen, das er an Kleidung brauchte, bestellte er im Internet, die Lebensmittel ließ er sich liefern. Freunde hatte er keine, Kaffeehäuser oder Pubs interessierten ihn nicht. Zu Kino- oder Theaterbesuchen konnte er sich erst recht nicht aufraffen, von Konzerten ganz zu schweigen. Er hatte nie verstanden, warum Krimiautoren ihre Ermittler so gern mit kulturellen Ambitionen ausstatteten. Sie zu Opernfans, Weinkennern, Haubenköchen, Poeten oder Jazzfreaks machten. Vielleicht waren ihm Kriminalromane deshalb suspekt? Er besaß keine dieser edlen Eigenschaften. Er liebte es, zu wohnen und seine Ruhe zu haben. Punkt.

Eine Frau würde alles durcheinanderbringen. Würde ihm ihre Ordnung aufzwingen, ihren Rhythmus. Würde verlangen, dass er sich änderte, dass er seine Rituale aufgab, ihr zuliebe. Würde fordern …

Ach was. Er zog sich die Bettdecke bis zur Nase. Weshalb überhaupt darüber nachdenken? Die Frau, die ihn so beschäftigte, hatte ihn schließlich vor die Tür gesetzt.

»Hexe« hatte Wurz sie auf der Heimfahrt genannt. Und bestimmt wäre sie im Mittelalter allein für ihre roten Haare, die Reibeisenstimme und das verführerische Dekolleté verbrannt worden.

Dekolleté? Dachte er wirklich in solchen Kategorien? »Kruzifixsakrament, schlaf jetzt endlich«, wies er sich selbst zurecht. »Frauen interessieren dich nicht. Sie haben dich nicht zu interessieren. Du kriegst ja doch keinen mehr hoch!«

Er drehte sich auf die andere Seite und versuchte, Schafe zu zählen, harmlose weiße Schäfchen. Aber schon das siebzehnte überraschte ihn mit einem heiseren Blöken, und das zweiundzwanzigste hatte rote Locken. Es blickte ihn aus grünbraunen Augen an und lächelte hintergründig. Und er blickte zurück, blickte in den Ausschnitt des Leinenkleides, immer tiefer. Bis er merkte, dass sie gar kein Kleid anhatte. Fleisch, weiches weißes Fleisch quoll ihm entgegen. Brüste, voll und rosig wie Pfingstrosen, die ihn mit ihrem Duft betörten. Rubenswürdige Schenkel, die sich um ihn schlangen, ihn drückten, ihn plätteten, bis er sich zwischen sie versenkte.

Schweißgebadet schreckte er hoch. Das letzte Bild waberte noch wie ein Nebelschwaden in seinem Kopf. Ein Schmerz in der Lendengegend ließ ihn vollends wach werden. Er presste seine Hand auf die pochende Stelle.

Kruzifixsakra …

Die Müdigkeit war wie weggeblasen. Erstaunlich leichtfüßig sprang er aus dem Bett, tippte auf den Lichtschalter und stellte sich vor den Spiegel. Tatsächlich! Die Ausbeulung seiner Hose war nicht zu übersehen.

Er lachte auf, empfand eine Mischung aus Glück und Stolz. Ein merkwürdiges Gefühl.

Junge, Junge. Seit der Operation vor zwei Jahren, bei der sein Magen vollständig entfernt worden war, hatte er nicht mehr … Von einem Tag auf den anderen nicht mehr … Als sich drei Monate danach immer noch nichts gerührt hatte, holte er diskrete Erkundigungen ein. Überlegte, ob er es mit Viagra probieren sollte. Aber Thea beruhigte ihn. Sie fand es gar nicht schlimm, war in diesen Dingen immer schon anspruchslos gewesen. Fast wirkte sie erleichtert. Und so hatte er sich damit abgefunden, wie mit allem anderen auch, das seine Krebserkrankung ihm beschert hatte: das ewige Brennen der Speiseröhre, das Aufstoßen nach dem Essen, die Unfähigkeit, mehr als eine halbe Portion zu vertilgen, die körperliche Schwäche. Er hielt sich für impotent.

Und nun das! Wegen dieser roten Hexe, von der er geträumt hatte, wegen dieses Rasseweibs, dieser wunderbaren Vollblutfrau. Venus Valentina. Schon wieder dachte er an sie und ertappte sein Spiegelbild beim Lächeln.

Wie gern hätte er gewusst, was für einen Eindruck er auf sie gemacht hatte. Einen ebenso unauslöschlichen wie sie auf ihn?

Unauslöschlich war vielleicht übertrieben. Aber doch einen positiven?

Heisenberg trat näher an den Spiegel heran und betrachtete sich ganz genau. Seine Augen waren gerötet, die Wimpern mit Augensekret verklebt. Seine Haare, die wenigen, die ihm geblieben waren, nun, die waren fettig. Die Ohren zu groß, doch das war vielleicht nicht so schlimm bei einem Mann? Aber die Hängebacken! Zwei schlaffe Hautfalten, die wackelten, wenn er hüpfte.

Dann hüpfst du eben nicht, dachte er.

Was unter seinem Gesicht lag, missfiel ihm noch mehr. Das Hemd, das er trug, war stellenweise zerschlissen. Der Kragen hatte einen dunklen Rand. Und er hatte sich tatsächlich bekleckert.

Punkteabzug, dachte er. Ihr anfangs hoffentlich positiver Eindruck musste getrübt worden sein.

Er hob den rechten Arm und schnupperte unter seiner Achsel.

Puh. An dieser Stelle roch er wie verdorbener Bergkäse.

Ihr positiver Eindruck hatte womöglich eine deutliche Schieflage erlitten.

Zuletzt fiel sein Blick auf die Hausschuhe. Als ihm dämmerte, dass Valentina ihn in diesen Hausschuhen gesehen hatte, wurde ihm schlecht.

Von wegen positiver Eindruck! Sie musste ihn für einen ekligen alten Tatterich halten. Ungepflegt und heruntergekommen. Und natürlich verschwendete sie längst keinen Gedanken mehr an ihn.

Einem ersten Impuls zufolge wollte er sich auf sein Bett fallen lassen und seinen Kummer Thea anvertrauen. Ihr mildes Lächeln als Garant dafür nehmen, dass sie ihn mit all seinen Mängeln liebte. Aber Theas Lächeln war zersprungen, genau wie ihr verständnisvoller Blick.

Heisenberg schwindelte. Minutenlang taumelte er zwischen Selbstmitleid und Wut. Schließlich siegte die Wut.

Er zog sich aus, raffte seine Kleider zusammen und warf sie in den Müll. Samt den Hausschuhen, diesen gemeinen Verrätern.

Dann ging er ins Bad und ließ die Wanne volllaufen. Eine doppelte Dosis Kiefernschaumbad würde zwar nicht einen neuen, aber zumindest einen wohlriechenden Menschen aus ihm machen.

Während er mit der langstieligen Holzbürste seinen Rücken schrubbte, plante er den nächsten Tag. Gleich um neun Uhr früh würde er sich in eine gediegene Herrenboutique begeben und neu einkleiden. Hemden, Hosen, Socken, Unterwäsche. Einen Pulli und eine Jacke brauchte er auch. Danach würde er frühstücken und Frau Wohlfahrtstätter, seine Nachbarin zur Rechten, um die Adresse ihrer Putzfrau bitten. Denn seine Wohnung hatte eine Aufhübschung mindestens so nötig wie er selbst.

Da sein Rücken allmählich brannte, schrubbte er seine Knie. Sobald er eine Reinigungskraft engagiert hätte, würde er sich an seinen Computer setzen und nicht eher ruhen, bis er alles über Valentina Gasser herausgefunden haben würde, was es eben herauszufinden gäbe.

Kaum hatte er ihren Namen gedacht, blitzte schon wieder ihr Gesicht auf. Ob die roten Haare echt waren oder gefärbt? Und ob ihre Schenkel sich wirklich so weich anfühlten wie in seinem Traum?

Da seine Knie bereits brannten, legte er die Bürste weg und wusch sein Glied. Im Nu wurde es wieder groß.

Er lachte in sich hinein, dachte an die Pfingstrosen, spielte mit dem Gedanken, seinem Wunderknaben Bewegung zu verschaffen.

Nein. Er kämpfte die Begierde nieder. Schluckte hart.

Auch wenn man nicht blind davon wird, es wäre ein schlechtes Omen für einen Neubeginn, dachte er und legte die Hände auf den Wannenrand.

Glücklich über seinen edlen Entschluss begann er zu pfeifen, eine Melodie, die er irgendwo aufgeschnappt hatte, und blieb so lange in der Badewanne sitzen, bis die Haut an seinen Fingerkuppen weiß und schrumpelig geworden war.

5

Als Berti Lederer die Eingangstür vom »Gasthaus Anich« aufdrückte, umfing ihn die düstere Stimmung wie eisige Schneeluft. Sogar die dunkle Holztäfelung, die dem Raum sonst so viel Gemütlichkeit verlieh, wirkte heute kalt und abweisend.

Margarita Perner, die Bürgermeisterin von Schlenders, drehte ihm ihr Gesicht zu, das er noch nie so blass gesehen hatte. Sein Freund Andreas Rauriser hatte seinen Kopf in die Hände gestützt und starrte auf das grüne Tischtuch, als müsste er dessen Webart ergründen.

Nur Severin Niedermühlbichler grinste dümmlich wie immer und warf ihm die übliche Begrüßungsfloskel an den Kopf: »Griaß di, Weltmoasta!« Als wäre nichts geschehen.

Berti grüßte in die Runde, bestellte ein Bier und setzte sich neben Andreas. Der grunzte etwas, ohne aufzuschauen, dann wurde es wieder still.

»Sie sein grod in da Schweigeminutn steckn bliebm«, raunte der Niedermühlbichler Berti zu. Dann lachte er kurz auf, nahm einen langen Schluck aus seinem Bierglas und leckte sich über die Lippen.

»Du bist geschmacklos, Severin«, ätzte Margarita.

»Dei krawutischs Gschau bringt eam a nit zruck.«

»Keine Solidarität, kein Anstand. Kein Wunder, dass es mit euch bergab geht.« In ihrer wegwerfenden Handbewegung lag so viel Verachtung, dass sie nicht nur für ihren Bürgermeisterkollegen ausreichte, sondern für alle Einwohner von Ginz, ja für sämtliche Ginzertaler noch dazu.

»Und es Schrofnertaler, es habts vor lauter Anstand Hemorriedn«, erwiderte der Niedermühlbichler prompt, wobei sich der Sinn seiner Entgegnung vermutlich nur ihm erschloss.

Margarita strafte ihn mit Verachtung und wandte sich Berti zu.

Beim Versuch zu lächeln, entblößte sie ihre zu langen Schneidezähne, die in ein Pferdegebiss gepasst hätten. »Ist das nicht furchtbar? Ich kann es einfach nicht fassen.« Sie zückte ein Taschentuch und tupfte an ihrem Auge herum, obwohl nichts Tränenähnliches zu sehen war.

»Furchbor?«, wiederholte der Niedermühlbichler verächtlich. »A Kataschtrofn isch des. A ausgwaxene Kataschtrofn.« Er nahm seine Brille ab, die randlose Brille, von der man munkelte, sie sei aus Fensterglas und habe lediglich die Funktion, ihn intellektueller wirken zu lassen, und putzte sie mit einem Stofftaschentuch.

Andreas hob den Kopf. »*Worst case*«, murmelte er, griff zu seinem Schnapsglas und stürzte den Klaren hinunter.

»Ich bin auch schockiert, das könnt ihr mir glauben«, sagte Berti. Schockiert und merkwürdig erleichtert zugleich. Ein seltsames Gefühl.

»Isch des wohr, dass es bei enk passiert isch, grad wia die Nadine und er, also grad beim ...« Der Niedermühlbichler bildete mit Daumen und Zeigefinger seiner Linken einen Ring, durch den er den Mittelfinger seiner Rechten steckte.

Die nicht vorhandene Sensibilität des Bürgermeisters von Ginz war legendär, aber mit so einer direkten Frage hatte Berti nicht gerechnet.

»Geschmacklos.« Margarita schüttelte den Kopf. »Außerdem stand es doch in allen Zeitungen, dass es bei den Lederers passiert ist.«

»Ja, ja, aber i wollt halt wissn, ob's beim Schnaxln passiert isch! Weil des war mindeschtens a schianer Tod gwesn.«

»Halt den Mund, Severin!«, rief Andreas scharf. Und es wirkte. Wenn der Niedermühlbichler vor irgendjemandem Respekt hatte, dann vor dem Geschäftsführer der Ginzer Bergbahnen. Und zu dessen Lebzeiten natürlich vor Romed, vor ihm hatten alle gekuscht, Berti selbst am allermeisten.

»Nadine hat die Sache sehr mitgenommen, wie ihr euch denken könnt.«

»Die Arme. Das kann ich ihr nachfühlen.« Margarita errötete leicht. Angeblich hatte sie selbst jahrelang eine Affäre mit Romed gehabt. Sie wusste also, wovon sie sprach.

Berti räusperte sich. »Romeds Tod hinterlässt ein riesiges Loch, und wir müssen gut überlegen, wie wir jetzt in Sachen Skiarena weitermachen.« Er kam sich ein bisschen pfarrerhaft vor mit seiner kleinen Rede, aber als Bub hatte er ja immer Pfarrer werden wollen. »Lasst uns brainstormen, wie wir am besten vorgehen.«

»Wer wird denn Romeds Immobilienimperium erben?«, fragte Margarita. »Weiß man das schon?«

»Seine Frau und die Kinder vermutlich.«

»Wird sein Sohn das Geschäft übernehmen?«

»Der Oliver?« Andreas warf den Kopf zurück und lachte. »Du fragst dich im Ernst, ob dieses Weichei in die Fußstapfen seines Vaters treten wird?« Er ließ seine Wimpern flattern, aber die Imitation einer Tunte verfehlte ihre Wirkung.

»Oliver studiert noch«, sagte Berti. »Die Leitung der ›Tyrolimm‹ wäre mehrere Nummern zu groß für ihn. Und seine Schwester ist eine linke Öko-Tussi, die hat garantiert kein Interesse an der Firma. Die Erben werden also einen Geschäftsführer einsetzen oder verkaufen.« Berti trank einen Schluck Bier. »Ich tippe auf verkaufen.«

»Und wos hoaßt des für ins?«

»Das kommt stark auf den neuen Boss an.«

»Ich denke, dass wir uns da keine Sorgen machen müssen. Was sollte sich ändern?« Andreas lächelte. »Gut, im Detail vielleicht. Ein neuer Tyrolimm-Chef wird neue Investoren mitbringen. Er wird womöglich ein Hotel weniger und eine Disco mehr bauen, oder umgekehrt. Aber da die Ginzer Bergbahnen und auch die Schlenderer Skilifte je zu vierzig Prozent der Tyrolimm gehören, wird der neue Boss genauso großes Interesse am Zusammenschluss der beiden Skigebiete haben wie Romed selbst.«

Berti nickte. »Hoffen wir, dass du recht hast.«

»Dann heißt es also abwarten und Tee trinken«, sagte Margarita.

Der Niedermühlbichler leerte sein Glas auf einen Zug und wischte sich mit dem Handrücken den Schaum von den Lippen. »I bleib beim Bier.« Er bestellte ein frisches.

»Unsere Augen und Ohren offen halten sollten wir schon. Mit der Witwe über ihre Zukunftspläne sprechen. Und wer auch immer die Tyrolimm übernimmt, wir müssen sofort mit ihm in Kontakt treten«, sagte Andreas.

»Genau.« Berti hob sein Glas. »Und jetzt trinken wir auf Romed und danken ihm. Danken ihm, dass es ihm kurz vor seinem Tod noch gelungen ist, den Landeshauptmann umzustimmen.«

»Dann ist es also wahr, dass Romed dabei seine Finger im Spiel hatte?«, fragte Margarita.

»Hast du das bezweifelt? Wenn er nicht gewesen wäre, dann würde der Holzgruber jetzt seine Windturbinen aufstellen. Die Skiarena wäre gestorben, und wir könnten uns alle brausen gehen.«

»Daran will ich gar nicht denken. Wir brauchen dieses Projekt wie … wie …« Margarita ruderte mit den Händen durch die Luft, offenbar fiel ihr kein passender Vergleich ein.

»Meine Zukunftspläne würden ohne Skiarena auch zerplatzen wie Seifenblasen«, sagte Berti. »Deshalb lasst uns auf Romed trinken, Freunde. Wo auch immer er jetzt ist, hoch soll er leben!«

Das Klingeln der aneinanderstoßenden Gläser erinnerte an eine Sterbeglocke.

Andreas schien endlich munter zu werden. »Was meint ihr, wie er es geschafft hat, den Landeshauptmann umzustimmen?«

»Der Linder Pepi war ein Jagdfreund von Romed«, sagte Margarita.

Andreas lachte sie aus. »Dass Romed den LH jedes Jahr auf einen kapitalen Rehbock eingeladen hat, war bestimmt nicht ausschlaggebend, um die Zusage für die Skiarena zu bekommen. Jagdeinladungen für Parteibonzen sind doch heutzutage an der Tagesordnung.«

»Schon klar. Ein Anfütterungsbock allein hätte nicht ausgereicht, um den Deal, den der Pepi mit dem Holzgruber getroffen hat, rückgängig zu machen«, sagte Berti leise.

»Was für einen Deal?«

»Na ja, die Zusage für den Windpark halt.«

»Eine Zusage und ein Deal sind zwei Paar Schuhe. Es gab also eine geschäftliche Abmachung zwischen dem LH und dem Holzgruber?« Andreas rieb sich seine Nase. So zierlich und spitz die sein mochte, sie roch krumme Geschäfte von Weitem.

Berti versuchte auszuweichen. »Soll es gegeben haben. Das hat Romed vermutet.«

»Auf Deutsch: Der Holzgruber hat den LH also bestochen, um seinen Windpark durchzudrücken. Trotzdem hat der LH dann zugunsten der Skiarena umgeschwenkt. Warum?« Andreas blickte auffordernd in die Runde. Da alle schwiegen, beantwortete er sich die Frage selbst. »Da gibt es nur zwei Möglichkeiten.«

Margarita bemühte ihr Pferdelächeln. »Die wären?«

»Entweder hat Romed eine weit höhere Summe springen lassen als der Holzgruber, oder er hat den LH erpresst.« Andreas klopfte auf den Tisch. »Ich persönlich tendiere eher zur zweiten Möglichkeit. Romed wird etwas gewusst haben. Vielleicht hat der LH in seiner Jugend Naziparolen an Hauswände geschmiert? Vielleicht ist er ein Kinderschänder? Oder er ist in krumme Waffengeschäfte verwickelt?« Andreas blickte sich triumphierend um. »Stimmt's oder hab ich recht?«

»Eine blühende Phantasie hast du.« Berti feixte. »Solltest Bücher schreiben.«

»Tu nicht so, als ob du es nicht wüsstest! Hat Romed den LH erpresst oder nicht? Ist unser Projekt deshalb zum Zug gekommen? Jetzt sag schon!«

»Ich weiß von nichts.« Berti hielt Andreas' Blick stand. »Von keiner Bestechung und von keiner Erpressung. Das kann uns auch vollkommen egal sein. Wir sind drin. Und wir müssen nur dranbleiben und konsequent weiterarbeiten, damit wir das Beste aus dieser Chance machen.«

»Geh, Berti, mir kannst du es doch sagen. Wir sind ja unter uns.«

Doch diesmal blieb Berti hart. Freund ist Freund und Schnaps ist Schnaps, dachte er. Und ein Freund, der zu viel wusste und zu viel Schnaps konsumierte, konnte dem Projekt gefährlich werden.

»Aber Leitln, wenn der Romed den Pepi erpresst hat, was isch dann, wenn der Pepi iatz, wo der Romed tot isch, alls wieder zurucknimmt? Und dann wieder der Holzgruber im Rennen isch?«

»Geh, Severin, mal nicht den Teufel an die Wand. Der Pepi Linder würde den letzten Funken Glaubwürdigkeit bei den Wählern verlieren, wenn er noch einmal umschwenken würde.«

Der Niedermühlbichler kratzte sich am Kopf. »Vielleicht isch iam des wurscht, des mit der Glaubwürdigkeit?«

Margarita sah ihren Bürgermeisterkollegen mit gerunzelter Stirn an, als würde sie seine Zweifel teilen. Dann hob sie ruckartig den Kopf. »Der Landtag hat der Skiarena bereits zugestimmt. Unser Projekt ist also offiziell genehmigt. Wir hätten Grund zum Feiern, wenn das mit Romed nicht passiert wäre!«

»Wobei Romed der Erste wäre, der trotzdem feiern würde.« Andreas grinste. »Wenn an seiner Stelle einer von uns abgekratzt wäre.«

»Wo du recht hast, hast du recht.« Berti bestellte eine Runde Enzian für alle.

»Jawoll, Weltmoasta! Trink ma wos Gscheits! Auf den Romed und sein schianen Tod.« Die Ohren vom Niedermühlbichler leuchteten schon wie frische Radieschen. »So mecht i a amol abdankn, so auf oana hoaßn Braut wie auf da deinign.« Dann schrie er auf und zuckte zusammen, vermutlich hatte Andreas ihm einen Tritt gegen das Schienbein verpasst.

»Lass ihn doch.« Berti legte seine Hand beschwichtigend auf die des Freundes. »Es stimmt ja. Ein schöner Tod, eigentlich. Und so passend für unseren Romed. Bestimmt bekommt er auch eine pompöse Beerdigung.«

»Bestimmt«, sagte Margarita. »Der Pepi hat sich angekündigt, habe ich gehört.«

»Freilich«, meinte Andreas. »Der wird froh sein, dass er unter der Erde ist, sein guter Jagdfreund. Und ihn nicht mehr erpressen kann.«

Berti zuckte mit den Schultern. »Froh sein werden wohl einige«, meinte er und stellte sich gedanklich an deren Spitze. Trotz der vielen Unsicherheiten, die ihm Romeds Tod in finanzieller und beruflicher Hinsicht bescheren würde.

»Geh, hör auf! Wer soll denn sinsch no froh sein?«

»Alle, gegen die Romed etwas in der Hand hatte«, murmelte Margarita.

Und wieder hatte Berti den Eindruck, als wüsste sie, wovon sie sprach. »Also überhaupt alle«, sagte er. »Oder gibt es irgendjemanden unter euch, den Romed nicht in der Hand hatte?«

Niemand sagte etwas.

Als die Kellnerin den Schnaps servierte, griff jeder zu seinem Glas, erhob es, sah seinen Mitstreitern in die Augen und trank.

Auch eine Antwort, dachte Berti. Der Enzian brannte auf seinem Weg durch die Speiseröhre. Es hätte ihn nicht gewundert, wenn Rauchwolken aus seinem Mund gekommen wären.

6

Der Kies knirschte unter Valentinas Absätzen, als sie das Gewicht verlagerte. Die scharfkantigen Steinchen drückten sich durch die Ledersohlen, und ihr taten jetzt schon die Füße weh, von ihrem arthrotischen Knie ganz zu schweigen. Außerdem schwitzte sie. Der Mantel aus Wollstoff war viel zu dick für die warme Wetterlage, aber ein anderes schwarzes Kleidungsstück hatte sie beim besten Willen nicht auftreiben können.

Sie blickte sich um. Noch nie hatte sie so viele Menschen an einem Begräbnis teilnehmen sehen, außer bei der grandios inszenierten Trauerfeier der Innsbrucker Altbürgermeisterin. Der Pradler Friedhof platzte aus allen Nähten. Sogar eine Blaskapelle und die Schützen waren aufmarschiert, um Romed Schatz die letzte Ehre zu erweisen.

Oliver Schatz, der rein äußerlich eine filigranere, elegantere Ausgabe seines Vaters war, stand etwas abseits, um die Kondolenzbezeugungen entgegenzunehmen. Zwischen dem Händegeschüttel fuhr er sich immer wieder durchs Haar und zupfte an seinem Anzug herum. So unsicher er wirkte, so selbstbewusst trat seine Schwester Lisa auf. Sie hatte es sich nicht nehmen lassen, ihre tomatenrote Häkelmütze aufzusetzen. Valentina konnte sich ein Lächeln nicht verkneifen. Lisa war eine junge Frau ganz nach ihrem Herzen. Intelligent, unabhängig, kompromisslos, aber liebevoll. Sie stand dicht neben ihrer Mutter und hatte sie eingehakt.

Obwohl Anna ihre Tochter um einen halben Kopf überragte, wirkte sie neben dem Energiebündel zerbrechlich. Sie hielt ein zerknülltes Taschentuch in der Hand und tupfte sich damit immer wieder über die Augen. Wie man es von einer trauernden Witwe erwartete.

Hatte Romeds Tod sie tatsächlich so mitgenommen? Obwohl sie erleichtert sein müsste? Oder waren die tränenden Augen dem Föhn geschuldet, der an den Schleifen der Kränze zerrte, über den Erdaushub blies und Staub in die Gesichter der Umstehenden wirbelte? Dann spielte er mit dem silbernen Weihrauchgefäß des Pfarrers, riss es ihm fast aus der Hand und wehte eine Weihrauchwolke direkt in Valentinas Nase.

Sie musste niesen.

Nein. Keiner der Anwesenden trauerte. Das Einzige, was zu Tränen reizte, war die Kombination aus Föhn und katholischem Mief.

Vom folgenden Sermon des Pfarrers, vom Gesülze des Landeshauptmanns und der Darbietung der Stadtmusikkapelle Wilten bekam Valentina nichts mit. Ihre Gedanken schweiften ab und kreisten um Romed, den tyrannischen Ehemann ihrer Freundin. Den erfolgreichen Immobilienmagnaten. »Minos« hatten Marion und sie ihn insgeheim genannt. Denn jede Immobilie, auf die Romed Schatz seine Hände gelegt hatte, war zu einer Goldgrube geworden. Mit Glück und Skrupellosigkeit führte er die Tyrolimm, ließ sie piranhagleich kleinere Fische schlucken, bis sie selbst Pottwalgröße erreicht hatte. Seine Kontakte zur Politprominenz des Landes waren der Schlüssel zu seinem Erfolg gewesen.

Nun lag das Scheusal in seinem Sarg. In einem teuren Sarg, zugegeben, aber letztlich doch nur in einer Holzkiste. Die Politprominenz schwang Grabreden am Rande der Grube und verpasste ihm verbal einen Heiligenschein, während den Würmern schon der Speichel im Mund zusammenfloss.

Und der Teufel lacht sich ins Fäustchen, wenn es denn einen Teufel gibt, dachte Valentina.

Obwohl sie keinerlei Bedauern über Romeds Tod verspürte, war sie immer noch wie vor den Kopf geschlagen über die Art und Weise seines Abgangs. Sein Mörder war genau dem Krimiplot gefolgt, den sie und ihre Freundinnen ausgeklügelt hatten. Konnte das Zufall sein?

Valentina ließ sich das Wort »Zufall« auf der Zunge zergehen, prüfte es auf seinen Gehalt. Es versprach Bequemlichkeit, und deshalb hätte sie zu gern daran geglaubt. Schließlich hatte das Leben immer wieder Erstaunliches parat, es wartete mit unerklärlichen Umständen und unerwarteten Fügungen auf. Und es gab nichts, was es nicht gab. Beinahe nichts.

Trotzdem hinterließ das Wort einen bitteren Nachgeschmack.

Valentina wusste, dass Zufälle solchen Ausmaßes nur in schlechten Krimis existierten. Im richtigen Leben waren sie ausgeschlossen.

Wenn es aber kein Zufall war, dann blieb nur eine Schlussfolgerung. Eine unvorstellbar schreckliche noch dazu: Eine ihrer besten Freundinnen musste den Mord begangen haben.

Anna oder Marion.

Bei dem Gedanken geriet Valentinas Herzschlag aus dem Takt. Ihr schwindelte. Sie musste sich kurz bei ihrem Nebenmann abstützen, der das im allgemeinen Gedränge zum Glück nicht bemerkte. Dann atmete sie ein paar Mal tief durch, bis sich ihr Kreislauf wieder stabilisiert hatte. War es möglich? Hatte Anna ihren Mann ermordet?

Gründe, ihn zu hassen, gab es zur Genüge. Seine Affären, seine tyrannische Ader, seinen Sadismus, die Gewohnheit, sie ständig zu demütigen. Nun war sie ihn los, würde ihn beerben und könnte damit ihren Lebensabend in Luxus verbringen. Ein starkes Motiv! Egal, ob Anna der Sinn nach Wellnesswochenenden stünde, nach einer Kreuzfahrt auf einem Luxusschiff oder einer Spritztour nach Hollywood, um Johnny Depp endlich in echt zu begegnen, sie könnte es sich ab sofort leisten. Und es gab niemanden, der es ihr verbieten würde.

Valentina versuchte, sich an den Tag von Romeds Ermordung zu erinnern. Sie hatte Anna besuchen wollen, doch ihre Freundin war gegen ihre Gewohnheit weg gewesen, angeblich um Tofu zu kaufen, den sie dann aber nicht bekommen hatte. Was, wenn sie, anstatt einzukaufen, in die Altstadt gegangen, in Nadines Wohnung eingedrungen war und Romed erschlagen hatte?

Wieder wurde Valentina von einer Weihrauchwolke eingenebelt. Wieder musste sie niesen. Sie kramte ein Taschentuch aus der Manteltasche und schnäuzte sich. Traute sie Anna wirklich einen Mord zu? Ihrer Freundin Anna, der lustvollen Lavendellikörbrauerin, der leidenschaftlichen Kreuzworträtsellöserin und Johnny-Depp-Verehrerin? Der manchmal ein bisschen biederen, manchmal ein bisschen spießigen, aber immer verständnisvollen Anna, der Anna mit dem großen Herzen und dem mädchenhaften Silberlachen?

Nein! Zugegeben, Anna war kräftig; körperlich war sie ohne Weiteres dazu imstande, einem Mann mit einem harten Schlag das Lebenslicht auszublasen. Aber wie hätte sie plötzlich den Mut und die seelische Kraft zu einem Mord aufbringen sollen, wenn sie all die Jahre nicht einmal versucht hatte, gegen Romed aufzumucken?

Nein, Anna konnte es nicht gewesen sein.

Also blieb nur eine übrig.

Valentina drehte den Kopf.

Marion stand zwei Schritte hinter ihr. In ihrem Tweedkostüm wirkte sie lehrerinnenhafter denn je. Ihre Mundwinkel zuckten, als müsste sie sich ein Lächeln verbeißen. Dann entgleiste ihre Wangenmuskulatur völlig. Ein maliziöses Grinsen manifestierte sich auf ihrem Antlitz, das erst verschwand, als sie ihre Lippen auf Bleistiftdicke zusammenpresste.

Valentina blickte wieder nach vorn und grübelte weiter. Wenn jemand noch mehr Gründe hatte, Romed zu hassen, als seine Ehefrau, dann Marion. Ihr einziges Kind war bei einem Unfall gestorben, den Romed verursacht hatte. Er hatte seinen nagelneuen Porsche mit überhöhter Geschwindigkeit durch Axams gejagt und dabei Marions Sohn übersehen, der über die Straße gelaufen war. Auf dem Zebrastreifen. Während der Junge auf dem Asphalt sein Leben aushauchte, beging Romed Fahrerflucht. Doch ein Zeuge hatte die Autonummer notiert und erstattete Anzeige. In null Komma nichts ermittelte die Polizei den Fahrzeughalter. Es kam zum Prozess. Eine Verurteilung schien unausweichlich. Dann passierte das Überraschende. Das Ungeheuerliche. Das Romed-Schatz-Prinzip kam zur Geltung: Eine Mischung aus dem Eine-Hand-wäscht-die-andere-Grundsatz mit dem Credo *Ich weiß, welchen Dreck du am Stecken hast, also hilf mir gefälligst, meinen unter den Teppich zu kehren.*

Mit dieser Vorgehensweise war Romed nicht nur im Geschäftsleben erfolgreich, sondern auch vor dem Kadi. Sein Anwalt präsentierte ein psychologisches Gutachten, das die Fahrerflucht auf den schweren Schock zurückführte, den Romed angeblich erlitten hatte. Ein weiteres Gutachten behauptete, Romed sei keinesfalls mit hundert, sondern nur mit knapp über fünfzig Stundenkilometern unterwegs gewesen. Außerdem sei es bereits finster gewesen und das Kind dunkel gekleidet. Romed habe es gar nicht sehen können. Lieber solle man die Mutter verklagen, die ihre Aufsichtspflicht grob vernachlässigt habe, schlussfolgerte der Anwalt. Das Notarztteam, das den Jungen erstversorgt hatte, sagte zu Romeds Gunsten aus. Die Männer beschworen, dass der Unfall nicht im Ortsgebiet von Axams passiert sei, sondern zweihundert Meter nach der Ortstafel. Der einzige Augenzeuge des Unfalls bestätigte ihre Angaben. Romed wurde freigesprochen.

Marion war am Boden zerstört. In den folgenden Jahren soff ihr Mann sich um den Verstand und beging schließlich Selbstmord. Schuldgefühle und schwere Depressionen quälten sie, bis sie auch körperlich krank wurde und ihren Beruf nicht mehr ausüben konnte. Einen einzigen Lichtblick gab es in all dem Wahnsinn. Nach Romeds Freispruch besuchte Anna die verzweifelte Marion und sagte ihr rundheraus, dass sie von der Schuld ihres Mannes überzeugt sei, dass er die Zeugen vermutlich bestochen habe und dass ihr das unendlich leidtue. Anna bot ihre Hilfe an. Finanzielle und menschliche Hilfe. Sie reichte Marion die Hand. Anfangs wurde sie zurückgewiesen, doch sie gab nicht auf. Über Wochen und Monate entstand Vertrautheit und verwandelte sich langsam in Vertrauen. Zwischen Anna und Marion wuchs eine einzigartige Freundschaft, in die auch Valentina, Marions langjährige Freundin, einbezogen wurde. Die drei wurden unzertrennlich.

Sie erzählten einander alles.

Sie hatten keine Geheimnisse voreinander.

Sie konnten sich aufeinander verlassen.

Konnten sie?

Valentina starrte auf Annas Rücken. Dann drehte sie sich noch einmal um und sah Marion ins Gesicht. Zum ersten Mal hatte sie das Gefühl, ihre Freundinnen doch nicht so gut zu kennen, wie sie noch vor wenigen Tagen geglaubt hatte. Der Gedanke versetzte ihr einen Stich. Und die daraus resultierende Frage drückte ihr einen Kloß in den Hals und nahm ihr die Luft zum Atmen. Die Frage, ob sie Marion den Mord an Romed zutraute. Ihrer

Freundin Marion, der begeisterten Bücherliebhaberin, der Frau mit der stachligen Schale und dem watteweichen Kern, die bei romantischer Klaviermusik heulen musste? Der manchmal ein bisschen verbitterten, manchmal ein bisschen besserwisserischen, aber immer verlässlichen Marion, der Marion mit dem furztrockenen Humor und der Mary-Poppins-Nase?

Ja. Ja und nochmals Ja.

Tränen liefen über Valentinas Wangen. Und es lag nicht am Föhn, nicht am Weihrauch und schon gar nicht an der strammen Musik der Wiltener.

Als die engsten Verwandten und Freunde der Witwe später im »Lewisch« saßen, Frittatensuppe löffelten und wagenradgroße Schnitzel vertilgten, fiel die maskenhafte Starre endlich von Annas Gesicht ab. Sie wirkte lockerer, ab und zu lächelte sie. Marion saß neben ihr und raunte ihr über einen Teller Krautsalat etwas zu.

Valentina beobachtete die beiden gespannt. Sie bedauerte, dass sie nicht Lippenlesen konnte. Zu gern hätte sie gewusst, was ihre Freundinnen sich zuflüsterten. Ihre Aufmerksamkeit war so sehr auf die beiden gerichtet, dass ihr aus Ungeschicklichkeit die Gabel aus der Hand fiel. Als sie sich bückte, um sie aufzuheben, sah sie, wie Marions Fuß den von Anna anstieß. Eine durch und durch verschwörerische Geste.

Keuchend richtete sie sich wieder auf. Ihr Herz schlug schneller. Gerade war ihr ein Licht aufgegangen, besser gesagt eine ganze Lichterkette. Was, wenn nicht eine ihrer Freundinnen Romed umgebracht hatte, sondern beide zusammen? Verbündet im Namen des Hasses und der Rache. Ein abgekartetes Spiel.

Valentina rang nach Luft. Die neue Erkenntnis trieb kalten Schweiß aus ihren Poren. Plötzlich fror sie, und in ihrem Kopf drehte sich ein Gedankenrad.

Meine Freundinnen sind Mörderinnen.

Meine Freundinnen sind Mörderinnen.

Meine Freundinnen sind …

Der Appetit war ihr vergangen. Sie schob den Teller weg und nahm einen großen Schluck Wein. Wärme durchströmte ihren

Magen, und der Rote flößte ihr Zuversicht ein. Vielleicht musste sie die Situation aus einem anderen Blickwinkel betrachten?

Sie hatte sich bisher immer für liberal und offen gehalten. Liberaler als Anna, offener als Marion. Sollte sie nun wie ein kleingeistiger Moralapostel reagieren? Wegen Romed? Der hatte den Tod doch verdient!

Valentina leerte ihr Glas und bestellte noch ein Viertel Rotwein. Also gut. Dann hatten ihre besten Freundinnen eben gemordet. Trotzdem war jede von ihnen mehr wert als Romed Schatz, hundertmal mehr wert. Sie hatten sich von den Gespenstern der Vergangenheit befreit.

Eigentlich sollte ich mich für die beiden freuen, dachte sie.

Als die Kellnerin den Wein servierte, prostete Valentina ihren Freundinnen zu. Anna lächelte, und Marions Mundwinkel zuckten wild. Außerdem zwinkerte sie, zumindest bildete Valentina sich das ein.

Ihr schwindelte. Das Sternchengefühl eines leichten Schwipses machte sich in ihr breit und gaukelte ihrem inneren Auge ein Bild vor: Anna und Marion in Sträflingskleidung, hinter Gittern. Sie stellte ihr Glas so heftig ab, dass der Wein überschwappte.

Nein, das durfte sie nicht zulassen!

»Die Bullen kriegen euch nicht«, flüsterte sie ihrem vernachlässigten Schnitzel zu. Sie dachte an das Gestotter des Kripochefs mit der Fistelstimme und an seinen ungepflegten Senior-Kollegen mit den Filzpantoffeln. Sogleich beruhigte sie sich wieder. Wenn die Kripo nichts Besseres zu bieten hatte als diese beiden Leuchten, dann musste sie sich keine Sorgen um ihre Freundinnen machen. Anna und Marion würde nichts passieren.

Valentina lächelte. Die Fistel und der Pantoffelheld, dachte sie. Die können uns dreien nicht das Wasser reichen.

Ihre Handflächen kribbelten. Sie fühlte sich als Teil einer Verschwörung. Und war das nicht ein ganz wunderbares Gefühl?

Zu Hause tippte sie den Krimianfang neu.

Romed und Nadine, nackt.

Wie sie es treiben, während eine dunkle Gestalt durchs Schlüsselloch späht.

Romed, der nach dem Orgasmus einschläft.

Nadine, die ins Bad wankt, um alles abzuspülen, seine Körpersäfte, seinen Geruch, die Erniedrigung.

Die dunkle Gestalt, die Nadine nachschleicht und sie ausknockt, mit einem Baseballschläger.

Dann eine zweite dunkle Gestalt, größer, kräftiger als die erste, die ins Schlafzimmer eindringt und das Beil in ihrer Hand erhebt. Dessen stumpfe Seite lässt sie mit voller Wucht auf den Hinterkopf des Schlafenden niedersausen, einmal, zweimal, dreimal, bis Knochen splittern, Blut spritzt.

Wie die beiden dunklen Gestalten zusammen die Wohnung verlassen, still und heimlich und so schnell, wie sie gekommen sind. Wie sie sich in der menschenleeren Pfarrgasse die Skimützen vom Kopf reißen und die Handschuhe verschwinden lassen, wie sie ins Gewusel der Herzog-Friedrich-Straße eintauchen, einander zunicken und auseinandergehen, schnellen Schrittes, in entgegengesetzte Richtungen.

Valentina las sich alles durch, strich die Adjektive, die verzichtbar waren. Las laut, um der Sprachmelodie nachzuspüren und den Rhythmus zu überprüfen. Es hörte sich gut an, weit besser als ihr erster Versuch. Wer die beiden dunklen Gestalten waren, hatte sie offengelassen, damit nicht schon am Anfang zu viel verraten wurde. Was würde ihre gestrenge Testleserin diesmal sagen? Würde sie Valentinas Ergüsse wieder niedermachen? Auf ihren Formulierungen herumtrampeln?

Sie seufzte, öffnete ihr Mailprogramm und sandte die Datei an Marion.

Die Antwort trudelte wenig später ein.

»Liebe Walli,

was soll ich sagen? Dein Text ist immer noch zu lasch und bieder. Sprachlich ziemlich plump!

Aber ausbaufähig. Und interessant, dass du an zwei Täter denkst. Oder etwa Täterinnen? * smile *

Nicht unspannend, das muss ich zugeben.

Schlaf gut und bis bald,

Marion.«

Valentinas Herz legte einen Extraschlag ein. »Ausbaufähig« und

»nicht unspannend« klang alles andere als berauschend. Aber für Marions Verhältnisse war es ein Lob.

Sie durfte weiterschreiben.

Erleichterung erfüllte sie und auch ein wenig Stolz, und diesen beiden gelang es, die Sorge um ihre Freundinnen und deren Untaten für einige Augenblicke in den Hintergrund zu drängen.

7

Je näher Heisenberg dem Treffpunkt kam, umso langsamer wurden seine Schritte. Die neuen Schuhe drückten. Und die Jeans – zum ersten Mal in seinem Leben trug er eine Jeans! – rutschte immer wieder über seine Hüften. Die Verkäuferin hatte ihm versichert, dass das genau so sein müsse, dass er eine ideale Jeansfigur habe und zehn Jahre jünger damit aussehe. Natürlich hatte er kein Wort geglaubt, aber sich doch geschmeichelt gefühlt. Und so betrachtete er sein Spiegelbild mit einigem Wohlgefallen, als er vor der Auslage einer Drogerie stehen blieb, um zu kontrollieren, ob alles noch stimmte.

Der falsche Schnauzbart saß perfekt, die Sonnenbrille war in der finsteren Altstadt zwar überflüssig, aber sie machte ihn unkenntlich.

Und der Fotoapparat, den er umgehängt hatte, sollte die letzten Zweifel beseitigen und ihn als Touristen ausweisen. Ganz verkehrt war das ja nicht. Denn er lebte zwar seit fast dreißig Jahren in Innsbruck und hatte auch den letzten Anflug seines Wiener Akzents eingebüßt. Aber die Einheimischen betrachteten ihn trotzdem als »Zuagroasten«, wie jeden, der nicht mindestens drei Generationen von Tiroler Ahnen vorweisen konnte – lückenlos.

Heisenberg drückte sich den Schild seiner Kappe noch etwas tiefer in die Stirn, widerstand der Versuchung, den Hosenbund zum x-ten Mal über seine Hüften zu ziehen, und ging weiter.

Vor dem Stadtturm hatte sich bereits ein Grüppchen von Menschen versammelt. Er stellte sich neben einen Herrn, der gekleidet war, als wäre er sein Zwillingsbruder. Sogar das Pepita-Muster seiner Kappe war das gleiche.

»Och Altstadtführung?«, fragte er forsch und zeigte mit dem Finger auf Heisenberg.

Heisenberg nickte.

»Na, da bin ick ma jespannt, wat so jeboten wird, zu den Preis. Uhr lesen könnse ja schon ma nich, wa?«

Heisenberg, der sich auf keine Diskussion einlassen wollte,

nickte wieder und rückte von seinem vermeintlichen Zwillingsbruder ab.

Aus dem Augenwinkel sah er ein Orangerot aufblitzen. Sein Herz pumpte los, als müsste es das Blut doppelt so schnell durch die Adern jagen.

Schon stand sie vor ihm: Valentina Gasser, etwas außer Puste. Sie entschuldigte sich für die Verspätung. Ihre üppige Lockenpracht war zerzaust, als wäre sie gerannt. Sogar hier in der Altstadt, im spärlichen Licht, das sich zwischen die mittelalterlichen Häuserfluchten verirrte, leuchtete ihr Haar wie Herbstlaub in praller Sonne. Und die beiden Pfingstrosen hoben und senkten sich, als wollten sie aus den Tiefen des Ausschnitts entkommen und Heisenberg anspringen.

Du alter Narr, schalt er sich, am liebsten wäre er weggelaufen. Aber ein Blick in ihre grünbraunen Augen genügte, und er blieb wie angewurzelt stehen. Hing an ihren Lippen, den vollen, die erzählten, dass der Stadtturm um 1450 erbaut und sein unterer Teil früher als Gefängnis genutzt worden war. Interessant.

Als er bei seinen Internetrecherchen entdeckt hatte, dass Valentina als Stadtführerin arbeitete, hatte er sich nicht viel erwartet. Ein paar heruntergeleierte Informationen für Billigtouristen. Nun lauschte er staunend ihren Ausführungen über das Goldene Dachl und seinen Erbauer Kaiser Maximilian. In der Schule hatte er Geschichte gehasst. Aber so hübsch in Anekdoten verpackt und so lebendig erzählt, konnte er sich kaum etwas Spannenderes vorstellen. Er war angetan. Fasziniert. Die Frau besaß nicht nur Charme, sie sah nicht nur umwerfend gut aus, sie war auch gebildet.

Seine Gedanken schlugen Purzelbäume, weshalb er ihre Kommentare zum Helblinghaus leider verpasste. Dafür überlegte er krampfhaft, wie er sie ansprechen könnte. Am besten nach der Führung. Er würde warten, bis die anderen gegangen waren. Dann würde er vor sie hintreten und sie fragen, ob er sie zum Kaffee einladen dürfte. Er würde mit ihr ins »Munding« gehen und eine der extravaganten Tortenkreationen für sie aussuchen. Die süße Sünde und seine Fähigkeiten im Smalltalk würden Valentina derart bezaubern, dass er es wagen dürfte, sein Inkognito zu lüften und sich als der zu präsentieren, der er war: Oberst Heisenberg, pensionierter Chef des Tiroler Landeskriminalamts.

Er freute sich im Voraus.

Der Rest von Valentinas Vortrag entging ihm, obwohl es ihn durchaus interessiert hätte. Er stolperte hinter den anderen her und formulierte seine Einladung zum Kaffee immer wieder neu.

»Vielen Dank für die interessante Führung. Dürfte ich Sie vielleicht …?«

Nein, viel zu formell.

»Was halten Sie von einem Kaffee?«

Auf keinen Fall. Zu forsch. Zu flapsig.

»Verehrteste, nach Ihren hochinteressanten Ausführungen wäre es mir ein großes Anliegen, Sie …«

Kruzifixsakrament. Zu kompliziert.

»Liebe gnädige Frau! Darf ich Sie zum Kaffee einladen? Quasi als Dank für die wunderbare Führung?«

Schon besser. Einen Hauch zu wienerisch vielleicht. Aber standen die Tirolerinnen nicht auf Wiener Charme?

Plötzlich fand er sich vor dem Stadtturm wieder und vernahm mit Staunen, dass sie die Tour für beendet erklärte. Die Stunde war wie im Flug vergangen.

»Wer möchte, kann noch mit mir den Turm besteigen. Von oben hat man einen phantastischen Ausblick über die Stadt und auf die Berge. Viele Stufen, aber sehr empfehlenswert«, sagte sie.

Alle außer Heisenberg bewegten sich zum Eingang des Turms.

»Kommen Sie auch mit?«

Er zuckte zusammen. Dass sie ihn direkt angesprochen hatte, erschreckte ihn bis zur absoluten Sprachlosigkeit. Kein Ton kam aus seiner Kehle.

Da schlug ihm sein vermeintlicher Zwilling jovial auf die Schulter. »Da jehn wa mit, dit is klar wie Kloßbrühe, wa? Ham wa ja ooch jede Menge Zaster für hinjeblättert!«

Valentinas spöttisches Lächeln versetzte Heisenberg einen Stich. Mit einem Mal war ihm alles zu viel: die Tatsache, dass er im Touristenoutfit einer Frau nachspionierte, dass er jeden Moment auffliegen und der allgemeinen Blamage preisgegeben werden könnte oder – und das war weit schlimmer – dass er nicht auffliegen und sie ihn für einen Piefke halten würde, einen waschechten Piefke.

Er stolperte zurück, brummte etwas Unverständliches und nahm die Beine in die Hand. Ohne anzuhalten, lief er bis zur Parkgarage am Adolf-Pichler-Platz, wo er sein Auto abgestellt hatte.

Mist. Von wegen Einladung ins »Café Munding«! Er hatte es versemmelt. Vergeigt. Eine einmalige Gelegenheit verplempert.

Missmutig fuhr er nach Hause und entledigte sich seiner Verkleidung. Nicht einmal seine duftende Küche freute ihn, die die wunderbare Frau Önder vorgestern auf Hochglanz gebracht hatte, wie auch den Rest der Wohnung. Sein Magen knurrte, vor Aufregung hatte er den ganzen Tag noch nichts gegessen. Er nahm einen Speckknödel aus der Tiefkühltruhe und taute ihn in der Mikrowelle auf. Suppe dazu, fertig. Ein einfaches Essen, das er liebte. Aber schon der zweite Bissen blieb ihm im Hals stecken, Hunger hin oder her. Der bittere Nachgeschmack seiner »Aktion Stadtführung« verhagelte ihm den Appetit. Er legte den Löffel weg und wanderte ruhelos in der Wohnung auf und ab. Lief in alter Gewohnheit ins Schlafzimmer und wollte Thea von seinem Kummer erzählen.

Doch Thea lag mit dem Gesicht nach unten auf dem Nachttisch, und über ihr Antlitz zog sich ein Netz von Haarrissen. Er hatte sich noch immer nicht aufraffen können, einen neuen Bilderrahmen zu besorgen.

Eine Entschuldigung murmelnd öffnete er die Nachttischschublade, wickelte Thea in das saubere Taschentuch, mit dem er sie sonst abstaubte, und ließ sie in den Tiefen der Lade verschwinden.

Er musste sich entscheiden. Entweder für die Vergangenheit und Trost bei seiner verstorbenen Frau oder für die Gegenwart. Vielleicht sogar für die Zukunft? Eine gemeinsame Zukunft mit der faszinierenden Valentina Gasser.

Sie sieht aus, als ob man mit ihr unbändig lachen könnte, dachte er. Und unbändiges Lachen, das vermisste er schon so lange.

Er straffte seine Schultern und kehrte zu seiner Suppe zurück. Diesmal löffelte er sie aus, er musste bei Kräften bleiben. Danach klebte er erneut den Schnauzer an, warf sich wieder in seine Touristenadjustierung und machte sich auf den Weg.

Zweiter Versuch. Er würde sich vor Valentinas Wohnhaus postieren und sie so lange beschatten, bis sich eine günstige Gelegenheit zur Kontaktaufnahme ergäbe. Und wenn es Stunden oder gar Tage dauerte. Zeit hatte er schließlich im Überfluss.

Er fuhr in die Innstraße und stellte den Wagen vor dem Malfattiheim ab. Während er wartete, las er die Tageszeitung von vorn nach hinten und wieder zurück. Sogar das Kreuzworträtsel der Wochenendbeilage löste er. Als er über den polnischen Fluss mit drei Buchstaben nachdachte, fiel ein Schatten auf sein Auto.

Kruzifixsakrament! Da lief sie direkt an seinem Wagen vorbei, und er hätte sie beinahe übersehen!

Kaum war sie um den nächsten Häuserblock verschwunden, stieg er aus, klemmte sich die Zeitung unter den Arm und folgte ihr. Die Herausforderung, sie nicht aus den Augen zu verlieren, ihr aber auch nie so nahe zu kommen, dass sie etwas bemerkte, verursachte ihm ein Prickeln, das sich von den Zehenspitzen bis unter die Haarwurzeln ausbreitete. Er fühlte sich lebendig. Als wäre er nach langen Monaten der Starre aus dem Winterschlaf erwacht. Und er wunderte sich, dass diese skurrile Situation ihm so viel Spaß machte.

Valentina überquerte die Innbrücke und lief Richtung Innenstadt. Unmittelbar hinter dem Landesmuseum bog sie um die Ecke. Als er die Stelle erreichte, war sie verschwunden. Schon wollte er vor Wut die Zeitung zerknüllen. Doch der Ärger setzte seine grauen Zellen in Gang. Er kam zu dem Schluss, dass sie nur ins »Café Kunstpause« gegangen sein konnte.

Er wartete ein paar Minuten. Dann zog er den Schild seiner Kappe tief in die Stirn und betrat das Kaffeehaus.

Sie saß mit dem Rücken zum Eingang und unterhielt sich angeregt mit zwei anderen Frauen. Eine von Valentinas Tischgenossinnen war Anna Schatz, die andere kannte er nicht. Die drei Damen strickten und tranken etwas leuchtend Orangefarbenes.

Er setzte sich so, dass er Valentinas Rücken und das Profil ihrer Freundinnen betrachten konnte und gleichzeitig vor Entdeckung sicher war. Ein igelköpfiger Kellner nahm seine Bestellung auf, und Heisenberg deutete diskret auf das Getränk der Damen. »So etwas möchte ich auch.«

»Also einen Spritz. Kommt sofort.«

Das Orangefarbene schmeckte alkoholisch, prickelnd und süß mit einem leicht bitteren Abgang. Ein typisches Frauengetränk. Als sein Glas leer war, bestellte er ein zweites und merkte erst zu spät, dass ihm der Alkohol bereits zu Kopf gestiegen war. Seit seiner Gastrektomie trank er höchstens ab und zu ein kleines Bier.

Immerhin hob das Getränk seine Stimmung. Er hätte gern albern gekichert, ganz ohne Grund. Ab und zu schnappte er ein paar Wortfetzen auf. »Wurz« hörte er heraus, und auch »Verhör« und »Alibi«.

Er kombinierte, dass Anna Schatz inzwischen von Wurz befragt worden war und dass sie offensichtlich kein Alibi für den Mord an ihrem Gatten hatte. Valentina wirkte höchst unzufrieden. Sie redete leise, aber eindringlich auf die Witwe ein.

»Soll ich etwa lügen?«, rief Anna Schatz laut aus. Im nächsten Moment schlug sie sich die Hand vor den Mund und sah sich erschrocken um.

Heisenberg faltete rasch seine Zeitung auseinander und verbarg sich dahinter. Sosehr er auch seine Ohren spitzte, er konnte nichts mehr verstehen, denn jetzt flüsterten die drei Damen und steckten die Köpfe zusammen.

Eine Verschwörung, schoss es ihm durch den Kopf. Wie ein alter Hund, der zu lang hinter dem Ofen gelegen hatte, erwachte der Kriminalist in ihm, streckte und reckte die starren Glieder und nahm Witterung auf.

Dass die drei etwas verbargen, war offensichtlich.

Hatten sie mit dem Mord zu tun? Drei gute Freundinnen, die sich zusammengetan hatten, um den missliebigen Ehemann der einen zur Strecke zu bringen und sich dann das Erbe zu teilen?

»Unsinn«, murmelte Heisenberg. So weit käme es noch, dass die bizarren Kriminalromane, die Thea immer so gern gelesen hatte, auf ihn abfärbten! Er versuchte, sich an den Namen ihrer

Lieblingsautorin zu erinnern, die immer über mordende alte Damen geschrieben hatte. Ilse Knoll? Irmgard Moll?

Ein Mordkomplott von Rentnerinnen, lachhaft.

Er nippte an seinem Getränk und schielte immer wieder über den Zeitungsrand zu dem verschworenen Trio. Die Haut unter seinem angeklebten Bart juckte, er kratzte sich vorsichtig. Eine Dreiviertelstunde lang nippte er, schielte und kratzte sich, fand aber nichts Wesentliches mehr heraus, schon gar nicht, wie er Valentina ansprechen könnte.

Als die drei Frauen sich ans Bezahlen machten, winkte auch er dem Igelkopf. Kurz nachdem sie das Lokal verlassen hatten, erhob sich Heisenberg und schritt zur Tür. Ehe er sie aufdrücken konnte, wurde sie ihm ins Gesicht geschlagen.

»Kruzi…«

Valentina Gasser war zurückgekommen. Allein. Sie entschuldigte sich, rauschte an ihm vorbei, zu ihrem Tisch. Auf der Bank sah er etwas Buntes liegen, ein Halstuch, das sie vergessen hatte. Warum war ihm das nicht eher aufgefallen? Er hätte es ihr nachtragen können. Eine optimale Gelegenheit zur unverdächtigen Kontaktaufnahme, und er hatte sie verpasst!

Als Valentina die »Kunstpause« ein zweites Mal verlassen wollte, stand er noch immer wie angewachsen an derselben Stelle.

»Ist Ihnen nicht gut?«, fragte sie und musterte ihn aufmerksam. Ihre Brauen wanderten nach oben, die Augen weiteten sich. »Ich kenne Sie!«, stieß sie hervor.

»Ich … ähm …« Hitze flutete sein Gesicht. »Die Stadtführung«, stammelte er.

»Ja, aber …« Ihre Hand kroch vor, langsam und unaufhaltsam. Bewegte sich zielsicher auf seinen Mund zu.

Er wollte sie schon ergreifen und spitzte die Lippen, um einen formvollendeten Handkuss anzubringen. Wiener Schule.

Da riss sie ihm mit einem Ruck den falschen Bart ab.

»Au«, sagte er, obwohl der Schmerz mehr ein innerlicher war.

Mit der anderen Hand zog sie ihm die Mütze vom Kopf und begutachtete triumphierend sein Haar, die spärlichen Federn, die ihm vermutlich verschwitzt an der Kopfhaut klebten. Wenigstens waren sie gewaschen.

»Der Kripobeamte«, zischte sie. Ihre Mundwinkel verzogen sich verächtlich. »Wenn Sie sich schon verkleiden wie ein schäbiger Schnüffler, dann sollten Sie dafür sorgen, dass Ihr Bart nicht schief angeklebt ist.«

»Der muss wohl verrutscht sein.«

»Und jetzt will ich wissen, warum Sie mir nachspionieren.« Ihre Augen sprühten. Er konnte Wut in ihnen lesen und Kampfgeist, Rebellentum, Stolz, Ironie, Geringschätzung. Leider nichts, das ihm Anlass zur Hoffnung hätte geben können.

»Ja, also … Das ist so …« Er brauchte eine überzeugende Ausrede. Das konnte doch für einen ehemaligen Kripochef nicht so schwer sein?

Ein Lächeln schlich sich auf seine Lippen, als ihm die Lösung einfiel. »Verehrte Frau Gasser, ich muss mich bei Ihnen entschuldigen. Aber mein Vorgesetzter ist schuld, Kripochef Wurz. Sie haben ihn ja bereits kennengelernt.«

Falten furchten ihre Stirn. Sie hatte wohl keine gute Erinnerung an Wurz. Prima!

»Obwohl er weiß, dass meine jüngeren Kollegen besser für den Job geeignet wären, hat er mich dazu verdonnert, Sie zu observieren. Und da sehen Sie, was dabei herausgekommen ist. Sie haben mich enttarnt! Das ist mir äußerst peinlich.«

»Observieren? Warum? Bin ich denn verdächtig?« Sie trat einen Schritt zurück.

»Keinesfalls, Gnädigste, keinesfalls. Es geht dabei ausschließlich um Ihre Freundin, Frau Schatz.«

»Sie verdächtigen Anna?« Sie sah ihn an, als wollte sie ihm ins Gesicht springen.

Jetzt war er es, der einen Schritt zurücktrat.

»Warum, um alles in der Welt, verfolgen Sie dann mich?«

Ein guter Einwand. So weit hatte er bei der Erfindung der Ausrede nicht gedacht. »Das … also das ist höhere kriminalistische Logik, die Anwendung des Güldenroth'schen Grundsatzes.« Er begann zu schwitzen. »Güldenroth war ein berühmter Kriminologe, müssen Sie wissen. Sein Grundsatz besagt … Aber das kann ich Ihnen beim besten Willen nicht in zwei, drei Sätzen erklären.«

Sie schien beeindruckt, zumindest zwei schweigsame Herzschläge lang, die er ausnutzte, indem er sofort weitersprach: »Wenn Sie möchten, erkläre ich es Ihnen gern bei einem gemeinsamen Abendessen.« Die Worte hatten sich verselbstständigt, vermutlich lag es an der Wirkung des orangefarbenen Getränks oder an ihrem grünbraunen Blick. Jedenfalls war es geschehen. Und er duckte sich, um dem schallenden Gelächter oder den kratzenden Fingernägeln auszuweichen.

Nichts dergleichen. Sie schenkte ihm ein Lächeln, das sein Herz stolpern ließ. »Das ist eine wunderbare Idee! Wann haben Sie Zeit?«

Ihm schwindelte.

Sie ist einverstanden! Sie hat zugesagt!

Sie war einverstanden! Sie hatte zugesagt!

Am liebsten hätte er einen Urschrei ausgestoßen wie einst Johnny Weissmüller als Tarzan und hätte sich von Lampe zu Lampe geschwungen. Beinahe hätte er »Immer« gesagt, »ich bin ja Pensionist«, und damit alles verraten.

Doch diesmal verpatzte er es nicht. »Wie wäre es mit Montag? Um acht?«

»Morgen also. Das passt mir gut.« Wieder dieses Lächeln, ein Lächeln zum Niederknien.

Den Rest des Gesprächs erlebte Heisenberg wie in Watte gepackt. In rosarote Zuckerwatte. Er versprach ihr, im »Wirtshaus Schöneck«, dem besten und teuersten Speiselokal, das ihm auf Anhieb einfiel, einen Tisch zu reservieren und sie um zwanzig vor acht abzuholen. Begleitete sie unter vielem Herzgeklopfe und Handgeschwitze zu ihrer Wohnung, fuhr, nein, schwebte nach Hause und erschrak, als er sein dümmliches Grinsen im Spiegel sah.

8

Selma betrachtete ihn über den Rand ihrer pinkfarbenen Brille. »Darf ich bei der Befragung vom jungen Lederer dabei sein, Toni?«

Er schluckte. Ihr Interesse – an ihm? Oder nur an seiner Art, eine Befragung durchzuführen? – war Balsam für seine Seele. Und dann die Art, wie sie ihn mit schief gelegtem Kopf ansah! An sich gab es keinen Grund, ihr die Bitte abzuschlagen. Außer vielleicht den einen, dass sie immer irgendwelche Extrawürste haben wollte und dass er das keinesfalls einreißen lassen durfte. »Wozu? Hast du sonst nichts zu tun?« Er versuchte, seiner Stimme einen rauen Klang zu verleihen und das Knurren zu imitieren, das Heisenberg so meisterhaft beherrscht hatte. Leider eignete sich sein hoher Tenor nur mäßig für derartige Machtdemonstrationen.

»Ich dachte, ich könnte was lernen. Vom Chef höchstpersönlich.« Wieder dieser Blick. Und dazu ihr Mona-Lisa-haftes Lächeln, bei dem er nie wusste, ob es freundlich, anerkennend oder spöttisch gemeint war.

Er beschloss, es für anerkennend zu halten. »Also gut. Aber du mischst dich auf keinen Fall in unser Gespräch ein. Haben wir uns verstanden?«

»Natürlich. Ich werde schweigen und bewundernd an deinen Lippen hängen.« Und wieder das Lächeln.

Sie meinte es doch spöttisch! *Hardigatti.* Diese junge Frau hatte null Respekt vor ihm als Kripochef. Er musste einmal ernsthaft darüber nachdenken, wie er ihr Demut beibringen konnte. So ging das nicht weiter. »Die Bewunderung kannst du dir sparen, Selma. Pass lieber gut auf. Du musst wirklich noch viel lernen. Aber Selbsterkenntnis ist ja bekanntlich der erste Schritt zur Besserung.« Er wandte sich abrupt ab, damit sein Blick nicht wieder an ihrem Kinngrübchen hängen blieb, dem hinreißenden.

Kurz nach zehn Uhr fand sich der junge Lederer in Wurz' Büro ein, flankiert von seinen Eltern. Er war ein jugendliches Ebenbild seines Vaters und rotblond wie dieser, aber einen halben Kopf kleiner und schlaksig. Die Augen hatte er von seiner schönen Mutter geerbt.

»Grüß Gott allerseits. Sebastian Lederer?« Wurz versuchte, den Blick des Jungen einzufangen. Doch der sah nur gelangweilt zum Fenster und ignorierte ihn völlig.

»Ja, das ist unser Sebastian«, antwortete Nadine. Der Bluterguss unter ihrem Auge war Richtung Wangenknochen abgesackt und hatte sich gelbbraun verfärbt. So kooperativ sie und ihr Mann sich bisher erwiesen hatten, so sehr hatten sie versucht, ihren Sohn aus allem herauszuhalten. Wurz hatte auf einer Befragung bestanden, der Vollständigkeit halber, nicht, weil er sich viel erwartet hätte. Er hatte mit einem kleinen Jungen gerechnet und war darauf gefasst, für die Befragung die Glacéhandschuhe auszupacken. Dass er es mit einem Teenager zu tun hatte, fast mit einem Erwachsenen, ließ sein Interesse sprunghaft ansteigen. Auf die Glacéhandschuhe würde er verzichten, keine Frage.

»Sie verstehen sicher, dass ich Ihren Sohn allein befragen muss. Sie können gern draußen warten. Lassen Sie sich einstweilen von unserer Linda einen Kaffee machen.«

Selma gestikulierte in Wurz' Richtung, als wollte sie ihm etwas Wichtiges mitteilen. Typisch! Hatte er ihr nicht klargemacht, sie solle sich ruhig verhalten? Und sie mischte sich ein, noch ehe das Gespräch begonnen hatte.

»Aber Sebastian ist erst sechzehn«, sagte Berti Lederer. »Und er ist nicht sehr redegewandt. Da müssen wir als Eltern doch dabei sein.«

»Meine Kollegin und ich werden ihm schon auf die Sprünge helfen. Ein Sechzehnjähriger ist alt genug, um der Polizei Rede und Antwort zu stehen, ohne dass seine Eltern ihm die Hand halten. Nicht wahr, Sebastian? Darf ich überhaupt noch Du sagen?«

»Selbstverständlich dürfen Sie ihn duzen«, antwortete Nadine.

»Nichts für ungut, Frau Lederer, aber warum lassen Sie Ihren Sohn nicht selbst antworten? Sie behandeln ihn ja wie ein Kleinkind.«

Wieder fuchtelte Selma und versuchte, Wurz' Blick einzufangen.

Er unterdrückte den aufkeimenden Zorn und ignorierte sie einfach. »Als wäre er nicht ganz richtig im Kopf.«

Wie auf Knopfdruck wechselte die Gesichtsfarbe der Lederer-Eltern. Während Bertis Wangen sich röteten, als stünden sie unter Dampf, wurde Nadines Antlitz beinahe durchsichtig vor Blässe.

Sebastian aber starrte weiterhin auf einen Punkt jenseits der Fensterscheiben, als ginge ihn das alles nichts an.

»Unser Sohn ist geistig behindert.« Obwohl sie leise sprach, hallte Nadines Stimme in Wurz' Schädel. »Nicht ganz richtig im Kopf, wie Sie es so treffend formuliert haben.«

»Aber … ich …« *Verdammter Mist!* Der Bursche sah völlig normal aus. »Verzeihung, ich wollte nicht …«

Sie lächelte. Ein kleines, bitteres Lächeln. »Schon gut, es ist nicht Ihre Schuld. Wir hätten es Ihnen von vornherein sagen sollen. Aber es fällt Berti und mir noch immer schwer, das Wort ›Behinderung‹ in den Mund zu nehmen. Wir sagen lieber, dass Sebastian sehr speziell ist. Sehr besonders. Unser Sonnenschein.« Sie strich ihm übers Haar. »Basti war zu lange im Geburtskanal, die Nabelschnur hatte sich um den Hals gewickelt. Sauerstoffmangel. Es war ein Riesenglück, dass er überhaupt überlebt hat.«

Wurz schluckte. Glück? War das denn nicht eine Strafe? Hätte Nadine nicht besser … Wenn sie es vorher gewusst hätte?

Das Lächeln, das sie ihrem Sohn schenkte – diesmal ohne jede Bitterkeit – strafte seine Vermutung Lügen. Sein Respekt vor dem Exmodel stieg immens.

Sebastian schien aus seiner Lethargie zu erwachen. Er wandte sich seiner Mutter zu, und für einen Augenblick verzogen sich alle Muskeln seines Gesichts zu einer Grimasse, die vermutlich ein Lachen sein sollte, fröhlich, die aber entgleiste und plötzlich wie ein stummer Schrei der Verzweiflung wirkte. Dann glätteten sich seine Gesichtszüge, die Augen glitten ins Leere zurück, und er sah wieder wie ein normaler Teenager aus. Gelangweilt.

Wurz biss die Zähne zusammen. Sobald er seinen Fuß aus dem Fettnapf gezogen hatte, bat er die Familie Lederer, Platz zu nehmen. »Sebastian, wo warst du am Montag vor einer Woche zwischen siebzehn und achtzehn Uhr?«

Der Junge ließ seinen Blick über den Schreibtisch schweifen. Er reagierte nicht. Er sah Wurz nicht an. Er schwieg.

Nach einigen peinlichen Augenblicken absoluter Stille wandte Wurz sich an Nadine. »Kann Sebastian überhaupt sprechen?«

»Oh ja, das kann er. Aber er ist sehr schüchtern gegenüber Fremden. Ängstlich. Und wenn er Angst hat, dann bringen Sie kein Wort aus ihm heraus.«

»Und Sie? Könnten Sie etwas aus ihm herausbringen?«

»Ich kann es versuchen. Das Problem ist, dass er mit dem Datum und der Uhrzeit wenig anfangen kann. Er merkt sich nur besondere Ereignisse.« Nadine nahm die Hand ihres Sohnes in ihre. »Basti-Schatz, erinnerst du dich an den Tag, als der Papi dich zur Oma gebracht hat?«

Sebastian begann, eine Melodie zu summen, ohne die Betrachtung der Bleistifte zu unterbrechen, die auf dem Schreibtisch herumlagen. Wurz kannte die Melodie irgendwoher, aber er konnte sie nicht einordnen. Dann schoss Sebastians freie Hand vor, ohne Vorwarnung. Sie schloss sich um den Keramikbecher, den Linda für ihn bemalt hatte. »CHE« stand in roten Buchstaben darauf, das F war bereits abgeblättert. Mit einem Ruck zog Sebastian den Becher zu sich, fegte dabei einige Kugelschreiber vom Tisch. »Voglbad«, rief er und schlug mit dem Becher auf die Tischkante, einmal, zweimal. Der Kaffeerest schwappte über und verteilte sich über einen Aktenordner.

Berti gelang es, Sebastians Hand zu packen und festzuhalten, ehe der Becher zu Bruch ging. Während er seinen Sohn beruhigte und ihm gut zusprach, entschuldigte sich Nadine bei Wurz.

»Tut mir leid, ich hoffe, es sind keine wichtigen Papiere nass geworden.«

»Kein Problem.« Er zuckte mit den Schultern. »Was meint Ihr Junge mit ›Voglbad‹?«

»Eine Vogeltränke.« Nadines Hände krampften sich umeinander, als müssten sie sich gegenseitig auswringen. »Basti liebt Vögel. Und er liebt das Töpfern. Seit er es in der Behindertenwerkstätte gelernt hat, verbringt er Stunden damit. Im Hinterzimmer von meinem Geschäft hat er seinen Arbeitsplatz. Am Tag von Romeds Ermordung hat er auch getöpfert, eine Vogeltränke, bis

Berti ihn abgeholt hat. Und obwohl er sehr gern zu seiner Oma fährt, wollte Sebastian nicht mitkommen, weil die Tränke noch nicht fertig war. Es gab bittere Tränen deswegen, und daran erinnert er sich wohl.«

»Kann ich mir die Vogeltränke einmal ansehen?«

»Jederzeit. Bastis Zimmer und sein Arbeitsraum in der Trachtenboutique sind vollgestopft mit seinen Werken. Er passt auf wie ein Schießhund, dass nichts wegkommt.« Sie lächelte.

Sebastian saß wieder in sich versunken zwischen seinen Eltern und summte leise vor sich hin. Wurz ärgerte sich, weil ihm nicht einfallen wollte, woher er die Melodie kannte. Noch einmal wandte er sich an den Jungen. »Fein, Sebastian. Also zeigst du mir das Vogelbad, das du an dem Tag gemacht hast?«

Dann ging alles blitzschnell. Sebastians Pupillen weiteten sich, seine Lider flatterten. Wie von einer unsichtbaren Feder gespannt, bog sich sein Kopf nach hinten. Ein Schrei entfuhr ihm, als hätte jemand mit einem Schlag in die Magengrube die Atemluft aus ihm herausgepresst. Sein ganzer Körper spannte sich, und ehe seine Eltern reagieren konnten, rutschte der Junge vom Stuhl und krachte zu Boden. Seine Muskeln zuckten wild und unkontrolliert. Aus dem Mund quoll gelblicher Schaum.

Berti trat die Stühle zur Seite und schuf Platz. Nadine ging auf die Knie und versuchte, den Kopf ihres Sohnes zu halten. Als Wurz sah, dass das Gesicht des Jungen blau anlief, wurde ihm heiß und kalt zugleich. »Er atmet nicht mehr! Ruf die Rettung«, rief er Selma zu. Warf sich auf die Knie, um den Jungen zu beatmen. Dessen Fuß schlug aus, traf Wurz am Schienbein. Er schrie auf, wollte aber nicht von seinem Rettungsversuch ablassen. Bis er zurückgerissen wurde.

»Was soll das?«, fauchte er. »Wir müssen Erste Hilfe leisten.«

Selma schüttelte den Kopf. »Es ist nur ein epileptischer Anfall vom Grand-Mal-Typ. Sieht schlimm aus, ist aber ungefährlich. Man kann nicht mehr tun, als alle Hindernisse beseitigen und aufpassen, dass er sich nicht verletzt.«

»Woher willst du das wissen?«

»Meine Eltern sind Notfallmediziner.«

Wie sie vor ihm stand, breitbeinig, selbstbewusst, mit diesem

Grübchen am Kinn. Wurz wollte sie anfahren, zurechtstutzen, zusammenstauchen, ihr den Schneid abkaufen. Ihre aufgeblasene Selbstsicherheit ramponieren. Da bemerkte er, dass Sebastian zu sich kam. Er atmete wieder. Seine Mutter streichelte sein Gesicht und redete ruhig auf ihn ein.

Selma hatte also recht gehabt. Und seine kindische Reaktion – wenn auch nur in Gedanken – war eines Kripochefs unwürdig gewesen.

Wenig später schlief der Junge wie ein Stein. Berti hob ihn hoch, legte ihn sich über die Schulter und trug ihn hinaus. Nadine, käsebleich im Gesicht, folgte ihnen. Unter dem Türrahmen drehte sie sich noch einmal um. »Werden Sie die Befragung ein anderes Mal fortsetzen?«

Wurz wäre am liebsten vor ihr niedergekniet und hätte sie um Verzeihung gebeten. »Das wird nicht nötig sein.« Wieso hatte er die Lederers nicht sofort nach Hause geschickt? Welcher Teufel hatte ihn geritten, zu glauben, er könne aus einem Behinderten etwas Ermittlungsrelevantes herauskitzeln? »Gute Besserung«, murmelte er noch und war sich der Hilflosigkeit dieser Formulierung bewusst, sobald sie seinen Lippen entflohen war.

Kaum hatten die Lederers sein Büro verlassen, fauchte er Selma an. »Was sollte eigentlich dein penetrantes Gestikulieren?«

»Ich wollte dich auf Sebastians Zustand hinweisen, weil du es offensichtlich nicht bemerkt hast.« Sie ging hinaus, kam mit einem Lappen wieder, mit dem sie den Pissfleck bearbeitete, den der Lederer-Sohn hinterlassen hatte. Je länger Wurz ihr dabei zusah, umso mehr schämte er sich für seinen lächerlichen Zorn darüber, dass sie – seine Untergebene – sensibler und klüger gewesen war als er. Schämte sich für das Bedürfnis, ihr ständig imponieren zu wollen.

Er riss das Fenster auf und sog die frische Luft ein wie einer, der soeben dem Erstickungstod entronnen war.

Als er am Nachmittag mit Mitterhofer, Bartsch, Weinreich und Selma im Besprechungszimmer saß, hatte er seine miese Laune zusammen mit den Kirchtagskrapfen hinuntergeschluckt, die Linda zu Mitterhofers Geburtstag spendiert hatte. Er spülte mit Kaffee nach. Dann krempelte er die Ärmel hoch und blickte in die Runde.

»Lasst uns unsere bisherigen Erkenntnisse zusammenfassen. Welche Ergebnisse kann die Spusi vorweisen, Severin?«

»Nichts«, brummte Bartsch. »So gut wie nichts. Ich hab in meinem Leben keinen so reinen Tatort gesehen.« Er schüttelte sein mächtiges Haupt. »Ich hab die Lederer übrigens darauf angesprochen. Sie hat gesagt, dass sie allergisch gegen Hausstaub sei und die Wohnung deshalb peinlich sauber halte. Vor allem das Schlafzimmer.« Der Spusichef zog eine Grimasse. »Immerhin haben wir zwei Haare gefunden, die weder von Schatz noch von den Lederers stammen.«

»Interessant. Und wie sieht's mit Fingerabdrücken aus?«

»Negativ. Der Täter muss Handschuhe getragen haben.«

»Das deckt sich mit der Aussage der Lederer.« Wurz stöhnte auf. Was für eine magere Ausbeute! »Gehen wir es anders an. Wen können wir bisher definitiv aus dem Kreis der Verdächtigen ausschließen?«

»Ganz sicher Nadine Lederer«, sagte Mitterhofer. »Ihre Aussage stimmt in jedem Punkt mit unseren Untersuchungsergebnissen überein und ist in sich schlüssig. Außerdem hat sie kein Motiv und wurde selbst verletzt.«

Wurz nickte. »Dasselbe trifft auf ihren Mann zu. Berti hat von Anfang an von der Affäre seiner Frau gewusst und vom Mordopfer profitiert. Also auch kein Motiv. Und er hat ein Alibi. Er war mit Sebastian bei seinen Eltern in Fulpmes. Hast du das überprüft, Mark?«

Mitterhofers lange Finger trommelten auf die Tischplatte. »Die Eltern haben Bertis Aussage bestätigt. Er war in Fulpmes, bis Nadine völlig aufgelöst angerufen und von dem Mord erzählt hat. Da ist Berti schnurstracks nach Innsbruck gefahren, Sebastian hat er dort gelassen.«

»Damit ist Berti Lederer ebenso aus dem Schneider wie sein Sohn. Der käme aber sowieso nicht für einen Mord in Frage, zurückgeblieben, wie er ist.«

»Das ist ein Vorurteil«, platzte Selma heraus. »Die meisten Behinderten sind zu weit mehr imstande, als man ihnen zutraut.«

»Der Junge ist nicht einmal in der Lage, auf eine einfache Frage zu antworten.«

Sie strich sich eine vorwitzige Haarsträhne hinters Ohr. »Hast du die Melodie erkannt, die er gesummt hat?«

Wurz presste seine Lippen zusammen. Er hatte nicht.

»Das war Mozart. ›Der Vogelfänger bin ich ja.‹ Die Arie des Papageno aus der ›Zauberflöte‹. Ist das nicht erstaunlich, dass er eine Opernarie kennt? Und dass er sie nachsingen kann?« Sie zog an ihrem Haargummi und band sich den Pferdeschwanz neu. »Vielleicht wollte er uns damit etwas sagen.«

»Weil er ein Lied gesummt hat?«

»Ein Lied über einen Vogelfänger. Und er hat ›Voglbad‹ gesagt und nach deinem Keramikbecher gegriffen. Natürlich ist das weit hergeholt, aber ich habe das Gefühl, er …«

Wurz lachte laut auf. »Ich bitte dich! Erspar uns deine Gefühle, Selma. Sebastian Lederer war zur fraglichen Zeit bei seinen Großeltern. Er kann es nicht gewesen sein. Die Lederers sind raus.«

»Und wenn sie alle lügen und das Alibi falsch ist?« Selma hatte ihre Brille abgenommen und sah Wurz an. Mit Augen, die fast so schwarz waren wie Lindas Kaffee. Und die so intensiv schauten, als müssten sie Löcher brennen. »Wir könnten Sebastian von einem Kinderpsychologen befragen lassen. Ich kenne da jemanden, der …«

Wurz verdrehte die Augen. Wieder ärgerte er sich über ihr besserwisserisches Vorpreschen.

Aber diesmal schluckte er seinen Zorn hinunter. »Dein Engagement in Ehren, aber das bringt doch nichts! Höchstens, dass er wieder einen epileptischen Anfall bekommt und mein Büro einnässt.« Er schüttelte den Kopf.

»Wie schaut's denn mit der Frau vom Schatz aus?«, fragte Weinreich. »So ein Erbe, so ein riesiges, is fei schon ein schöner Anreiz für einen Mord. Oder nicht?«

»Freilich«, bestätigte Wurz. »Außerdem ist ihr Alibi nichts wert. Einkaufen war sie, angeblich in drei verschiedenen Naturkostläden. Aber keine der Verkäuferinnen kann sich an sie erinnern. Mir kommt das ausgesprochen merkwürdig vor.«

»Also ich kenne viele Leute, die ein schlechtes Personengedächtnis haben«, warf Selma ein. »Ich ärgere mich immer darüber, dass in Krimis so oft Zeugen auftreten, die eine Person bis ins Detail beschreiben können und sich nach Wochen, manchmal sogar nach Jahren noch an jede Winzigkeit erinnern.«

»Das könnte ich auch«, sagte Wurz.

»Tatsächlich?« Selma sprang auf und stellte sich vor ihren Kollegen Weinreich. »Dann verrate mir doch, welche Augenfarbe der Sepp hat.«

Hardigatti. Braun wahrscheinlich. Was interessierten ihn die Augen vom Weinreich? Wurz hütete sich zu antworten. Jetzt war Selma eindeutig zu weit gegangen. Mit einem eisigen Blick brachte er sie dazu, sich wieder hinzusetzen und zu schweigen.

»Die Schatz-Witwe hat also kein Alibi nicht«, resümierte Sepp Weinreich. Seine Augen waren im Übrigen grau. Und wenn schon! »Warum nimmst du sie nicht in die Zange?«

»Habe ich doch schon. Nichts ist dabei herausgekommen. Kollabiert wäre sie mir beinahe. Hast du dir die Frau einmal näher angeschaut, Sepp?«, fragte Wurz. »Die Harmlosigkeit in Person. Da wirkt meine eigene Oma verdächtiger.«

Weinreich klopfte eine Zigarette aus der Packung und steckte sie sich zwischen die Lippen. Unangezündet natürlich, es herrschte striktes Rauchverbot. »Nur, dass man sich da halt oft täuschen tut, mit den Harmlosen. Körperlich tät ich der nämlich schon was zutrauen.«

»Aber nicht, was das Aggressionspotenzial betrifft, das so eine Tat verlangt. Die Frau ist doch eine Mimose. Hilflos.«

»Und die Schatz-Kinder? Erben die nix?« Die Zigarette tanzte in Weinreichs Mundwinkel.

»Doch, ja. Weniger als ihre Mutter, aber immer noch genug. Die waren aber zur Tatzeit beide in Wien und haben Zeugen dafür. Die können es also auch nicht gewesen sein«, sagte Mitterhofer. »Das habe ich überprüft.«

Wurz räusperte sich. »Wir werden die Witwe weiterhin beobachten, aber unser Augenmerk auf andere Verdächtige lenken. Die Frage ist, wer von Schatz' Tod noch profitiert hat. Außer seiner Ehefrau und den Kindern.«

»Seine Konkurrenten im Immobiliengeschäft. Der Raschek vor allem. Der würde sich die Firma von Schatz bestimmt gern unter den Nagel reißen.«

»Gute Idee, Mark. Dann nimm du den Raschek unter die Lupe.«

Selma wetzte auf ihrem Stuhl hin und her. »Ich bin bei meinen Recherchen auf die Firma ›Immo-Hai‹ von einem gewissen Rainer Haindling gestoßen«, sagte sie. »Der ist seit Frühjahr in Konkurs. Angeblich hat Schatz ihn gezielt ruiniert.«

»Hm«, brummte Wurz, weil er nicht zugeben wollte, dass er den Hinweis interessant fand.

Wozu auch? Ihr Selbstbewusstsein war ohnehin schon auf Fesselballonformat aufgebläht.

»Soll ich den Haindling befragen?«

»Auf gar keinen Fall. Dafür braucht es jemand Erfahrenen.«

»Aber Mark muss sich schon um den Raschek kümmern.«

Es tat gut, sie so zappeln zu sehen. »Lieber mache ich es selbst. Hast du schon die Listen abgeglichen, die wir von Anna Schatz und von Nadine Lederer bekommen haben? Mit den Namen von Schatz' Feinden?«

»Raschek und Haindling haben beide genannt. Die Übrigen geben alle nicht viel her.«

»Bist du dir sicher?«

Selma nahm ihre Brille ab und sah ihn mit zusammengekniffenen Augen an.

»Da du die Unerfahrenste in unserer Runde bist, kannst du die Situation womöglich nicht so gut einschätzen. Also bitte, setz dich an deinen PC und recherchiere. Finde so viel wie möglich über jede einzelne Person heraus, die auf der Liste steht. Ich will alles wissen, auch das unscheinbarste Detail.«

»Wirklich alles?« Selma schielte über ihren Brillenrand. »Oder nur das, was für den Fall relevant ist?«

Wurz genoss Selmas Verärgerung. Endlich war ihr die Überlegenheit vergangen, die sie ihm gegenüber immer zur Schau stellte. »Was relevant ist, entscheide ich. Also fang am besten gleich an, wir sind hier eh fertig.«

Sie verdrehte die Augen. »Da bin ich bis nächstes Jahr beschäftigt«, maulte sie. Doch ihre Stimme war deutlich leiser geworden.

»Ich tät dir schon ein paar Leut abnehmen, Selma«, sagte Weinreich.

Wurz schüttelte den Kopf. »Kümmere du dich lieber um den Computer von Romed Schatz und durchsuche ihn nach Hinweisen.«

»Schon passiert, Toni. Ich hab nix gefunden, außer dass der Typ viel auf Pornoseiten rumgesurft ist und sich Bondage-Filmchen runtergeladen hat.«

»Dann schau dir den Schatz-PC noch einmal an, Sepp. Vielleicht hast du was übersehen?«

Weinreich zuckte mit den Schultern. »Wennsd' meinst.«

Selma warf den Kopf zurück, packte ihre Unterlagen und schoss ohne Gruß aus dem Besprechungsraum. Bartsch und Weinreich folgten ihr.

Als Wurz sich erhob, legte Mitterhofer ihm die Hand auf die Schulter. »Heute bist du aber ruppig, Toni. Fast wie der Alte früher. Ist dir eine Laus über die Leber gelaufen? Oder was Größeres?«

»Was soll das heißen? Meinst du, ich hänge gern den Chef raus?« Wurz rollte seine hochgekrempelten Ärmel hinunter und schloss die Manschettenknöpfe.

»Ganz unter uns gesagt: Du hast dich schon ziemlich verändert, seit du im Chefsessel sitzt. Früher waren wir befreundet, wir sind abends ab und zu auf ein Bier gegangen. Und jetzt …«

»Für Abstecher ins Pub fehlt mir die Zeit. Es ist nämlich nicht so lustig, wie du dir das vorstellst, diesen Sauhaufen hier zu leiten. Das geht nur mit Autorität. Wenn es dir nicht passt, wie ich das mache, dann kannst du dich ja schon auf meinen Nachfolger freuen.« Er war schließlich nur vorübergehend bestellt. Wenngleich er sich nichts mehr wünschte, als durch sensationelle Ermittlungsergebnisse in seinem Amt bestätigt zu werden.

Mitterhofer zog einen Flunsch.

»Übrigens … alles Gute zum Geburtstag, Mark.«

»Schon gut.« Er würdigte Wurz keines weiteren Blickes und ging.

Na prima. Jetzt verglichen sie ihn schon mit Heisenberg, dem alten Grantler. Aber vielleicht war das ganz gut so. Vielleicht würde das ihre Einsatzbereitschaft erhöhen. Ihren Respekt. Auf alle Fälle war der kleine Dämpfer für Selma bitter nötig gewesen.

Er würde seiner Revierinspektorin schon zeigen, wo der Bartl den Most holt.

9

Wie vereinbart schrillte die Türklingel um zwanzig vor acht. Pünktlich auf die Sekunde, dachte Valentina.

Rasch warf sie einen Kontrollblick in den Spiegel und fragte sich, ob sie mit dem petrolfarbenen Kleid die richtige Wahl getroffen hatte. Natürlich war es viel zu jugendlich, um einem konservativen Kriminalbeamten zu gefallen. Außerdem hatte sie sich hineinquetschen müssen, es war mindestens eine Nummer zu klein und der Ausschnitt zu gewagt für ihr Alter. Zumindest dachte die Allgemeinheit so, die Rentnern jede Form von Erotik absprach. Aber dieses Kleid brachte nun mal ihren Busen aufs Phantastischste zur Geltung! Und wenn sie sich recht erinnerte, hatte Heisenberg bei ihrer letzten Begegnung so verzweifelt versucht, nicht auf ihre Oberweite zu schauen, dass sie sicher war, ihn genau damit zu beeindrucken. Seinem verbürgerlichten, antiquierten Geschmack zum Trotz.

In aller Ruhe zog sie den Lippenstift nach und legte ihre selbst gefilzte Kette um, ein Lieblingsstück aus verschieden großen Filzkugeln in unterschiedlichen Kupfertönen, die auf ein Lederband gefädelt waren. Es passte zu ihrer Haarfarbe und würde ihr Glück bringen.

Sie klemmte sich ihre Handtasche unter den Arm und öffnete die Tür.

Vor Verwunderung klappte ihr Unterkiefer nach unten. Ein eleganter älterer Herr stand auf ihrer Fußmatte, in Nadelstreif gewandet. Sein champagnerfarbenes Seidenhemd sah makellos aus, nur die Fliege saß etwas schief.

War das derselbe Mensch, der sie bei ihrer ersten Begegnung durch sein ungepflegtes Äußeres und die Pantoffeln beeindruckt hatte, beim zweiten Mal durch die lächerliche Verkleidung als Tourist und den falschen Bart?

Er musste beim Friseur gewesen sein. Die fettigen Federn, die er noch vor Kurzem quer über die Glatze gekämmt hatte, um diese zu verbergen – ein aussichtsloses Unterfangen, vor allem bei Föhn –, waren bis auf wenige Millimeter gekürzt. Zwischen den beiden Stoppelinseln glänzte sein Kopf wie ein eingeölter Babypopo. Nackt, aber ehrlich.

»Wunderbar sehen Sie aus, meine Liebe.« Heisenberg drückte ihr einen Strauß gelber Rosen in die Hand.

»Sie haben sich aber auch herausgeputzt«, sagte sie, froh, nicht lügen zu müssen.

Wenig später saßen die beiden auf der verglasten Veranda des »Wirtshaus Schöneck«, und Valentina genoss den Ausblick über das nächtliche Innsbruck. Als sie die Speisekarte erforschte, wurde ihr mulmig. So feudal hatte sie noch nie diniert. Dass sich ein einfacher Kriminalbeamter solchen Luxus leisten konnte! Der Mann wusste jedenfalls zu leben.

Die Jakobsmuscheln mit Trüffelrisotto waren ein Gedicht, das Rehhüferl auf Wirsinggemüse und die Thymiangnocchi mussten direkt aus dem Schlaraffenland stammen. Und die Weine, die der Maître dazu empfahl, ließen die verschiedenen Aromen erst richtig aufblühen. Valentinas Geschmacksknospen explodierten.

Während Heisenberg die Hälfte seiner Flusskrebsterrine zurückgehen ließ und auch die Kalbsmedaillons bei Weitem nicht schaffte, aß sie mit Appetit alles auf und dachte wehmütig an ihr zu enges Kleid.

Zwischen den Gängen unterhielt Heisenberg sie mit Anekdoten aus seinem Berufsalltag. Wie er bei der Verfolgung eines Bankräubers über den Randstein gestolpert, gefallen und damit der Kugel, die der Räuber auf ihn abfeuerte, entgangen war; wie er bei der Festnahme eines Pfarrers, der einem Kinderpornoring angehörte, dessen Laptop aus einem Sauerkrautfass bergen musste und drei Tage danach noch nach Sauerkraut gestunken und von dazu passendem Selchfleisch geträumt hatte. Er plauderte äußerst charmant und brachte Valentina ein ums andere Mal zum Lachen.

Sie revanchierte sich mit Geschichten aus ihrer wilden Jugend. Schilderte, wie sie mit siebzehn zum ersten Mal von zu Hause ausgebüxt war, wie sie sich mit neunzehn nach Amerika durchgeschlagen hatte, wo sie mit einem Rockmusiker zusammenzog. Sie plauderte über Woodstock, das Festival, und Woodstock, ihren Sohn, den sie nach ebendiesem benannt hatte.

»Wie originell«, sagte Heisenberg und hob seine buschigen Augenbrauen.

»Nicht wahr? Schorsch, Sepp und Much heißen doch schon so viele, habe ich mir gedacht. Leider sieht mein Sohn das anders.« Sie lächelte säuerlich. »Er hat tatsächlich eine Namensänderung beantragt. Jetzt heißt er Walter.« Sie verdrehte die Augen. »Und er ist Beamter geworden, stellen Sie sich vor!« Einen Augenblick später fiel ihr ein, dass Heisenberg ja zur selben Spezies gehörte. Zu den Menschen, die einen lebenslangen faden Bürojob für ein bisschen Sicherheit und regelmäßige Kontofüllung in Kauf nahmen. Obwohl es bei der Kriminalpolizei, die mit Mord und Totschlag zu tun hatte, bestimmt etwas weniger fad ablief als bei Beamten der Abteilung Abfallwirtschaft. Sie kicherte, war wohl schon beschwipst.

Heisenberg lachte mit. Es klang kehlig und gemütlich. Humor hatte er, das musste man ihm lassen!

»Wollen wir nicht endlich zum Du übergehen? Ich heiße Valentina. Meine Freunde nennen mich Walli.«

Er strahlte sie an. »Sehr, sehr gern«, sagte er feierlich. »Ich bin der Wilfried oder Willi, wenn es Ihnen … wenn es dir lieber ist, Valentina.«

Sie ließen ihre Gläser aneinanderklingen und tranken. Und dann beugte Valentina sich vor und drückte dem verdatterten Willi einen Kuss auf den Mund. Sein Gesicht begann zu leuchten und stellte das dunkle Rot des St. Laurent 2007 aus dem Kamptal in den Schatten. Und seine Augen, die leicht blutunterlaufenen Spanielaugen, glänzten wie blank polierte Murmeln.

Jetzt, dachte sie, jetzt frisst er dir aus der Hand. Sie spitzte die Lippen. »Gibt es eigentlich schon was Neues in unserem Mordfall?«

Heisenbergs romantisch-verklärter Blick wich dem verwunderten eines Ochsen, den der Blitz gestreift hatte.

»Ich meine, habt ihr schon einen Verdächtigen?«, präzisierte sie. »Oder seid ihr immer noch hinter meiner Freundin Anna her?«

»Mein Na…, ich meine, mein Chef hält es tatsächlich für möglich, dass Anna Schatz mit dem Mord zu tun hat.«

»Aber das ist lächerlich! Sie könnte keiner Fliege was zuleide tun. Außerdem war sie doch einkaufen. Ist es vielleicht ihre Schuld, dass sich die Verkäuferinnen nicht an sie erinnern können?«

»Natürlich nicht. Leider ist ein unbestätigtes Alibi nicht besonders viel wert.«

»Würde eine Ehefrau, die ihren Gatten umbringen will, nicht zuallererst für ein hieb- und stichfestes Alibi sorgen?«

»Vielleicht. Vielleicht auch nicht. Wie auch immer, ich darf eigentlich nicht über den Fall sprechen, das verstehst du sicher.«

Valentina bemühte ihren verschärften Flirt-Blick. Den, mit dem sie noch vor zehn Jahren – oder waren es zwanzig? – umwerfende Erfolge gefeiert hatte. In letzter Zeit war sie etwas aus der Übung geraten. Das Wimpernklimpern gelang aber auf Anhieb, ebenso wie das Lächeln mit leicht geöffneten Lippen, die sie zuvor befeuchtet hatte.

Es schien zu funktionieren. Heisenbergs Wangenröte vertiefte sich.

»Ihr habt doch bestimmt noch andere Verdächtige in der Hinterhand, nicht wahr? Ein erfolgreicher Mann wie Romed muss ganze Heerscharen von Kontrahenten gehabt haben.«

»Schon, ja. Wir verfolgen natürlich auch andere Spuren. Eine ist besonders heiß. Heute Nachmittag hat Wurz mich wieder durch halb Innsbruck gejagt, um einem wichtigen Hinweis nachzugehen.« Er klopfte sich auf die Brusttasche, als ob er den wichtigen Hinweis dort aufbewahren würde. »Aber wie gesagt. Ich darf dir wirklich nicht mehr erzählen. Laufende Ermittlungen sind absolut geheim.« Er lächelte gequält.

»Und was hat es nun mit dem Prinzip auf sich, das du mir erklären wolltest? Von diesem Guldenrot oder so ähnlich?« Sie blinzelte.

»Ach, das! Das Güldenroth'sche Prinzip. Ja nun, das ist staubtrockene Kriminaltheorie. Das würde dich langweilen bis auf die Knochen. Außerdem bin ich leider jemand, der schlecht erklären kann.« Er seufzte, tupfte sich mit der Stoffserviette die Stirn ab. Dann zog er sein Jackett aus und hängte es über die Stuhllehne. »Also, unter uns gesagt und um dich zu beruhigen: Ich glaube nicht, dass Anna ihren Mann ermordet hat. Aber mein Chef ist noch nicht restlos überzeugt, deshalb der Observierungsauftrag.«

»Und was hast du deinem Chef über Anna erzählt? Und über mich?«

»Ich habe ihm berichtet, dass Anna und ihre Freundinnen harmlose ältere Damen sind, die gern stricken, dabei orangefarbene Getränke zu sich nehmen und ausführlich plaudern.«

Sie lachte auf. »Das ist also dein Bild von uns?«

Diesmal blieb er ganz ernst, sein Blick hielt den ihren fest. »Ich habe meinem Chef nicht gesagt, dass ihr euch dabei konspirative Blicke zuwerft und geheimnisvoll flüstert. Und auch nicht, dass Anna Schatz mit der bildschönsten und verführerischsten Frau der Welt befreundet ist.«

Valentina schluckte. Sein Kopf kam näher, gefährlich nahe. Sie erkannte jede Pore auf seiner Nase. Seine Lippen zitterten, aber er versuchte nicht, sie zu küssen, sah sie nur aus seinen blutunterlaufenen Spanielaugen an.

Zum Glück wurde in diesem Augenblick das Dessert serviert, und Valentina konnte den verliebten Hundeblick ignorieren, ohne dass es peinlich geworden wäre.

Genüsslich löffelte sie das Bratapfelsorbet aus der Zimtwaffel, das wie eine Vorahnung von Weihnachten schmeckte und dabei den Gaumen erfrischte.

Heisenberg kostete nur ein Löffelchen von seinem Waldbeerparfait, dann wischte er sich mit der Serviette den Mund ab, entschuldigte sich und stand auf. Er verließ den Raum in Richtung Toilette. Valentina sah sich um. Zwei andere Paare saßen etwas weiter weg und waren mit Turteln und Essen beschäftigt. Die drei Herren am Nachbartisch führten ein intensives Gespräch, etwas Geschäftliches vermutlich. Der Maître dekantierte Wein. Niemand achtete auf sie.

Sie erhob sich, ging zu Heisenbergs Stuhl. Versenkte ihre Hand in die Brusttasche seines Jacketts und ertastete etwas Hartes, Rechteckiges.

Rasch zog sie es heraus. Ein Notizbuch! Deshalb hatte er sich vorhin auf die Brusttasche geklopft, als er von dem wichtigen Hinweis gesprochen hatte. Gleich würde sie die geheimsten Geheimnisse der Kripo erfahren. Vielleicht stand auch etwas über sie selbst drin? Oder über Anna? Sie blätterte das Notizbuch durch. Las »Blumen gießen« im Juli und einmal »Buchsbäume schneiden« im August. Und ein rätselhaftes »Bilderrahmen« mit Ausrufezeichen dahinter in der vorigen Woche, neben einem dreifach unterstrichenen »Ventilator«. Ob er seine Aufzeichnungen verschlüsselte? Wen oder was meinte er mit »Bilderrahmen«? Jemanden, den er observierte? Vielleicht sie selbst, weil er sie für »bildschön« hielt? Ehe sie weiterblättern konnte, nahm sie aus den Augenwinkeln eine Bewegung wahr.

Mist! So schnell konnte doch kein Mensch sein Wasser abschlagen! Schon betrat er die Veranda, schlängelte sich zwischen zwei Tischchen durch, kam auf sie zu.

Mit einem Ruck riss sie das Jackett vom Stuhl und versuchte, das Notizbuch wieder in die Brusttasche zu stecken. Vergeblich.

Hitze wallte in ihr auf, und sie begann zu schwitzen.

Jetzt Ruhe bewahren. Nachdenken. Sie hatte schon peinlichere Situationen durchgestanden.

Ihr gelang ein Lächeln. »Tut mir leid, Willi. Dein Jackett muss wohl vom Stuhl gerutscht sein, als du vorhin hinausgegangen bist. Ich hab's gerade bemerkt. Und das ist dabei herausgefallen.« Sie drückte ihm das schwarze Büchlein in die Hand. Ihre Finger hatten feuchte Abdrücke auf dem Schweinsleder hinterlassen.

»Das passiert mir öfter«, brummte er. »Danke, dass du es aufgehoben hast.«

Als sie begriff, dass er ihre Lüge geschluckt hatte, atmete sie auf. Glück gehabt. Und Unglück zugleich. Wenn er nur eine halbe Minute später gekommen wäre, hätte sie womöglich das Geheimnis um die heiße Spur im Mordfall Schatz gelüftet.

Der Abend ging dem Ende zu, und mit Verwunderung stellte Valentina fest, dass er ihre Erwartungen bei Weitem übertroffen hatte. Zumindest in kulinarischer und menschlicher Hinsicht. Nur was die kriminalpolizeilichen Erkenntnisse betraf, war sie nicht weitergekommen. Halb so schlimm. Immerhin hatte er angebissen, sie würde ihn wiedersehen, bald, würde mehr aus ihm herauskitzeln.

Heisenberg bezahlte, fuhr Valentina nach Hause, parkte im Parkverbot. Geleitete sie zur Haustür, wartete, bis sie aufgesperrt und im Treppenhaus Licht gemacht hatte. Warf ihr einen verschleierten Blick zu.

»Danke für den wunderschönen Abend«, sagte sie.

»Werden wir uns wiedersehen?«

»Magst du indische Küche?«

Er wirkte überrumpelt. »Aber ja. Warum nicht?«

»Dann würde ich dich gern bekochen. Wie wär's übermorgen? Hast du Zeit?«

Er nickte, strahlte. »Wunderbare Idee. Übermorgen also.«

»Sagen wir um acht?«

»Einverstanden. Ich freue mich riesig.«

Sie hatte ihm schon den Rücken zugewandt. Drehte sich noch einmal um, drückte ihre Lippen auf seine.

Diesmal erwiderte er den Kuss. Zart und seltsam keusch. Inniger werdend. Zungenspiel.

Sie löste sich. Die Verliebtheit in seinen Augen aufblitzen zu sehen, versetzte ihr einen Stich. Armer alter Mann. Wie tief war sie gesunken, die Gefühle eines anderen Menschen so auszunützen. Ihn so hinters Licht zu führen.

»Bis bald«, sagte sie und ließ ihn stehen. Sie musste es tun. Musste es für Anna tun. Für Marion. Übermorgen würde sie mehr aus ihm herausbringen. Viel mehr. Sobald sie ihre Freundinnen in Sicherheit wüsste, würde sie sich zurückziehen. Auf Distanz gehen. Ihm schonend beibringen, dass er nicht ihr Typ war.

Als sie wenig später im Bett lag, war an ein Einschlafen nicht zu denken. Wieder einmal spukte der unselige Kriminalroman in ihrem Kopf herum. Marions Kommentar zum Prolog hatte Valentina beflügelt, sie wollte unbedingt weiterschreiben. Ein Verdächtiger musste eingeführt werden, eine falsche Fährte. Am besten ein Konkurrent von Romed. Heisenbergs heiße Spur. Sie hätte sonst was drum gegeben zu wissen, wen er im Visier hatte. Ob sich seine Notizbucheintragung »Ventilator« darauf bezog? Sie grübelte. Mit Ventilator assoziierte sie Kühlung. Das Bild eines gigantischen Windrades flackerte auf, und ihre Gedanken machten einen Sprung.

Lois Holzgruber. Womöglich hatte er Lois damit gemeint. Der wäre ein würdiger Verdächtiger, denn er hatte Romed gehasst.

Valentina knipste das Licht an und griff zum Notizblock, der immer auf ihrem Nachttisch lag, damit ihr keine Idee abhandenkommen konnte. Sie kaute auf dem Bleistift herum, dann schrieb sie die Szene in Stichworten nieder.

Lois, cool und lässig wie immer, wie er von Wurz und Heisenberg befragt wird, von der Fistel und dem Pantoffelhelden. Wie die beiden sich die Zähne ausbeißen, weil er mit ihnen spielt. Ihnen ein Alibi vorsetzt. Wie sie später herausfinden, dass er gelogen hat, und ihn ein zweites Mal befragen.

Und dann? Was könnte dann passieren?, überlegte Valentina.

Lois könnte sich in Widersprüche verstricken, er könnte festgenommen werden oder flüchten. Vielleicht wurde er sogar auf der Flucht erschossen, von der Fistel, und später würde sich seine Unschuld erweisen und die Fistel in den Knast wandern. Sie wusste natürlich, dass Polizisten deswegen keinesfalls in den Knast wanderten, nicht in Österreich. Nicht einmal, wenn sie unbewaffnete Minderjährige von hinten abknallten. Dann wurde es so lange gedreht und gewendet, bis Notwehr herauskam, und die Täter wurden in den Innendienst versetzt.

Valentina legte den Notizblock weg. Morgen würde ihr bestimmt eine Lösung einfallen. Sie löschte das Licht und versuchte, an gar nichts zu denken.

Aber Lois hatte sich in ihre Gedanken geschlichen und dort eingenistet. Der stramme Lois, ihr Exverlobter. Damals war er noch Lehrer gewesen, ein Kollege von Marion und ihrem Mann. Durch ihn hatte Valentina Marion kennengelernt. Während die Freundschaft zu Marion mit den Jahren gewachsen war, hatte sich Valentina nach kurzer Zeit wieder von Lois getrennt. Sie waren beide nicht beziehungsfähig. Außerdem war Lois ein Egozentriker der Sonderklasse. Nur im Bett war er unschlagbar, das musste man ihm lassen. Gut bestückt, ausdauernd, willig und experimentierfreudig. Daher hatte sie zwar aufgehört, mit Lois zusammenzuleben, nicht aber, sich ab und zu mit ihm zu vergnügen.

Bis vor zwei Jahren, als der pockennarbige Harleyfahrer ihr Herz erobert hatte, der nun auch schon wieder Geschichte war.

Wie lange hatte sie eigentlich keinen Sex mehr gehabt? Zwei Monate lang? Drei?

Sie seufzte. Es mochte an den ungewohnten Gewürzen liegen, die sie genossen hatte, am exquisiten Wein oder an beidem, jedenfalls hätte sie alles dafür gegeben, jetzt nicht allein im Bett zu liegen. Sogar Heisenberg wäre ihr recht gewesen, obwohl er eigentlich zu alt war, um bei ihr ein erotisches Prickeln auszulösen. Kurz entschlossen schnappte sie sich den Vibrator vom Nachttisch. Den hübschen roten Teufel, den sie sich selbst zum Sechziger geschenkt hatte. Ein Dreh und Luzifer schnurrte los. Seine Hörner massierten ihre empfindlichste Stelle gründlicher, als die meisten Männer das gekonnt hätten. Im Moment der Erlösung entschlüpfte ihr ein spitzer Schrei, sie dachte dabei an Lois und nahm sich vor, ihm wieder einmal einen Besuch abzustatten.

Warum nicht gleich morgen? Zuerst würde sie ihn krimimäßig ausschlachten, würde ihn als Verdächtigen aufbauen und im selben Kapitel hinterrücks ermorden. Dann würde sie sich live mit ihm amüsieren und ihm mehrere kleine Tode bescheren.

Mit einem derart vielversprechenden Plan für den nächsten Tag konnte sie den alten endlich loslassen und sank entspannt in ihr Kissen.

10

Als er die Treppe zu seinem ehemaligen Büro hochstieg, ging Heisenberg schon nach wenigen Stufen die Luft aus. Er fühlte sich schlaff wie eine lecke Luftmatratze. Kein Wunder. Er hatte kaum geschlafen. Immer wieder hatte sein Gehirn ihm die Abschiedsszene vorgespielt, weichgezeichnet, mit Valentinas Kuss als Höhepunkt, als handelte es sich um eine Pilcher-Schnulze. Und seine Phantasie drehte den Film weiter, führte ihn in Valentinas Schlafzimmer und fügte den kitschigen Pilcher-Bildern einen verruchten Roche-Anteil hinzu.

Er klatschte sich mit den Handflächen ins Gesicht, um endlich wach zu werden. Er musste mit Wurz reden. Musste Wurz dazu bringen, ihn über den neuesten Stand der Ermittlungen zu informieren. Ein heikles Gespräch. Aber Valentina interessierte sich nun mal brennend dafür. Zu brennend für seinen Geschmack. Als ob sie selbst etwas auf dem Kerbholz hätte.

Unsinn! Bestimmt sorgte sie sich nur um ihre Freundin und bewies damit, dass sie Charakter hatte. Wie gern würde er ihr die frohe Botschaft überbringen, dass Anna Schatz nicht mehr zum Kreis der Verdächtigen gehörte, dass es eine andere heiße Spur gäbe. Er hatte es gestern schon angedeutet, hatte geflunkert, um Valentina einen Gefallen zu erweisen. Nun hoffte er auf Bestätigung von offizieller Seite.

Er schloss die Augen. Stellte sich vor, wie sie auf eine solche Nachricht reagieren würde. Zweifellos würde sie lächeln, mit leicht geöffneten Lippen, die feucht schimmerten, würde ihre rote Lockenpracht zurückwerfen und ihn anblicken. Würde sich anschmiegen, würde ihn küssen, würde …

Alter Trottel!

Schnaufend bewältigte er den nächsten Treppenabsatz.

Schon merkwürdig, dass sie sich so außerordentlich für den Fall interessierte. Er schmunzelte bei der Erinnerung daran, wie sie in seinem Notizbuch geblättert und geglaubt hatte, er habe es nicht gesehen; wie sie gelogen hatte, ohne mit der Wimper zu zucken. Zweifellos eine Notlüge. Trotzdem. Valentina hatte es faustdick hinter den Ohren. Vielleicht war er deshalb so rettungslos in sie verliebt?

Er gab sich einen Ruck und erstürmte die restlichen Stufen ohne Unterbrechung. Oben angekommen tupfte er sich die Stirn ab und wartete, bis sein Herzschlag sich beruhigt hatte.

Dann klopfte er und betrat die alten Räume. Sie hatten sich nicht verändert.

Die Überraschung bei den Kollegen war groß!

Linda umarmte ihn. Wer hätte das gedacht, wo er doch seine schlechte Laune so oft an ihr ausgelassen hatte, vor allem kurz vor seiner Pensionierung! Sie ließ es sich nicht nehmen, ihm einen Kaffee zu brauen. Als er erklärte, dass er seit seiner Gastrektomie partout keinen Kaffee mehr vertrug, zeigte sie ihm stolz den neuen Kaffeevollautomaten. »Der kann auch koffeinfrei, Chef«, sagte sie und bemerkte ihren Fehler nicht einmal.

Auch Wurz schien sich über seinen Besuch zu freuen, musterte ihn ausführlich und machte ihm Komplimente zu seinem neuen Outfit. Weinreich begrüßte ihn mit Handschlag, nur Mitterhofer zog einen Flunsch. Dann stand er einer hübschen jungen Frau mit dunkler Mähne und rosaroter Brille gegenüber, die ihn anstrahlte, als wäre er ihr verschollen geglaubter Großvater.

»Sie müssen der berühmte Oberst Heisenberg sein«, sagte sie. »Ich freue mich riesig, Sie kennenzulernen.«

Er lachte, drückte ihre Hand. »Der Heisenberg bin ich, aber das mit der Berühmtheit muss mir entgangen sein.«

»Mein Name ist Selma. Selma Tappeiner. Die Neue.« Sie zwinkerte.

»Unsere neue Revierinspektorin«, sagte Wurz und wandte sich an sie: »Bist du schon durch mit den Namenslisten?«

»Nein, Toni. Ich wollte dir nur sagen, dass mir etwas aufgefallen ist. Ein Name, der auf beiden Listen fehlt, obwohl er an oberster Stelle stehen müsste. Ein Konkurrent von Schatz, der ihm unterlegen ist.«

»Du solltest dich eigentlich um die Namen auf den Listen kümmern!«

»Schon, aber das ist wirklich wichtig. Es geht um den Turbinenhersteller Lois Holzgruber. Ich habe einen Artikel über ihn gelesen und über sein Windpark-Projekt im Bereich von Raggspitz und Schlandtkopf, im Schrofnertal.«

»Das Windparkprojekt ist doch Schnee von gestern. Stattdessen soll diese monströse Skiarena entstehen, die das Schrofner- mit dem Ginzertal verbinden wird.«

»Richtig. Jetzt ist das Projekt Skiarena am Zug, dessen treibende Kraft Romed Schatz war. Weil die Landespolitik kurzfristig umgeschwenkt ist. Davor hatte Holzgruber den Zuschlag für den Windpark.«

»Und du meinst …«

»Dass Holzgruber stinkwütend auf Schatz gewesen sein muss.« Selma Tappeiner lächelte, ein ebenso hübsches wie rätselhaftes Lächeln. »Ein eins a Mordmotiv, Toni, findest du nicht?«

»Werden wir alles beizeiten überprüfen. Würdest du dann bitte wieder mit den Listen weitermachen, wie es verabredet war?«

Sie kniff ihre Lippen zusammen, murmelte einen Gruß und rauschte hinaus.

Aha, dachte Heisenberg, als er Wurz' Blick sah. Die Art, wie sein Nachfolger die Augen verdrehte und von der Röte seiner Wangen abzulenken versuchte, sprach Bände. Daher wehte also der Wind! Heisenberg konnte sich ein Grinsen nicht verkneifen. Dann folgte er Wurz in sein Büro, Heisenbergs altes Reich, und ihm wurde tatsächlich ein bisschen wehmütig zumute.

»Was macht deine Rostlaube? Fährt sie wieder?«, fragte er lauernd. Natürlich hatte er sich einen Plan zurechtgelegt. Als Erstes musste er Wurz daran erinnern, dass er ihm unlängst aus der Patsche geholfen hatte. Das war plump, aber wirkungsvoll.

»Ist jetzt am Schrottplatz, wo sie hingehört. Ich fahre einstweilen einen Dienstwagen.« Wurz räusperte sich. »Übrigens wollte ich mich nochmals von Herzen bedanken, Wilfried. Du hast mir wirklich sehr geholfen.«

Bingo. »Nicht der Rede wert.« Heisenberg nahm einen Schluck vom koffeinfreien Kaffee und stellte fest, dass der genauso in seiner chronisch verätzten Speiseröhre brannte wie sein koffeinhaltiger Bruder.

»Was kann ich für dich tun?«

»Ach, nichts Besonderes, Toni. Nichts Besonderes. Ich wollte nur vorbeischauen und mich erkundigen, wie es dir so geht. Hübsch, deine Revierinspektorin. Sympathisch.«

Er genoss den Anblick der neuerlich aufziehenden Röte in Wurz' Gesicht und redete so beiläufig wie möglich weiter. »Was machen denn eure Mordermittlungen? Gibt's schon eine heiße Spur?«

Zur Röte gesellten sich nun Falten, horizontale Falten, die sich wie aus dem Nichts in die Wurz'sche Stirn gruben. Heisenberg ahnte, dass Wurz sich sträuben würde, er musste also schlau vorgehen. Ein Schäuferl nachlegen, wie der Wiener sagte. »Normalerweise würde ich mich nicht dafür interessieren, aber da ich gewissermaßen gegen meinen Willen am Tatort war und sogar beim Überbringen der Todesnachricht zum Zug gekommen bin, dachte ich, ich frage mal, wie du so vorankommst.«

Inzwischen hatte Wurz sich gefasst. »Selbstverständlich, Wilfried, selbstverständlich.« Er seufzte. »Leider herrscht bisher absoluter Stillstand. Die Spurenlage ist ärmlich, der Tatort war sauber wie geleckt.«

»Verdächtige?«

»Nun ja. Grundsätzlich alle, die vom Tod des Opfers profitiert haben. Das ist in erster Linie die Ehefrau. Daneben gibt es eine Reihe von Geschäftspartnern und Konkurrenten, die in Frage kommen. Da ermitteln wir noch.«

»Was ist mit dem betrogenen Ehemann?«

»Hat ein astreines Alibi. Die Witwe dagegen hat keins. Außerdem erbt sie ein Vermögen und ist das Schwein, das sie dauernd betrogen hat, ein für alle Mal los.«

»Toni, ich bitte dich! Eine Frau in ihrem Alter! Glaubst du das wirklich?«

»Frauen sind in jedem Alter gefährlich, Wilfried.« Wurz sagte das mit solchem Ernst, dass Heisenberg sich das Lachen verbeißen musste.

»Und sonst?«

»Es gibt einen Konkurrenten von Schatz, den Immobilienmagnaten Egon Raschek. Aber der weilt seit drei Wochen auf den Malediven und fällt damit für die Tat aus. Es sei denn, er hätte einen professionellen Killer engagiert. Wogegen wieder die dilettantisch aufgebrochene Wohnungstür der Familie Lederer spricht.«

»Irgendwer, der sich an Schatz rächen wollte?«

»Als Rachekandidaten haben wir den Rainer Haindling, Exchef einer kleinen Immobilienfirma, eruiert. Schatz hat ihn letztes Jahr in den Konkurs getrieben.«

»Und?«

»Haindling hat das beste aller Alibis.«

»Sitzt er?«

»Nein, er liegt.« Wurz zupfte an seinem Ohrläppchen. »Unter der Erde. Hat sich die Pulsadern aufgeschnitten.«

»Weiß man wieso?«

»Nach der Firmenpleite hat ihn die Frau verlassen, dann wurde Lungenkrebs diagnostiziert. Im Endstadium.«

Heisenberg stieß einen leisen Pfiff aus. »Ja, das Leben. Das zieht manchmal alle Register.« Er schüttelte den Kopf und dachte einen Moment an Thea. Fühlte Traurigkeit aufsteigen. Schluckte sie hinunter. »Dann müsstest du doch heilfroh sein, dass deine tüchtige Revierinspektorin – übrigens, wirklich ein hübsches Mädel! –, dass sie diesen Holzgruber ausgegraben hat.« Ein merkwürdiges Geräusch drang an Heisenbergs Ohren. War es möglich, dass Wurz mit den Zähnen knirschte?

»Manchmal findet auch ein blindes Huhn ein Korn«, murmelte Wurz. »Dem Holzgruber werde ich jedenfalls noch heute Vormittag einen Besuch abstatten. Am besten gleich.«

»Wunderbar, dann kann ich dich ja hinbringen.« Heisenberg lächelte.

Wieder zogen tiefe Falten quer über Wurz' Stirn. Er zögerte, als müsste er Anlauf nehmen. »Weißt du, Wilfried, das ist wirklich nett von dir. Aber du brauchst mich nicht hinzubringen. Dafür habe ich jetzt den Dienstwagen.«

»Ach was, ich mache das gern. Du kannst mich ja wieder als deinen Adlatus ausgeben, wie unlängst bei Frau Schatz.« Er zwinkerte. »Ich mische mich auch nicht in deine Befragung ein, heiliges Ehrenwort.«

Wurz wand sich wie ein Wurm in einem Amselschnabel. Aber er blieb hart. Heisenberg dürfe nicht mitkommen, sagte er. Entschuldigte sich mit »Ermittlungsgeheimnis«, mit Floskeln wie »Du weißt ja, wie das ist« oder »Das verstehst du sicher« und »Mir sind da die Hände gebunden«. Er zuckte mit den Schultern. »Tut mir leid, Wilfried.«

Heisenberg verstand. Natürlich verstand er. Er selbst hätte nicht anders gehandelt. Trotzdem war er maßlos enttäuscht. Er zog die letzte Karte, den Trumpf. »Du weißt, was ich für dich getan habe, Toni, damals, anlässlich meiner Pensionierung. Ohne mich säßest du jetzt nicht in diesem Stuhl. Ist da meine kleine Bitte wirklich zu viel verlangt?« Das war übel. Unterste Schublade. Er hasste sich selbst dafür.

Wurz' Gesicht leuchtete wie ein frischer Blutfleck. »Mir ist bewusst, dass ich ohne dich niemals so weit gekommen wäre. Nicht ich, der arme Bergbauernsohn, der sich aus eigener Kraft hinaufgearbeitet hat.« Sein Kehlkopf hüpfte auf und ab. »Das haben mir nur deine Beziehungen ermöglicht. Und dafür werde ich dir ewig dankbar sein, auch wenn es nur ein kurzes Zwischenspiel ist, bis ein Neuer die endgültige Leitung übernimmt.«

Heisenberg wollte etwas erwidern, doch Wurz kam ihm zuvor. »Aber jetzt bin ich der Chef und muss so handeln, wie du selbst auch gehandelt hättest, früher.« Er betrachtete seine Handflächen. »Ich kann dich nicht mitnehmen und in laufende Ermittlungen einbeziehen.«

»Ist das dein letztes Wort?«

Wurz nickte.

Heisenberg stand auf. »Adieu, Toni.« Ging zur Tür, hielt kurz inne. »Kleiner Tipp zum Abschied: Wenn du einer Frau imponieren willst, solltest du sie nicht herumkommandieren wie ein dressiertes Meerschwein.« Er lächelte müde. Nickte.

Dann machte er sich erhobenen Haupts vom Acker.

Er hatte versagt. Der dümmste aller Fehler war ihm unterlaufen: Er hatte Wurz unterschätzt. Wenn er morgen Abend nicht mit leeren Händen vor Valentina stehen wollte, würde er selbst ermitteln müssen. Immerhin hatte er den Namen eines potenziellen Verdächtigen aufgeschnappt. Lois Holzgruber. Vielleicht brachte ihn das weiter.

Tatendrang beschleunigte seine Schritte. Er konnte es nicht

erwarten, nach Hause und an seinen Computer zu kommen. Die Müdigkeit war wie weggewischt.

Er verbrachte den restlichen Vormittag vor dem Bildschirm, vergaß zu essen, vergaß zu trinken, versank vollkommen in seiner Recherchetätigkeit. Er überflog unzählige Internetseiten, telefonierte mit einem pensionierten Bankdirektor und mit einem Alpenvereinsmitglied, beides alte Freunde. Ließ sich Dokumente faxen, las, prüfte, schrieb. Erst als die Buchstaben vor seinen Augen zu flimmern begannen, gönnte er sich eine Pause.

Er resümierte. Den Wust an Informationen, die er über Lois Holzgruber gefunden hatte, konnte man im Wesentlichen drei großen Themenbereichen zuordnen: einmal der Firma Innwindkraft, die Turbinen und Windkraftanlagen herstellte und Holzgruber gehörte. Heisenberg fand heraus, dass es mit dem Unternehmen nicht zum Besten stand. Vor zwei Jahren war Holzgruber nach China gereist, um dort ein Millionenprojekt zu realisieren, im letzten Moment hatte er es jedoch in den Wind schreiben müssen, im wahrsten Sinn des Wortes. Daraufhin konzentrierte er alle Ressourcen auf die Planung und Bewerbung eines Windparks im Nordtiroler Schrofnertal. Es gelang ihm, den Landeshauptmann dafür zu begeistern. Das Projekt wurde im Landtag durchgewunken, und Holzgruber war mit einem Schlag wieder kreditwürdig. Und nun, wenige Monate später, stand er vor dem Ruin. Es musste ihn hart getroffen haben, dass die Politik abgesprungen war und schließlich doch die Skiarena befürwortet hatte. Dass diese Entscheidung wenige Wochen vor dem Tod von Romed Schatz gefallen war, konnte ein Zufall sein. Oder auch nicht, es machte die Sache jedenfalls noch brisanter.

Der zweite Bereich, zu dem es zahlreiche Einträge gab, war das Thema Extrembergsteigen. Bereits in den Achtzigern war Holzgruber viel mit seinen berühmteren Kollegen Reinhold Messner und Hans Kammerlander unterwegs gewesen, in letzter Zeit auch mit Gerlinde Kaltenbrunner. Er hatte zehn der vierzehn Achttausender bestiegen, allesamt ohne Sauerstoffgerät. Insider schätzten ihn als mutigen, hartgesottenen Gesellen und verlässlichen Seilschaftspartner. Bei einem Versuch, den K2 über die Westwand zu bezwingen, hatte er einem kanadischen Bergsteiger das Leben gerettet und dabei drei Zehen an Väterchen Frost verloren. Im letzten Jahr wäre er bei einer vergleichsweise harmlosen Skitour beinahe den weißen Tod gestorben, konnte sich aber selbst aus der Lawine befreien.

Zu guter Letzt gab es noch einen dritten Punkt in Holzgrubers Leben, den man unter »Gesellschaftliches« zusammenfassen konnte und in dem es in erster Linie um Partys und Frauen ging. Es gab keine Vernissage und keine Weinverkostung, keine Discoeinweihung und keine Eighties-Party, auf der Holzgruber fehlte. Gern zeigte er sich an der Seite einer schönen Frau, selten war es zweimal dieselbe. Seine Begleiterinnen glänzten allesamt durch außergewöhnliche Attraktivität. Sie unterschieden sich durch Haut- und Haarfarbe, Alter, Kleidungsstil, politischen Hintergrund, Staatsangehörigkeit und Bildungsstand. Holzgruber schien keinerlei Vorlieben zu haben, offensichtlich nahm und bekam er jede Schönheit, die nicht bei drei auf den Bäumen war. Er musste ein Tausendsassa sein, was die Damenwelt betraf, ein Teufelskerl, ein Casanova, wie er im Buche stand. Heisenberg hatte eigentlich genug gesehen, klickte sich nur noch spaßeshalber durch die Bilderflut, die die Suchmaschine ihm anbot.

Holzgruber bei einem Debütantenball, wie er eng umschlungen mit einer blutjungen dunklen Venus tanzt; Holzgruber auf einem Sommerfest des Hofgartencafés, wie er einer eleganten Blondine zuprostet; Holzgruber in einem Bierzelt, wie er eine üppige Rothaarige küsst, ein reiferes Semester, während seine Hand auf ihrer Hüfte ruht.

Heisenberg stutzte. Er klickte auf das Bild, vergrößerte es, zoomte das Gesicht der Rothaarigen heran.

Nein.

Nein!

NEIN!

Das war unmöglich, ausgeschlossen. Konnte, durfte nicht sein.

Er untersuchte jedes Pixel, als müsste er es aus dem Gedächtnis abzeichnen.

Kein Zweifel. Es war Valentina. Seine Valentina.

Sie hatte also eine Affäre mit Holzgruber gehabt. Sie hatte ihn geküsst, nicht oberflächlich geküsst, sondern innig.

Und wer sagte, dass sie nicht noch immer …

Mit diesem Wilden, diesem Windhund, diesem Widerling …

Heisenbergs nicht mehr vorhandener Magen krampfte sich zusammen. Übelkeit stieg in ihm auf. Er wankte ins Bad, klappte die Klobrille hoch und übergab sich. Erbrach gelben Magensaft, noch einmal und noch einmal. Als die Krämpfe endlich nachließen, legte er den Kopf auf den Rand der Kloschüssel und schloss die Augen. Er wollte nichts mehr sehen, nichts mehr denken, vor allem nichts mehr fühlen.

Nur noch weiße Fliesen, kühles Porzellan. Und über allem der Geruch nach einem WC-Stein.

11

Seine Hände zitterten, als er die beiden Tassen hinaustrug. *Hardigatti!* Der Kaffee, den der Alte kaum angerührt hatte, schwappte über und tropfte auf die Stelle, wo der Lederer-Sohn vor wenigen Tagen einen Fleck hinterlassen hatte. Zum Glück kam Linda angesprungen und nahm ihm die klirrende Last ab.

Er lachte bitter auf. Ein Witz, wie er sich vor dem Alten zum Hampelmann machte. Immer noch.

Dabei stand er schon zwei Jahre lang an der Spitze des Landeskriminalamts, wenn auch nur interimistisch – ein Wort, das er hasste wie das Jucken, das sein sporadisch wiederkehrender Fußpilz verursachte. Er arbeitete an seinem Selbstwertgefühl, indem er sein Spiegelbild täglich mit den Worten »Guten Morgen, Oberleutnant Wurz« begrüßte und sich laut vorsagte, dass er es zu etwas gebracht habe. Er, der Bergbauernbub. Sein Ehrgeiz hatte sich gelohnt, die Abendmatura, das Psychologiestudium, die mühsame Lernerei neben dem Job, in dem er immer hundert Prozent gegeben hatte. Sicher, beziehungstechnisch war er baden gegangen, aber heutzutage scheiterten doch die meisten Ehen, erst recht die der Erfolglosen. Er durfte also uneingeschränkt stolz auf sich sein.

Warum dann diese Unsicherheit? Warum schafften Menschen wie die Heidrich oder der Alte es im Handumdrehen, sein Selbstvertrauen im Ansatz zu ersticken?

Er schüttelte den Kopf. Wenigstens hatte er sich diesmal durchgesetzt. Hatte Heisenberg Paroli geboten und ihn ein für alle Mal in seine Schranken verwiesen. Was war überhaupt in den Alten gefahren? Seit seiner Pensionierung hatte er sich noch nie für einen Fall interessiert! War froh gewesen, wenn er keine Leiche aus der Nähe sehen musste.

Merkwürdig, diese Veränderung. Merkwürdig auch, dass er jetzt Jeans, Lederjacke und Glatze trug. Lächerlich, in seinem Alter. Und ebenso überflüssig wie die Belehrung zum Abschied. Dass ausgerechnet Heisenberg ihm erklären wollte, wie man Frauen behandelte, war wirklich der Gipfel.

Noch einmal lachte er auf, grimmig, dann schüttelte er die unangenehme Erinnerung ab und betrat das Büro, das sich Selma und Weinreich teilten.

»Na, Sepp? Kommst du weiter?«

Weinreich hackte auf die PC-Tastatur ein, ohne aufzusehen. »Ich hab fei immer noch nix gefunden.«

»Dann lass es gut sein und hilf Selma mit ihren Namenslisten.« Gestern war er voreingenommen gewesen. Ungerecht wie der Alte in seiner besten Zeit, und das tat ihm inzwischen leid.

»Ist recht. Mach ich.« Weinreich schnappte sich einen Zettel von Selmas Schreibtisch.

Sie sah erstaunt auf, musterte Wurz mit schief gelegtem Kopf.

»Wie schaut's aus? Was Wichtiges gefunden?«

Mit einem Schlenker ihrer Rechten deutete sie auf einen riesigen Stapel von Computerausdrucken. »Wie soll ich das wissen? Unerfahren, wie ich bin, kann ich ja nicht beurteilen, was ermittlungsrelevant ist und was nicht.«

Den Tick Ärger, der ihn anfliegen wollte, erstickte er im Keim. »Mach mal Pause, ich brauche dich für etwas anderes.«

Selma schob sich die Brille auf die Nase.

»Ich wollte dich bitten, dass du mir die Firmenadresse vom Holzgruber raussuchst.«

»Bitten?«

Wurz ignorierte den spöttischen Tonfall ebenso wie ihr Mona-Lisa-Lächeln. Er war fest entschlossen, sich nicht aus der Ruhe bringen zu lassen. »Freilich, auch ein Chef kennt das Zauberwort. Sobald du die Adresse hast, fahren wir hin und knöpfen uns den Knaben vor.«

Selmas Brauen wölbten sich zu zwei perfekten Bögen. »Du nimmst mich zu einer Befragung mit? Nicht den Mark oder den Sepp?«

»Wenn du keine Zeit hast, nehme ich auch den Sepp mit.«

Anstelle einer Antwort sprang sie auf, schnappte sich ihre Jacke und die Baskenmütze und ging zur Tür.

»Und die Firmenadresse?«

»Holzgruber ist nicht in seiner Firma. Hat sich Urlaub genommen, um seine nächste Expedition vorzubereiten. Wenn wir

Glück haben, treffen wir ihn zu Hause an. Er wohnt am Lanser See.«

Sie hatte also bereits vorausrecherchiert. Alle Achtung. Wurz unterdrückte den anerkennenden Pfiff, zu dem sich seine Lippen spitzten.

Es verschlug ihm fast den Atem, als er mit Selma auf die prachtvolle Jugendstilvilla zuging, die in einen märchenhaften Garten gebettet war. Die Sonne brachte die verfärbten Blätter der Platanen zum Glühen, die Wiese war von blasslila Herbstzeitlosen durchsetzt und ging in einen Schilfgürtel über. Durch eine Lücke im Schilf leuchtete smaragdgrün der Lanser See.

Ein junges Mädchen mit asiatisch geschnittenen Augen öffnete die Tür. Sie trug einen Mantel und einen Handkoffer, als wollte sie gerade gehen.

Holzgruber trat hinzu. Eine eng anliegende Jogginghose brachte seine strammen Waden zur Geltung. Sein Haar war verschwitzt, vermutlich hatte er schon einen Berglauf absolviert. Obwohl er überrascht war, führte er seine ungebetenen Gäste anstandslos ins Wohnzimmer. »Machst uns noch einen Kaffee, Malindi? Oder pressiert's dir schon sehr?«

Das Mädchen stellte den Koffer ab und kam wenig später mit einem Tablett zurück. Drei Tassen Espresso, Milch und Zucker. Dann verabschiedete sie sich in einer fremden Sprache und huschte hinaus.

Während Wurz und Selma auf dem Sofa Platz nahmen, fläzte sich Holzgruber in den ausladenden Schaukelstuhl, der den Raum dominierte wie ein Thron. »Was habt's denn auf dem Herzen?«

Wurz räusperte sich. »Wir ermitteln im Mordfall Romed Schatz und hätten da ein paar Fragen.«

»Hat's ihn also erwischt, den Romed, die alte Sau«, sagte Holzgruber, und das Vergnügen leuchtete ihm aus beiden Augen.

»Sie haben ihn gehasst?«

»Freilich«, er strich sich mehrfach über den Bart. »Aber nur keine Angst, das Gefühl war gegenseitig.«

»Wie meinen Sie das?«

»Wenn ich es letzten Winter nicht geschafft hätt, mich selbst aus der Lahn auszugraben, wär der Romed der Erste gewesen, der meinen Abgang gefeiert hätt.«

»Welche Rolle hat Schatz dabei gespielt, dass Ihr Windpark-Projekt geschasst wurde?«

»Die Hauptrolle natürlich.«

»Und wie schmerzhaft ist dieser Verlust für Sie?«

»Logisch tut's weh. Aber ich hab viele Rösser im Rennen, der Windpark im Schrofnertal war nur eins davon.« Er schaukelte lässig vor und zurück. »Fuchtig war ich trotzdem.«

»So fuchtig, dass Sie Ihrem Konkurrenten den Tod gewünscht haben?«

»Freilich. Aber 's Wünschen ist ja nicht verboten.«

»Haben Sie den Wunsch in die Tat umgesetzt?«

»Nein.« Er lachte, und seine Augen verschwanden beinahe hinter den Hunderten von Fältchen, die sich zu den Schläfen zogen.

»Wo waren Sie am Montag, den 3. September, zwischen siebzehn und achtzehn Uhr?«

Holzgruber fuhr sich mit den Fingern durch den Bart. »Lassts mich nachdenken.« Für einen Sekundenbruchteil wirkte er ernst, dann flog ein Grinsen über sein Gesicht. »Da war ich mitten im Mariedlgraben.«

Wurz kannte die meisten Tiroler Berge, viele hatte er schon bestiegen. Von einem Mariedlgraben wusste er nichts. »Eine Bergtour? Wo?«

»Weniger anstrengend als eine Bergtour, dafür genussvoller.« Das Grinsen verbreiterte sich, wurde dreckig. »Einmal den Venushügel rauf und dann rein in die gute Stube.« Er nestelte an seiner Jogginghose, die nicht nur die Waden perfekt zur Geltung brachte.

Verärgert bemerkte Wurz, dass ihm das Blut ins Gesicht schoss. »Wie heißt die Frau, mit der Sie zusammen waren?«

»Über so was spricht ein Dschentlmän nicht.« Holzgruber warf Selma einen Blick zu, der die Hitze in Wurz' Gesicht noch intensivierte.

»Was für ein Gentleman?«, fragte sie und kippte ihren Espresso hinunter.

Zum ersten Mal freute sich Wurz über Selmas Coolness und ihre Schlagfertigkeit. »Raus mit der Sprache, Herr Holzgruber«, setzte er nach. »Nennen Sie uns den Namen der Dame. Oder wollen Sie die Unterhaltung in meinem Büro fortsetzen?«

»Ihr habts nix gegen mich in der Hand. Da dürfts ihr mich nicht festnehmen.«

»Wer redet denn von Festnahme? Es geht bloß um eine Befragung, und befragen dürfen wir Sie vierundzwanzig Stunden lang.« Wurz senkte seine Stimme. »Und vierundzwanzig Stunden können verdammt lang sein, glauben Sie mir.«

Holzgrubers Grinsen blätterte ab. »Also gut. Die Linder Mariedl war's.«

»Marie Linder«, notierte Selma.

»Ein strammes Weibsbild, die Mariedl. Viel zu temperamentvoll für den lahmarschigen Pepi. Zu jung sowieso.«

»Sie meinen Pepi Linder? Den Landeshauptmann?«

Holzgruber nickte.

»Sie waren also in der fraglichen Zeit mit seiner Frau zusammen?«

»Sie war hier, hier bei mir. Den ganzen Nachmittag haben wir geschnaxelt.« Er ließ sich wieder in den Schaukelstuhl zurückfallen, der daraufhin sanft zu wippen begann. »Sie hat's so gern von hinten, die Mariedl. Da kommt sie gleich drei-, viermal hintereinander. Gejuchzt hat sie, dass es eine Freud war.«

»Die Details können Sie sich sparen«, fauchte Wurz.

»Um halb neune abends ist sie heim, damit der Pepi nichts merkt. Wobei der eh weiß, wie der Hase rammelt.« Er lachte laut auf. »So blöd ist der Pepi nicht.«

»Gut, Herr Holzgruber, das wär's einstweilen. Wir werden Ihr Alibi überprüfen.«

»Pfiat enk«, sagte Holzgruber.

Wurz biss die Zähne zusammen. Die Chance, dass Marie Linder das Alibi nicht bestätigen würde, war gering. Aber sie existierte.

Und dann würden sie schneller wiederkommen, als Lois Holzgruber »Gipfelsieg« denken konnte.

Als sie kurze Zeit später vor Pepi Linders Villa in Sistrans parkten, hoffte Wurz, seine Frau allein anzutreffen. Doch er hoffte vergeblich. Der Landeshauptmann höchstpersönlich öffnete die Tür.

Mussten diese Leute nicht arbeiten?

Pepi Linders helle Augen rundeten sich, als Wurz nach Marie fragte, und als er sie unter vier Augen sprechen wollte, gruben sich tiefe Falten in die Landeshauptmannstirn.

Marie stritt alles ab. Sie trug einen dunkelblauen Hosenanzug, der ebenso streng wie teuer aussah. Trotz ihrer damenhaften Hochsteckfrisur wirkte sie kindlich. Vermutlich war sie jünger als Linders Töchter aus erster Ehe.

Sie behauptete allen Ernstes, Holzgruber nicht zu kennen. Doch die Lüge stand Marie ins Gesicht geschrieben, sie ließ ihre Nasenflügel flattern und die dick umrandeten Lider zucken.

Wurz lachte sie aus.

Dann übergab er an Selma. Sie sollte von Frau zu Frau mit Marie sprechen. Und er freute sich im Stillen, wie souverän Selma diese Aufgabe bewältigte.

»Das hast du toll gemacht«, sagte er, als sie wieder im Auto saßen. »Eins a.«

Sie lächelte. Mit Kinngrübchen und allem Komfort.

»Du hast Vertrauen aufgebaut, hast mehr zugehört als gefragt und hast sie dann mit einem einzigen Satz einknicken lassen. Tadellos!«

»Die Arme. Hast du ihre Fingernägel gesehen? Ganz abgebissen. Meinst du, ihr Mann ahnt etwas?«

»Bestimmt. Geschieht dem alten Sack recht! Er könnte fast ihr Großvater sein.«

»Leute seiner Wichtigkeit sehen sich vermutlich nicht als alte Säcke.«

»Hm«, brummte Wurz und rechnete nach. Selma war vierzehn Jahre jünger als er. War auch er auf dem Weg zum alten Sack?

»Wie auch immer, die Linder hat zwar die Affäre mit Holzgruber zugegeben, aber abgestritten, dass sie zur Tatzeit bei ihm war. Was hältst du davon, Toni?«

»Glaubst du ihr?«, fragte er zurück.

»Warum sollte sie lügen?«

»Vielleicht ist sie sauer auf Holzgruber, sauer, weil er uns ihren Namen genannt hat. Und jetzt will sie ihn reinreiten.«

»Das glaube ich nicht.« Selma schüttelte den Kopf. »Sie scheint Holzgruber sehr gern zu haben.«

»Stimmt, den Eindruck hatte ich auch.« Und er wunderte sich immer noch darüber. Holzgruber war zwar jünger als Pepi Linder, aber auch schon Mitte fünfzig. Und außerdem ein arroganter Arsch.

»Na wunderbar. Wenn die Linder die Wahrheit sagt, ist Holzgrubers Alibi für die Katz.« Selma rieb sich die Hände.

»Sag mir eins, so als Frau.« Er musste Gewissheit haben. »Was findet so ein hübsches junges Mädel an diesem Holzgruber-Widerling?«

»Keine Ahnung, Toni. Frauen sind da ganz verschieden. Vielleicht hat sie einfach einen schlechten Geschmack? Sie hat ja auch einen alten Sack geheiratet.« Sie lachte. »Oder der Holzgruber hat verborgene Qualitäten, von denen wir nichts ahnen.«

Wurz zuckte zusammen.

Sie glaubte also, dass Holzgruber ein guter Liebhaber war. Es hätte ihn brennend interessiert, was sie unter diesem Prädikat genau verstand. Welche Eigenschaften musste ein guter Liebhaber besitzen? Ging es mehr um die Ausstattung oder mehr um die Hingabe? War Raffinesse gefragt, Zärtlichkeit oder rammelnde Ausdauer?

Aus dem Augenwinkel sah er das Mona-Lisa-Lächeln, und seine Fragen blieben ihm im Hals stecken. Dafür überlegte er, wie er selbst in der Disziplin »Sex« abschneiden würde, wenn seine Verflossenen ihn bewerten müssten.

Er fühlte sich unbehaglich. Immer wieder tauchten fiese Worte aus dem Nichts auf. »Winzwurz« zum Beispiel oder »Bettflasche«. Gewitterwolken gleich ballten sie sich zusammen und verfinsterten seine Stimmung.

Fast die ganze Fahrt über wälzte er trübe Gedanken.

Erst als sie in den Innrain einbogen und die Sonne helle Kringel auf Selmas Wangen malte, gelang es ihm loszulassen.

Hardigatti. Was sollte die Grübelei? Der Herbst zeigte sich von seiner prächtigsten Seite. Selma saß neben ihm und lachte ihn an. Und *last but not least* waren sie endlich einen großen Schritt weitergekommen. Sie hatten eine heiße Spur. Einen Verdächtigen mit einem Motiv und ohne Alibi, der den Kardinalfehler begangen hatte zu glauben, er könne ihn, Wurz, an der Nase herumführen.

12

Valentina starrte in ihr leeres Likörglas. In Gedanken war sie immer noch bei ihrem Manuskript, an dem sie zwei geschlagene Stunden gearbeitet hatte, noch vor dem Frühstück. Das Ergebnis – mit dem sie höchst zufrieden war – hatte sie an Marion gemailt. Und nun saß sie ihrer Testleserin in Annas Wohnzimmer gegenüber und wartete hart auf einen Kommentar. Wagte aber nicht zu fragen, ob Marion das neue Kapitel schon gelesen hatte. So groß war ihr Respekt vor dem Exlehrerinnenzeigefinger, dem strengen Blick über den Brillenrand und den Bleistiftstrichlippen.

Marion schien von Valentinas Zwiespalt nichts zu ahnen. Sie spießte mit der Gabel ein Stück von Annas Zwetschgenkuchen auf, kaute genüsslich und schluckte. »Köstlich«, schwärmte sie. »Dass du dir so viel Arbeit machst, obwohl es dir nicht gut geht!«

»Irgendetwas muss ich ja tun«, sagte Anna. Ihre Gesichtsfarbe glich unreifem Graukäse. »Wegfahren darf ich nicht. Diesem Wurz zufolge muss ich mich zur Verfügung halten.« Sie sah ihre Freundinnen entrüstet an. »Stellt euch vor, die können jederzeit kommen und mich stundenlang verhören. Und warum? Nur weil sich in den Naturkostläden niemand an mich erinnern will.« Sie schluchzte auf.

»Ich hab's dir immer gesagt«, entgegnete Marion. »Färb dir die Haare. Walli wäre das nicht passiert, und mir auch nicht.« Sie tätschelte ihren kastanienbraunen Bob. »Mausgraue ältere Frauen merkt sich halt kein Mensch.«

»Ist es ein Verbrechen, unscheinbar auszusehen?« Annas Augen quollen über.

Valentina warf Marion einen eisigen Blick zu und drückte Annas Hand. »Mach dich nicht verrückt. Bestimmt verfolgt die Kripo längst eine andere Spur.«

Aber Anna ließ sich nicht beruhigen. »Mir ist das alles zu viel. Der Schock über den Mord und jetzt noch die Verdächtigungen. Nachts ist es besonders schlimm. An Schlaf ist nicht zu denken. Ich fürchte mich in dem riesigen Haus, so ganz allein.«

»Was ist mit Lisa und Oliver?«, fragte Valentina.

»Die sind längst wieder in Wien. Olli steht eine wichtige Prüfung bevor, und Lisa hat nicht länger freibekommen.«

Marion nahm sich ein zweites Stück Kuchen. »Du solltest ein Schlafmittel nehmen«, sagte sie, und ein Brösel entwich durch ihre Zahnlücke.

Valentina wischte es sich vom Ärmel. »Was hältst du davon, wenn ich bei dir übernachte? Zumindest bis die Kripo dich in Frieden lässt.«

Anna wandte ihr tränennasses Gesicht Valentina zu. »Das würdest du tun?«

»Für mich wäre es wie Urlaub.« Das entsprach der Wahrheit, denn das Gästezimmer im Hause Schatz war beinahe größer als Valentinas komplette Wohnung. Vom luxuriösen Gästebad mit Bidet, Dusche und runder Wanne gar nicht zu reden. »Außerdem könnte ich dir dann beim Ausmisten helfen.«

»Wieso ausmisten?«

»Willst du Romeds Sachen etwa aufbewahren?«

»Nein, aber … Ich fürchte, ich kann das nicht. Noch nicht.«

»Tolle Idee, Walli.« Marion applaudierte. »Wir entsorgen Romeds persönliche Habseligkeiten. Natürlich helfe ich auch mit. Überlass es einfach uns beiden, Anna. Zum Schluss zünden wir im Garten ein Feuer an und verbrennen ein paar seiner Lieblingsstücke. Als finalen Befreiungsschlag, sozusagen.«

Noch mehr Tränen netzten Annas Wangen.

Valentina packte sie an der Schulter und rüttelte sie sanft. »Jetzt beruhige dich doch. Eigentlich solltest du vor Freude auf dem Tisch tanzen!« Sie wurde einfach nicht schlau aus Anna. Hatte sie mit Marion den Mord ausgeheckt oder nicht? Natürlich hatte sie! Und natürlich würden die beiden es abstreiten, wenn Valentina es nur mit einer Silbe erwähnte.

Deshalb tat Valentina nichts dergleichen. Bis jetzt hatte sie geschwiegen, war – innerlich – ein wenig auf Distanz zu ihren Freundinnen gegangen. Beobachtete die beiden aufs Schärfste, gewissermaßen lauernd. Und hatte das Gefühl, dass diese sich ihr gegenüber ebenso verhielten. Vorsichtig freundlich, verhalten abwartend. Lauernd eben.

»Man könnte fast meinen, du vermisst Romed«, ätzte Marion und reichte Anna ein Taschentuch.

»Unsinn. Ich bin nur furchtbar aufgeregt. Die Polizei verdächtigt mich. Mich! Die keiner Fliege was zuleide tun kann.«

Das war der Eindruck, den Anna auf den ersten Blick vermittelte. Aber stille Wasser waren tief, wie Valentina wusste. Und die Kriminalpolizei wusste das natürlich erst recht. »Ich finde, du bist recht virtuos im Umgang mit Fliegenklatschen.«

Anna verdrehte die Augen. »Das ist doch nur eine Redewendung. Wärst du nicht entsetzt, wenn man dir einen Mord zutrauen würde?« Sie schnäuzte sich. »Und wenn dich ständig Leute besuchen würden, die etwas von dir wollen und dich unter Druck setzen?«

»Wer hat dich besucht?«, fragte Valentina.

»Wer wagt es, dich unter Druck zu setzen?«, fragte Marion.

»Lois Holzgruber. Er hat behauptet, ein alter Freund und Geschäftspartner von Romed gewesen zu sein. Er wollte …«

»Was?« Valentina brach in schallendes Gelächter aus. »Lois? Lois Holzgruber ein Freund von Romed?«, japste sie und bekam prompt Seitenstechen.

Marion lachte nicht mit. Ihre Lippen verwandelten sich in ein dunkelrotes Minus. Sie hieb mit ihrer Faust auf den Tisch, als handelte es sich um Holzgrubers Kopf. Die drei Likörgläschen begannen zu hüpfen, zum Glück waren sie leer. »Die beiden waren Erzfeinde. Das weiß doch jeder.«

»Wieso Erzfeinde?«

Wenn es Mondkälber gäbe, müssten sie so schauen wie Anna jetzt, dachte Valentina.

Marion schlug die Hände zusammen. »Natürlich wegen der Skiarena! Ihretwegen geht Holzgruber leer aus. Ich vermute mal, dass er mit seiner Turbinenfabrik ums nackte Überleben kämpft.«

Anna zuckte mit den Schultern. »Jedenfalls hat Holzgruber behauptet, Romed habe sich ein paar DVDs von ihm ausgeliehen, die er dringend zurückhaben wollte.«

»Glaubst du das?«, fragte Marion.

Valentina schüttelte den Kopf. »Unvorstellbar. Was hast du ihm denn geantwortet?«

»Dass Romed keine DVDs besaß.«

»Besaß er wirklich keine?«

»Doch.« Anna seufzte. »Pornofilme. Gekaufte und selbst gefilmte, von sich und seinen … seinen Gespielinnen.« Sie stützte den Kopf in die Hände. »Manchmal hat er mich gezwungen, sie mit ihm anzusehen.« Wieder kullerten Tränen über ihre Wangen. »Ich wollte nicht, dass ein Fremder darin herumwühlt. Deshalb habe ich Holzgruber belogen.«

»Hat er es geschluckt?«

»Er meinte, er würde gern selbst nachsehen. Als er aufdringlich wurde, habe ich ihm die Tür vor der Nase zugeknallt.«

»Sehr gut«, lobte Marion.

»Bravo, Anna, das hast du absolut richtig gemacht. Aber merkwürdig ist es trotzdem.« Valentina überlegte. Was wollte Lois wirklich? Pornofilme interessierten ihn nicht, dazu war sein Liebesleben zu abwechslungsreich. Bestimmt steckte etwas Geschäftliches dahinter.

Ihre Fingerspitzen kribbelten. Ein Grund mehr, ihm einen Besuch abzustatten. Sie lächelte versonnen. Als sie ihn am Vormittag angerufen hatte, war er erfreut gewesen und hatte sie für den späten Nachmittag zum Tee eingeladen. Valentina hatte versprochen, belgische Pralinen mitzubringen. Die Sorte, die er so gern aus ihrem Nabel naschte.

»Aufdringlich war dieses Schwein immer schon«, knurrte Marion. »Aufdringlich, selbstsüchtig und rücksichtslos.«

Valentina zuckte zusammen.

Natürlich, Marion hasste Lois. Hasste ihn fast so sehr, wie sie Romed gehasst hatte. Valentina überlegte, wie sie das Gespräch unauffällig in eine andere Richtung lenken könnte, aber ihr fiel nichts ein.

Und es war auch schon zu spät. Wenn Marion sich einmal in etwas verbissen hatte, ließ sie so schnell nicht los.

»Er hat Eugen auf dem Gewissen.«

Valentina legte ihre Hand auf Marions Arm. »Das stimmt so nicht, und das weißt du.« Lois konnte man viel nachsagen, sicher, er besaß menschliche Schwächen im Übermaß. Aber Eugen hatte sich ganz allein umgebracht.

»Dein Mann war so ein feiner Kerl, so sensibel«, sagte Anna leise. »Zu sensibel für diese Welt. Dass er den Tod eures Sohnes nicht verkraftet hat, war allein Romeds Schuld. Holzgruber konnte nichts dafür.«

»Romed war der Auslöser. Aber Holzgruber hat Eugen den Todesstoß versetzt. Den letzten Fußtritt, der ihn in den Abgrund befördert hat.«

»Du bist ungerecht, Marion. Und du machst dir was vor.« Valentina sprach betont ruhig. »Eugen hat getrunken, er war schwer depressiv und wollte sich nicht behandeln lassen. Nicht einmal du konntest ihn überreden. Wie hätte Lois …«

»Lois war Eugens allerbester Freund. Und was hat er getan, um ihn vom Alkohol abzuhalten? Nichts. Im Gegenteil, er hat ihn zum Saufen ermuntert! Ist mit ihm um die Häuser gezogen. ›Machen wir wieder einen Männerabend‹, hat er gesagt und gelacht. Ich habe sein Lachen noch im Ohr.«

»Ich bitte dich, Marion, hör auf.« Valentina drückte Marions Arm, aber Marion zog ihn weg.

»Ich habe ihn gebeten, auf Eugen aufzupassen. Angefleht hab ich ihn. ›Lass ihn nicht aus den Augen‹, habe ich gesagt. ›Bring ihn mir zurück.‹«

»Bitte, Marion«, sagte jetzt auch Anna. »Lass gut sein.«

Aber Marion reagierte nicht. »Versprochen hat er es mir«, flüsterte sie. »Versprochen!«, schrie sie. Sie sprang auf und ging in Annas Wohnzimmer auf und ab wie der Panther von Rilke. Geschmeidig starke Schritte, allerkleinste Kreise. »Mehrere Lokale haben sie abgeklappert. Holzgruber hat nur ein paar Bier getrunken und ein, zwei Schnäpse. Aber Eugen hat gesoffen, als gäbe es kein Morgen. Und als er sternhagelvoll war, hat Holzgruber ihn sitzen lassen. Weil er eines seiner Flittchen getroffen hat. Irgendeins dieser hübschen Dinger, mit denen er ständig rumgemacht hat.«

»Ein Windhund war er immer«, warf Valentina ein. »Das magst du verwerflich finden, aber es ist kein Verbrechen.«

»Und dass er Schülerinnen gevögelt hat, halbe Kinder, die von ihm abhängig waren? Ist das auch kein Verbrechen?«

»Von halben Kindern weiß ich nichts. Sicher, er hat nicht Nein gesagt, wenn sich was angeboten hat. Aber er hatte niemals was mit Minderjährigen.« Im Gegenteil, er steht sogar auf mich, dachte Valentina, eine Frau, die acht Jahre älter ist als er.

»Und was meinst du, warum er als Lehrer Hals über Kopf gegangen wurde?«

»Meines Wissens hat er von sich aus gekündigt. Weil er alle Achttausender besteigen wollte, wie Reinhold Messner.«

»Mumpitz! Man hat ihn zur Kündigung gezwungen. Ein Deal, um eine Anzeige zu vermeiden. Weil er erwischt wurde, wie er es im Physiksaal mit einer siebzehnjährigen Schülerin getrieben hat. Übrigens mit der Köhler, dem hübschesten Mädel der ganzen Schule. Ich fass es nicht, Walli. Ist das wirklich alles an dir vorbeigegangen? Oder verdrängst du es, weil du deinem Lois immer noch hörig bist?«

»So ein Unsinn!« Valentina tippte sich gegen die Stirn. »Ich bin niemandem hörig. Und damals waren wir doch schon getrennt, haben uns nur noch sporadisch gesehen.« Sie schnaubte. »Mag sein, dass Lois ein schwanzgesteuerter Macho ist. Aber das macht ihn noch lange nicht zu einem Mörder.«

»Dann war es also in Ordnung, dass er den sternhagelvollen Eugen alleingelassen hat und mit der Tussi abgezogen ist, weil ihm ein Fick wichtiger war als sein bester Freund? Dann war es in Ordnung, dass er Eugen nicht den Autoschlüssel abgenommen und kein Taxi für ihn bestellt hat? Sondern zugelassen hat, dass mein Mann sich ans Steuer setzt und am nächsten Brückenpfeiler zerschellt? War das alles etwa in Ordnung?«

Valentina antwortete nicht. Es war sinnlos. Marion hatte sich in ihre Variante verbohrt. Sie wollte nicht hören, dass Eugen keinesfalls sternhagelvoll gewesen war, sondern leicht alkoholisiert. Dass er den Großteil der Strecke problemlos bewältigt hatte, dann aber ungebremst in den einzigen Brückenpfeiler geknallt war, den es weit und breit gab, weil er keinen Ausweg aus dem schwarzen Tunnel mehr gesehen hatte, in dem er sich seit dem Tod seines Sohnes befand. Es war ein klassischer Selbstmord gewesen. Und niemand hätte ihn verhindern können. Höchstens ein guter Psychiater und die richtigen Antidepressiva, aber beides hatte Eugen abgelehnt.

Marion riss ihre Handtasche an sich und rauschte hinaus. Schlug die Haustür hinter sich zu.

»Wir müssen ihr nachgehen«, sagte Anna und wollte hinterher.

Valentina hielt sie zurück. »Ich glaube, sie sollte jetzt allein sein und ein bisschen abdampfen.«

»Und wenn sie sich was antut?« Anna dachte offensichtlich an die Pistole, die Marion unter ihrer Ladenkasse aufbewahrte. Nach dem Überfall auf einen benachbarten Juwelier hatte sie sich die Waffe zugelegt, eine Vorsichtsmaßnahme, die natürlich vollkommen überflüssig war. Denn welcher Wahnsinnige würde schon eine schlecht laufende Buchhandlung überfallen, wenn es rundherum weit lohnendere Objekte gab?

»Mach dir keine Sorgen. Unsere Marion ist seit Jahren stabil, von Depressionen keine Spur mehr. Sobald ihr Zorn verraucht ist, wird sie wieder ganz die Alte sein und tun, als wäre nichts gewesen. Wetten?«

Anna ließ sich beruhigen. Trotzdem, die Stimmung war im Eimer, der Pfefferminzlikör schmeckte schal.

Valentina machte sich auf den Heimweg, um sich für den Besuch bei Lois in Schale zu werfen und um ein paar Kleidungsstücke, Kosmetika und ihren Laptop in einen Koffer zu packen. Als sie damit bei Anna aufkreuzte, hatte diese bereits das Gästebett frisch überzogen.

»Wie wär's, wenn wir uns heute Abend etwas Leckeres kochen würden? Lasagne zum Beispiel. Und danach sehen wir uns einen schönen Spielfilm an.« Anna strahlte. Als ihr Blick auf Valentinas Outfit fiel, stutzte sie. »Oder hast du noch was vor?«

»Erraten. Ich bin nämlich gleich zum Tee eingeladen.« Valentina schmunzelte. »Es könnte später werden. Und morgen Abend bin ich auch verabredet.«

»Walli, wie schön für dich. Ist er nett?«

»Es sind zwei verschiedene«, murmelte sie.

Anna warf ihr einen bewundernden Blick zu.

»Vielleicht lässt sich unser gemütlicher Filmabend ja auf übermorgen verschieben?«

»Kein Problem. Ich freue mich jedenfalls, dass du hier schlafen willst.« Anna kicherte. »Zumindest für den Rest der Nacht. Hier«, sie gab Valentina einen Hausschlüssel. »Den wirst du brauchen.«

Als Valentina wenig später von der Straßenbahnhaltestelle Lanser See zu Lois' Villa spazierte, genoss sie die Vorfreude auf einen sinnlichen Abend. In ihr prickelte es wie in einem Champagnerglas. Sie dachte an Marions Vorwürfe und fragte sich, ob sie Lois sexuell hörig war.

Unsinn! Sie wusste lediglich seine Qualitäten als Liebhaber zu schätzen. Endlich wieder einmal nach allen Regeln der Kunst gebumst werden, das würde Marion auch guttun. Vielleicht wäre sie dann lockerer, nicht so verbittert, dachte Valentina.

Sie betrat das Grundstück, klingelte, lauschte auf nahende Schritte. Vergeblich. Vielleicht stand Lois unter der Dusche und hörte sie nicht? Sie klingelte nochmals und wartete. Nach fünf Minuten wurde sie ungeduldig. Mit energischen Schritten umrundete sie das Haus, klopfte an die verglaste Terrassentür, bemerkte, dass sie nicht verriegelt war. Drückte sie auf und betrat das Wohnzimmer.

»Lois?«

Keine Antwort.

»Wo versteckst du dich?«

Das Atmen fiel ihr schwer, als ob die Luft dicker geworden wäre. Es musste an diesem merkwürdigen Geruch liegen, einem Mix aus Süßholz, Hundepisse, schwitzendem Blech und Unheil, der sie anflog wie ein böser Hauch und sich mit jedem Schritt, den sie weiter in das Zimmer vordrang, intensivierte.

Noch ehe Valentina die Anrichte umrundet hatte, bemerkte sie aus dem Augenwinkel eine Bewegung. Ein sachtes Vor und Zurück.

Sie nahm ihren Mut zusammen, machte zwei schnelle Schritte auf die Gefahr zu. Erstarrte. Wollte schreien, bekam aber keine Luft. Als hätten sich unsichtbare Hände um ihren Hals gelegt und drückten den Kehlkopf zusammen. Sie keuchte. Würgte. Dann wurde es Nacht vor ihren aufgerissenen Augen.

Das dumpfe Geräusch, das der Aufprall ihres Körpers verursachte, hörte sie nicht mehr.

13

Heisenberg hupte. »Rechts ist das Gaspedal, rechts!«, schrie er. Dem lahmarschigen Opelfahrer vor ihm war das egal, er suchte offensichtlich einen Parkplatz, obwohl auf einen Blick ersichtlich war, dass es weit und breit keine Lücke gab, in die auch nur ein Kinderwagen gepasst hätte. Endlich beschleunigte er, und Heisenberg schaffte es bei Dunkelgrün über die Kreuzung.

Er gab Gas, folgte dem Pfeil nach Igls. Neun Uhr war vereinbart, und er wollte keinesfalls zu spät kommen und einen schlechten Eindruck bei Holzgruber hinterlassen.

Nachdem er den ersten Schock über Valentinas Affäre mit dem Turbinenfabrikanten überwunden hatte, war er mit Vernunft an die Sache herangegangen. Vielleicht war die Geschichte harmlos? Ein unschuldiger Flirt, eine flüchtige Liebelei, womöglich verjährt? Heute Abend würde er sie wiedersehen und danach fragen, das hatte er sich fest vorgenommen. Er rief sich ihre Umarmung in Erinnerung, den Kuss, wie hingebungsvoll sie ihre Lippen geöffnet hatte. Das war es, was zählte. Nicht irgendein veraltetes Foto!

Als er so mit dem Kopf über der Kloschüssel meditiert hatte, war ihm plötzlich ein Gedanke gekommen. Was, wenn Holzgruber Romed Schatz ermordet hatte? Und wenn Valentina, die zwar – so hoffte er – keine Liebesbeziehung mehr zu dem Bergsteiger unterhielt, aber vielleicht immer noch mit ihm befreundet war, etwas ahnte? Sich um Holzgruber sorgte? Das würde ihr überzogenes Interesse am Mordfall erklären. Die Angst um ihre Freundin Anna, der ohnehin niemand einen Mord zutraute, könnte dagegen nur vorgetäuscht gewesen sein. Während die Kühle des Porzellans Heisenbergs Gehirnzellen erfrischt und der Geruch des WC-Steins seinen Körper zum Ausstoß euphoriefördernder Endorphine angeregt hatte, war sein Entschluss gereift, selbst zu ermitteln und Holzgruber nach Strich und Faden auszuquetschen. Ihm auf den Zahn zu fühlen. Ihn zu überführen. Dann wäre Valentina zwar zunächst am Boden zerstört, doch Holzgruber käme für lange Zeit hinter Gitter und würde in ihrem Leben keine Rolle mehr spielen. Und praktisch, wie sie nun einmal veranlagt war, würde sie sich rasch trösten. Würde die starke Schulter annehmen, die sich ihr freudig bot, und bald feststellen, dass der Schulterbesitzer viel mehr zu bieten hatte als dieser Windhund von einem Bergsteiger: nämlich Verlässlichkeit, Treue, Reife, Sicherheit.

Heisenberg lächelte. Bevor er seinen wunderbaren Plan umsetzen konnte, musste er sich allerdings vorsichtig an Holzgruber heranpirschen. Schläue war gefragt.

Nach der Kotzerei hatte er angerufen und sich als pensionierter Journalist ausgegeben, der ein Buch über den K2 schreibe; über seine Bezwinger und die, die auf diesem Berg ihr Leben gelassen hatten. Ein ganzes Kapitel wolle er Holzgruber widmen und seiner Heldentat, auf einen Gipfelsieg und mehrere Zehen zu verzichten und dafür das Leben eines Bergkameraden zu retten. Holzgruber war äußerst erfreut gewesen, geschmeichelt, und hatte Heisenberg für heute um neun Uhr in sein Haus bestellt.

Auf der Fahrt zum Lanser See überlegte Heisenberg sich eine Strategie. Er würde es langsam angehen. Würde Holzgruber einfach erzählen lassen. Über den K2, über das Bergsteigen im Allgemeinen. Sobald er eine Vertrauensbasis geschaffen hatte, würde er kleine Zwischenfragen einfließen lassen. Nach dem Windparkprojekt zuerst, dann nach Schatz. Die weitere Vorgehensweise musste er offenlassen und von Holzgrubers Reaktion abhängig machen. Er würde es schon merken, wenn der Zeitpunkt reif wäre und er zuschlagen, Holzgruber überrumpeln und ihn knacken könnte.

Heisenberg passierte den Minigolfplatz, bog in die Einfahrt zu Holzgrubers Anwesen ein und stellte den Wagen ab. Er bewaffnete sich mit Aufnahmegerät, Notizblock und Stift und schritt zur Eingangstür.

Sein Klingeln blieb anscheinend unbemerkt, nichts rührte sich. Er wartete, klingelte erneut. Dann betrat er die unversperrte Garage, in der ein Geländewagen parkte. Holzgruber musste zu Hause sein.

Heisenberg durchstreifte den malerischen Garten.

Als er die Terrasse erreichte und sah, dass die Tür offen stand und die Vorhänge sich im Wind bauschten, ahnte er, dass etwas nicht stimmte. Dafür hatte er in all den Jahren einen untrüglichen Instinkt entwickelt. Mit einem mulmigen Gefühl trat er ein.

»Herr Holzgruber?«

Bis auf das Ticken einer Wanduhr war es vollkommen still.

Heisenberg umrundete die massive Anrichte und blieb entsetzt stehen.

Der Bergsteiger saß mit offenem Hosenlatz in einem Schaukelstuhl, die Augen aufgerissen, das Gesicht kalkweiß, die Lippen zu einem grotesken Grinsen verzogen. Sein Hemd war bis zur Brust aufgeknöpft, rotblondes, von Silberfäden durchzogenes Brusthaar quoll aus dem Ausschnitt. Als Heisenberg genau hinsah, entdeckte er ein Loch, halb vom Brusthaar verdeckt. Der Hemdausschnitt unter dem Loch war schwarz von geronnenem Blut. Jetzt nahm er auch den unverkennbaren Geruch wahr, von dem er manchmal noch träumte. Den er nie wieder zu riechen gehofft hatte.

Er würgte. Zog sein Stofftaschentuch aus der Gesäßtasche, presste es vor Mund und Nase. Es gelang ihm, den aufsteigenden Magensaft zurückzudrängen.

Heisenberg atmete ein paarmal in sein Taschentuch, dann griff er zum Handy, um Wurz zu informieren. Ehe er es aus der Gesäßtasche fummeln konnte, fiel sein Blick auf einen kleinen Gegenstand, der am Fuß der Anrichte lag und ihn innehalten ließ.

Er bückte sich. Es handelte sich um eine zimtfarbene Kugel. Ein harmloses, verspieltes Ding, das ihm bekannt vorkam. Es war so groß wie eine Murmel und aus Wolle. Genauer gesagt aus Filz. Wo hatte er diese Kugel schon gesehen? Das flaue Gefühl in seinem Magen verstärkte sich. Zwei Schritte weiter entdeckte er noch eine Kugel, größer als die erste und kupferfarben. Sie hing an einem abgerissenen Lederband. Unter der Anrichte lagen weitere Filzkugeln in verschiedenen Orangetönen. Die Farben erinnerten ihn an Herbstblätter. An einen leuchtenden Sonnenuntergang. An Valentinas Haar.

Sein Herz stolperte, begann zu rasen.

Die Kugeln waren Teil der Halskette, die Valentina beim gemeinsamen Abendessen getragen hatte.

Sie musste hier gewesen sein.

Sie musste Holzgruber erschossen haben.

»Kruzifixsakrament«, flüsterte er, und es klang fast wie ein Gebet.

Was war passiert? Hatte Valentina Holzgruber zur Rede gestellt, wegen des Mordes an Schatz? Oder wollte sie ihm erzählen, dass sie die Bekanntschaft eines netten Kriminalbeamten gemacht hatte? Vielleicht wollte sie sich von Holzgruber trennen, und der war daraufhin ausgerastet?

Heisenberg schloss die Augen, um es sich vorzustellen.

Holzgruber wird tätlich, packt Valentina, würgt sie, zerreißt ihre Kette.

Und sie, in Panik, sie wehrt sich. Plötzlich ist eine Waffe im Spiel, vielleicht Holzgrubers eigene. Peng, löst sich im Handgemenge ein Schuss, und Holzgruber, tödlich getroffen, wird in den Schaukelstuhl geschleudert.

So oder so ähnlich musste es sich zugetragen haben, und Heisenberg, den sein Spürsinn selten im Stich ließ, war felsenfest davon überzeugt, dass Valentina unschuldig in den Schlamassel hineingestolpert war.

Wenn sie den Abzug der unglückseligen Waffe betätigt hatte, dann nicht als kaltblütige Mörderin, sondern aus Notwehr. Das Gefühl, sie beschützen zu müssen, schlug über ihm zusammen wie eine monströse Welle.

Er beschloss, alles zu tun, um sie aus der Sache herauszuhalten.

Zuerst steckte er sein Handy weg. Dann schloss er Holzgrubers Hosenstall. Er wusste selbst nicht warum, vermutlich störte ihn die Vorstellung, was der Bergsteiger kurz vor seinem Tod noch getan oder zumindest geplant haben könnte. Mit Valentina.

Heisenberg kroch auf dem Boden herum, sammelte alle Teile von Valentinas Filzkette ein und ließ sie in der Innentasche seiner Lederjacke verschwinden. In der Garderobe fand er ein Halstuch, das er sich fest um den Kopf wickelte, um keine Haare zu verlieren. In einem Abstellraum entdeckte er einen Eimer, einen Lappen und verschiedene Putzmittel. Er reinigte den Parkettboden so gründlich, als hätte er sein Leben lang nichts anderes gemacht. Zuletzt wischte er alles ab, was Valentina möglicherweise angegriffen haben könnte. Die Lichtschalter und Türgriffe im ganzen Haus. Die WC-Spülung, die Armaturen im Bad, das Waschbecken, die Küchenschränke. Holzgrubers Hosenknopf. Einfach alles. Dabei ging er so akribisch wie möglich vor und beeilte sich gleichzeitig, so gut er konnte.

Wenn jetzt jemand käme und ihn überraschte, ein Nachbar, der nach dem Rechten sehen wollte, oder eine Haushaltshilfe, Heisenberg wäre erledigt.

Aber er hatte Glück. Es kam niemand. Nur das Telefon klingelte zweimal. Nach drei Stunden gründlichen Saubermachens war er schweißgebadet. Er räumte Eimer und Lappen weg und verließ das Mordhaus. Auf zitternden Beinen stakste er zu seinem Wagen. Sah sich um. Konnte keine Menschenseele entdecken. Er überlegte, zu einer Telefonzelle zu fahren, den Polizeinotruf zu wählen und mit verstellter Stimme den Mord zu melden, ließ es aber bleiben. Je später Holzgruber gefunden wurde, desto besser. Heisenberg musste Zeit gewinnen.

Also kehrte er in seine Wohnung zurück und heizte den Kamin an. Er warf die Teile von Valentinas Filzkette ins Feuer. Wieder brach ihm der Schweiß aus. Kein Wunder, draußen herrschte herrlichstes Herbstwetter bei Föhn und sommerlichen Temperaturen. Als vom verhängnisvollen Schmuckstück nur Asche übrig geblieben war, erstickte er das Feuer, riss sich die Kleider vom Leib und duschte ausgiebig. Dann genehmigte er sich eine Tasse Malzkaffee mit einem Schuss Cognac.

Schwindel erfasste ihn.

Er, Oberst Wilfried Heisenberg, der pensionierte Chef des Tiroler Landeskriminalamts, hatte soeben ein Beweisstück verschwinden lassen. Er hatte einen Tatort gereinigt und damit mutwillig Fingerabdrücke, Fußspuren und andere wichtige Hinweise vernichtet. Er hatte die Arbeit der Polizei behindert und sich strafbar gemacht.

Was war nur in ihn gefahren?

Verschämt schlich er ins Schlafzimmer, setzte sich auf die Bettkante. Nahm Thea aus der Nachttischlade. Unter den Sprüngen des Glases ahnte er ihr mildes Lächeln mehr, als dass er es sah.

Doch ihre hellen Augen blickten verständnisvoller denn je, das spürte er.

»Du hast dich verliebt«, hörte er sie sagen. Nicht vorwurfsvoll, sondern sanft. Im selben Tonfall, in dem sie angekündigt hatte, dass es Marillenknödel zum Essen gab.

»Ich habe Dummheiten gemacht, Thea, große Dummheiten.«

»Dummheiten sind das Vorrecht der Verliebten.«

»Aber ich habe gegen Prinzipien verstoßen, habe mein Berufsethos mit Füßen getreten. Und das in meinem Alter!« Er war den Tränen nah.

»Prinzipien sind dazu da, dass man sie hin und wieder über den Haufen wirft. Wann, wenn nicht in unserem Alter?« Täuschte er sich, oder wurde Theas Lächeln breiter?

»Was soll ich tun?«

»Folge deinem Herzen«, sagte sie. Und die Sprünge verliehen ihrem Gesicht zusätzliche Weisheit und Abgeklärtheit.

Gestärkt und getröstet legte er das Bild zurück.

Thea, sein Engel, war auf seiner Seite.

Heisenberg erhob sich und straffte die Schultern. Er hatte ein Verbrechen begangen. Aber er stand dazu mit jeder Faser seines Körpers.

14

Zum dritten Mal ließ sie heißes Wasser nachlaufen, nahm noch einen Schuss von der Lavendelessenz, die so herrlich duftete und beruhigend wirken sollte, und sank mit einem wohligen Seufzen zurück in die Geborgenheit aus Schaum und Wärme. Obwohl sie froh war, jetzt nicht allein zu Hause zu sein, hatte sie sich von Annas bohrenden Fragen – Was ist denn nur passiert, Walli? Du siehst aus, als hättest du ein Gespenst gesehen, da muss doch was passiert sein? – und von ihren besorgten Blicken in die Enge getrieben gefühlt; hatte sich ins Gästebad der Familie Schatz eingeschlossen, wo sie schon seit über einer Stunde im Badewasser dümpelte und der vollkommenen Aufweichung ihrer Haut entgegenschrumpelte.

Die ganze Nacht hatte sie kein Auge zugemacht, aber jetzt kam die Müdigkeit, unerbittlich, überfallsartig, legte sich auf sie wie eine Decke aus Blei, ließ ihre Muskeln erschlaffen und die Lider sich senken. Valentina rutschte tiefer in die weiche Wärme, die sachte an ihr zog, mit schaumigen Armen nach ihr griff, sie umfing.

Und dann lief der Film wieder an. Der Horrorstreifen.

Lois, wie er in seinem Schaukelstuhl vor- und zurückschwingt, grinsend, mit aufgerissenen Augen und einem Loch in der Brust. Einem Loch, das erstaunlich klein ist und aus dem dennoch das ganze Holzgruberblut herausgeronnen sein muss, denn sein Gesicht schimmert weißer als die Wand.

Und plötzlich ihr aussetzender Herzschlag, die fehlende Luft, als hätte jemand ihr die Gurgel zugedrückt, die Schwärze in ihrem Hirn.

Sie schreckte hoch, schlug um sich, schlug mit der flachen Hand ins Wasser, dass es überschwappte und der Schaum fast bis an die Decke spritzte. Das Gefühl der Atemnot hatte sich in ihrem Gedächtnis eingebrannt. Beim Anblick des toten Lois war sie ohnmächtig geworden, hatte wer weiß wie lang auf dem Parkettboden gelegen; fasste in etwas Klebriges, als sie aufwachte, Blut, das bereits zähflüssig geworden war; wollte vor Entsetzen und Ekel schreien, brachte aber nur ein Krächzen zustande, rappelte sich hoch und rannte. Die blutigen Hände vorgestreckt rannte sie los, aus dem Haus hinaus, durch den Garten. Stolperte, stürzte, ausgerechnet auf ihr arthrosegeplagtes Knie. Vielleicht war das gut so, denn der stechende Schmerz brachte sie wieder halbwegs zu sich. Sie säuberte ihre Hände im taufeuchten Gras und humpelte weiter in Richtung Haltestelle. Tränen liefen über ihre Wangen, sie ließ sie laufen. Mit Ach und Krach erwischte sie die letzte Straßenbahn. Wie viele Fahrgäste drin saßen, ob jemand sie anstarrte, ob irgendwer sie aus der Holzgruber-Villa hatte rennen sehen, sie wusste es nicht. Es war ihr auch vollkommen egal.

Irgendwie gelangte sie zu Annas Haus, schaffte es, die Tür aufzusperren; riss sich im Bad die Kleider vom Leib, duschte, rieb sich mit dem Sisalhandschuh die Haut wund. War dann todmüde ins Gästebett gefallen, hatte aber nicht gewagt, die Augen zu schließen, weil sonst unweigerlich die Bilder auf sie eingestürmt wären.

Dabei war die Erinnerung an Lois' grinsendes Antlitz, an seinen blicklosen Blick und an die große Blutlache längst nicht das Schlimmste. Das Schlimmste war das Schuldgefühl. Denn Valentina wusste, wer ihren Exlover erschossen hatte. Natürlich wusste sie es. Und sie wusste, dass sie es hätte verhindern können. Sie hatte versagt.

Anstatt Marion zu beruhigen, hatte sie sie herausgefordert, als das Gespräch auf Lois gekommen war. Obwohl sie sah, wie die alten Wunden ihrer Freundin frisch aufgerissen wurden, hörte sie nicht auf zu argumentieren, rechthaberisch, besserwisserisch. Und als Marion türenknallend gegangen war, hatte Valentina Anna daran gehindert, ihr nachzulaufen.

Sie stöhnte auf. Wenn sie Marion aufgehalten hätten, dann würde Lois jetzt noch leben!

Übelkeit befiel sie. Vorsichtig stieg sie aus der Wanne, hüllte sich in ein Badetuch und ließ sich – den Rücken an die Wand gedrückt – zu Boden gleiten. Bitterer Speichel sammelte sich in ihrem Mund. Sie schluckte.

Sie selbst hatte die Szene aufgeschrieben! Die Szene, die ihr nach dem üppigen Abendessen mit Heisenberg eingefallen war. Das neue Krimikapitel, in dem sie Lois umgebracht hatte, wenn auch nur mit Worten, mit ein bisschen Getippsel auf der Tastatur ihres Laptops. In ihrem Manuskript wurde Lois zwar nicht erschossen, sondern erschlagen, mit einem nepalesischen Buddha aus Metall. Von wem, das hatte sie offengelassen. Tatsache war, dass sie seinen Tod ins Spiel gebracht und die Datei an Marion geschickt hatte, ihre Testleserin der ersten Stunde. Und Marion, die sonst so zuverlässige und fixe Marion, hatte ihr immer noch nicht darauf geantwortet. Sie hatte keinen Kommentar abgegeben, weder einen vernichtenden noch ein Lob. Reagierte einfach nicht auf das Kapitel, in dem Holzgruber zu Tode kam, obwohl Valentina hundertprozentig sicher war, dass sie es gelesen hatte.

Jetzt war Lois tot. Sollte das Zufall sein? Wie Romeds Tod auch? Valentina lachte bitter auf.

Sie kämpfte Übelkeit und Schwindel nieder und zog sich an. Spritzte sich kaltes Leitungswasser auf die Wangen. Dann schlich sie ins Gästezimmer, setzte sich an den Sekretär aus Kirsche und fuhr ihren Laptop hoch.

Sie öffnete die Datei und las sich das verhängnisvolle Kapitel noch einmal durch. Korrigierte, ergänzte, schrieb um.

Die strickende Marion im heftigen Wortwechsel mit ihren Freundinnen. Die verletzte, im Innersten getroffene Marion, die wutschnaubend Annas Haus verlässt. Wie sie schnurstracks ihren Buchladen aufsucht und die Pistole aus der Schublade ihrer Ladentheke nimmt. Wie sie den Lauf reinigt, Patronen ins Magazin schiebt, die Pistole in ihre Manteltasche steckt. Anschließend zum Lanser See fährt und Lois zur Rede stellt. Ihn zur Rechenschaft ziehen will, nach so vielen Jahren. Wie Lois den Kopf schüttelt, sein wie immer zu langes angegrautes Haar zurückwirft. Sie auslacht. Nicht glauben kann, dass sie gefährlich ist.

Wie sie plötzlich die Pistole aus der Manteltasche zieht, entsichert und an seine Brust drückt. Den Abzug betätigt. Bumm. Ohne mit der Wimper zu zucken. Hemmungslos, denn ihre Hemmungen hat sie bereits beim Mord an Romed abgelegt.

Kaum hatte Valentina den letzten Satz getippt, fiel es ihr wie

Schuppen von den Augen. Na sicher! Marion hatte Romed getötet, Marion im Alleingang. Anna war vollkommen unschuldig und wusste von nichts. Ihr Schock nach Romeds Tod war also echt, so gut hätte Anna auch gar nicht schauspielern können.

Natürlich musste Marion klar sein, dass Valentina eins und eins zusammenzählen konnte. Vermutlich hatte sie sich deshalb in den letzten Tagen so reserviert gegeben. Unnahbar. Aber offensichtlich war sie zu dem Schluss gekommen, dass Valentina dichthalten würde.

Vielleicht rechnete sie auch damit, dass ihre Freundin sich mitschuldig fühlen würde. Valentina hatte schließlich mit ihren bescheuerten Krimiambitionen die Mordgelüste entfacht. Nur wegen dieses dummen Ehrgeizes, in ihrem Alter noch etwas Bleibendes zu schaffen. Für die Nachwelt.

Sie schüttelte den Kopf. Hatte sie wirklich so gedacht? Und welche Nachwelt wollte sie beeindrucken? Woodstock etwa? Lächerlich! Der würde sich einmal mehr für seine Mutter schämen, wie er sich für seinen Namen geschämt hatte.

Valentina überlegte, wie sie sich weiter verhalten sollte. Sollte sie Marion zur Rede stellen und ihr die Morde auf den Kopf zusagen?

Nein. Marion würde ihr schmallippiges Lächeln bemühen und alles abstreiten. »Was fällt dir ein, Walli«, würde sie sagen, mit dem typischen Anflug von Zynismus in ihrer Stimme, der einen über ihre wahren Absichten immer ein wenig in der Schwebe ließ. »Bist du verrückt?«

Valentina rieb sich die Nase. Marion gegenüber würde sie sich zurückhalten. Beobachten und schweigen.

Auch mit Anna konnte sie nicht darüber sprechen.

Anna würde ihr das Ungeheuerliche nicht glauben. Verständlich, schließlich hatte sie sich während ihrer Ehe mit Romed darauf spezialisiert, alles zu verdrängen, was belastend oder unschön war.

Sollte Valentina also zur Polizei gehen? Sollte sie Heisenberg einweihen?

Himmel, nein.

Zwar bedauerte sie, dass Lois so hatte sterben müssen. Trotzdem würde sie ihre beste Freundin keinesfalls anzeigen. Schon in der Schule hatte Valentina Gepetze gehasst, im Rentenalter stellte Freundinnenverrat erst recht keine Option dar.

Das Zirpen ihres Handys riss sie aus ihren Gedanken.

Heisenberg. Schlagartig fiel ihr ein, dass sie sich mit ihm für den heutigen Abend verabredet hatte. In ihre Wohnung hatte sie ihn eingeladen, indische Häppchen wollte sie ihm servieren. Wie weit weg das alles war!

Schweren Herzens nahm sie den Anruf an. Sie sei unpässlich, erklärte sie. Habe Kopfweh. Musste dabei nicht einmal lügen.

Seine Stimme klang besorgt, aber fest. Zuverlässig. Ein Anker in stürmischer See. Sie klang weich und rau zugleich wie ein teures Ledersofa.

Dass sie auf keinen Fall allein bleiben dürfe, sagte die Stimme, nicht, wenn es ihr schlecht gehe. Dass er gern mit ihr plaudern würde, ungezwungen, bei einem Glas Wein und ein paar Kleinigkeiten, die er zufällig zu Hause habe. Valentina lauschte. Bereitwillig ließ sie sich auf das Sofa fallen und sagte zu.

Heisenberg würde ihr guttun. Er würde die entsetzlichen Bilder vertreiben. Sie lächelte, vermutlich zum ersten Mal an diesem Tag. Begann, sich schick zu machen. Etwas Make-up, ein Kleid, die Filzkette, die Glück brachte. Aber nein, leider konnte sie ihr Lieblingsschmuckstück nicht finden; fragte sich, wo sie es hingetan hatte. Vergeblich, sie konnte sich nicht einmal erinnern, wann sie es zuletzt getragen hatte. Immer öfter verlegte sie etwas. Immer öfter deponierte sie Dinge an unmöglichen Orten. Vor wenigen Tagen hatte sie ihr Handy gesucht und es nach Stunden im Kühlschrank gefunden. Das böse Wort, das mit »A« begann und mit »lzheimer« endete, fiel ihr ein. Sie seufzte. Verzichtete schließlich auf Schmuck.

Als es klingelte, verabschiedete sie sich von Anna, die immer noch furchtbar besorgt wirkte. Valentina beruhigte sie, versprach ihr, den nächsten Abend ausschließlich mit ihr zu verbringen, und schlüpfte hinaus, zu einem strahlenden Heisenberg, der ihr den Arm bot und sie zu seinem Wagen geleitete, als wäre sie eine Filmdiva.

15

Es war ungewöhnlich warm für die Jahreszeit. Auch der anbrechende Abend brachte keine Erfrischung mit sich, weshalb Wurz Linda bat, die Fenster des Besprechungsraums wieder zu schließen. Dann ließ er seinen Blick über das versammelte Team schweifen.

Mitterhofer hatte die knochigen Schultern hochgezogen, als wollte er einen Anschiss abwehren. Vielleicht den seiner Frau, die wieder einmal die Kinder allein ins Bett bringen musste, weil er, Wurz, ihrem Mann Überstunden zumutete.

Weinreich wirkte phlegmatisch wie immer. Auf ihn wartete niemand, zumindest niemand, von dem Wurz wusste. Ehrgeiz und Engagement waren Weinreichs Sache nicht, aber er brillierte manchmal mit glänzenden Einfällen und arbeitete ansonsten gemächlich und zuverlässig.

Bartsch, der nur mit einer Arschbacke auf dem Besprechungsstuhl saß, weil beide nicht draufgepasst hätten, ließ sich – seinen Emotionshaushalt betreffend – nicht in die Karten schauen. Pokerface.

Die Einzige, die vor Motivation sprühte, war Selma. Die Nachricht von Holzgrubers Tod war ihr nahegegangen, vermutlich weil sie kurz vor seiner Ermordung mit ihm gesprochen hatten. Jetzt schien sie wild entschlossen, den Fall rasch zu lösen. Und wenn es hieß, den Feierabend im Besprechungsraum abzusitzen.

Wurz klopfte mit dem Kaffeelöffel gegen seine Tasse, obwohl ohnehin alle Blicke auf ihn gerichtet waren. »Danke, dass ihr noch dageblieben seid, trotz der vorgerückten Stunde. Wir haben also einen zweiten Mord, genau acht Tage nach dem ersten. Und diesmal ist das Opfer ausgerechnet unser vielversprechendster Verdächtiger für Mordfall eins. Lasst uns zuerst unsere bisherigen Erkenntnisse zusammenfassen. Mark, schieß los.«

Mitterhofer setzte sich kerzengerade hin. »Das Mordopfer ist der Turbinenfabrikant und Extrembergsteiger Lois Holzgruber. Er wurde aus nächster Nähe erschossen. Todeszeit gestern Nachmittag zwischen vierzehn und sechzehn Uhr. Das Projektil wurde bei der Obduktion gesichert, es handelt sich um ein Geschoß mit dem Kaliber neun mal neunzehn Millimeter Parabellum. Die Spusi hat die Tatwaffe bisher leider nicht gefunden …«

Bartsch grunzte etwas Unverständliches.

»Da Holzgruber selbst eine Beretta besaß, die bisher ebenfalls nicht gefunden wurde, könnte er mit seiner eigenen Pistole erschossen worden sein«, fuhr Mitterhofer fort. »Ansonsten fehlt nichts, es gibt keinen Hinweis auf einen Raub und außerdem keine Spuren gewaltsamen Eindringens in Holzgrubers Haus.«

»Das heißt, der Mörder muss ein guter Bekannter von Holzgruber gewesen sein«, warf Selma ein.

»Wieso jetzt das?«, fragte Weinreich. »Weil er ihm die Tür aufgmacht hat?«

Selma nickte, leicht verunsichert.

»Ja mei! Hast du noch nie einem Fremden die Tür aufgmacht? Einem DHL-Fahrer oder dem Mann vom E-Werk oder den Jehova-Leuten …«

»Den Zeugen Jehovas bestimmt nicht«, sagte Selma trotzig.

Wurz grinste. »Du hast schon recht, Sepp. Dass Holzgruber arglos die Tür geöffnet hat, sagt nicht viel aus. Ich bin trotzdem davon überzeugt, dass er seinen Mörder gut gekannt und ihm vertraut hat. Sonst hätte er ihn nicht so nah an sich herangelassen. Die Gerichtsmediziner haben an der Einschussstelle eine Stanzmarke festgestellt, wie sie nur bei einem aufgesetzten Schuss vorkommt. Holzgruber hat sich nicht gewehrt. Keine Hautpartikel unter seinen Fingernägeln, keine Kampfspuren, nichts.« Wurz überflog seine Notizen. »Wir suchen also tatsächlich jemanden, der Holzgruber nahe gestanden und ihn gehasst hat. Wer kommt da in Frage?«

Selma warf ihm einen triumphierenden Blick zu. »Der Landeshauptmann natürlich!«, sprudelte es aus ihr heraus.

Wurz verdrehte die Augen.

»Nur weil er der von dir favorisierten Partei vorsteht, heißt das nicht, dass er über jeden Verdacht erhaben ist«, setzte sie nach.

Er fragte sich, woher sie wissen mochte, welche Partei er bevorzugte.

»Die schwarze Brut, ja mei.« Weinreich hatte seine Zigaretten aus der Packung auf den Tisch gekippt und spielte mit ihnen Mikado.

»Es geht jetzt nicht um Parteien und Vorlieben, Leute, sondern um ein handfestes Motiv.«

»Lois Holzgruber war der Liebhaber von Pepi Linders Frau, was Pepi Linder möglicherweise erst durch unseren Besuch herausgefunden hat. Vielleicht hat er Holzgruber kurz darauf zur Rede gestellt? Vielleicht hat Holzgruber ihn mit seiner arroganten Art provoziert, Linder hat durchgedreht, und peng …« Selma blickte kampflustig über ihren rosaroten Brillenrand. »Oder ist Eifersucht etwa kein handfestes Motiv?«

Wurz hob beschwichtigend die Hände. »Natürlich. Wir werden das auf alle Fälle überprüfen.«

»Das kann ich übernehmen«, sagte Mitterhofer. »Ich frage mich nur, ob Holzgrubers Mörder nicht auch Schatz auf dem Gewissen hat. Und da kommt der Landeshauptmann wohl nicht in Frage, der war doch mit Schatz dick befreundet.«

»Guter Einwand, Mark. Ich bin auch überzeugt davon, dass die beiden Morde zusammenhängen. Wenn wir den Fall Holzgruber klären, haben wir auch den Mörder von Schatz.«

»Aber …« Selma zappelte. Es hielt sie kaum noch auf ihrem Stuhl. »Schatz wurde in der Wohnung seiner Geliebten erschlagen, von jemandem, der sich mit Gewalt Zutritt verschafft hat. Holzgruber wurde im eigenen Haus erschossen, von jemandem, dem er selbst die Tür geöffnet hat. Welche Gemeinsamkeit siehst du da?«

»Das sind doch nur Details.« Wurz pausierte, um Spannung zu erzeugen. So machte es Lieutenant Caine immer, und so war es immer wirkungsvoll. »Du darfst dabei nicht den Blick auf das Wesentliche verlieren. Oder hältst du es für einen Zufall, dass innerhalb von acht Tagen zwei Männer umgebracht wurden, die Erzrivalen im Kampf um ein gigantisches Projekt waren?«

Selma zuckte mit den Schultern und schwieg.

Wurz wandte sich Bartsch zu. »Wie sieht's bei dir aus, Severin? Gibt es schon ein Zwischenergebnis der Spusi?«

»Zwischenergebnis«, knurrte Bartsch verächtlich. »Das ist ja die Katastrophe. Wir haben so gut wie nichts gefunden. Der Täter hat nicht nur das Blut weggewischt, der muss das ganze Haus gereinigt haben, nachdem er Holzgruber erschossen hat. Wir haben kaum Fingerabdrücke, außer ein paar wenigen von Holzgruber selbst und einer weiteren Person, höchstwahrscheinlich seiner Haushälterin.«

»Diese Miranda oder wie sie heißt. Wo war sie eigentlich zur Tatzeit?«, fragte Selma.

»Malindi, eine Nepalesin. Sie saß im Zug nach München. Du hast ja gesehen, dass sie noch während unseres Besuchs bei Holzgruber gegangen ist, mit einem Koffer. Sie hat sich für ein paar Tage freigenommen, um einen Onkel zu besuchen. Mit dem habe ich bereits gesprochen. Malindi wird morgen herkommen, dann können wir sie über Holzgruber und seine Gewohnheiten befragen. Organisierst du einen Dolmetscher, Selma? Sie kann kaum Deutsch, und ihr Englisch ist nicht viel besser.« Letzteres war eine Lüge, aber Wurz bereitete die Aussicht, sein Schulenglisch auspacken zu müssen, Bauchschmerzen. Eine Schwäche, die ein Kripochef natürlich nicht zugeben durfte, ein interimistischer schon gar nicht.

Mitterhofer schlenkerte mit seinem Arm, als wollte er aufzeigen. »Mir ist noch eine Gemeinsamkeit aufgefallen. Beide Tatorte sind gereinigt worden.«

»Das stimmt nur bedingt.« Bartsch schüttelte sein mächtiges Haupt. »Es gibt dabei nämlich einen wesentlichen Unterschied: Die Lederer-Wohnung war sauber, weil sie wegen der Stauballergie der Lederer ständig geputzt worden ist, auch am Tag von Schatz' Ermordung. Aber vor dem Mord. Die Holzgruber-Villa wurde dagegen nachher gereinigt. Von jemandem, der ganz gezielt Spuren beseitigen wollte und dabei sehr überlegt vorgegangen ist.«

Wurz horchte auf. »Inwiefern überlegt?«

»Die Fensterscheiben waren dreckig. Die hat unser Täter nicht geputzt, die fasst normalerweise auch kein Mensch an. Aber er hat alle Lichtschalter, Tür- und Fenstergriffe abgewischt und die Oberflächen, die für Fingerabdrücke prädestiniert sind. Und das im ganzen Haus.«

»Wir suchen also jemanden, der regelmäßig im Haus Holzgruber aus- und eingegangen ist und überall seine Spuren hinterlassen hat. Sonst hätte er sie ja nicht beseitigen müssen. Eine Geliebte von Holzgruber vielleicht? Ein Verwandter?«

Bartsch wiegte seinen Kopf. »Ich glaube eher an einen Profi. Die Putzaktion könnte ein Ablenkungsmanöver sein.«

Wurz horchte auf. »Ein Auftragskiller?«

»Wer sonst schafft es, mit einem einzigen gezielten Schuss mitten ins Herz zu treffen? Jeder Laie hätte mehrfach losgeballert.«

»Nicht, wenn er so nah dran ist, dass er die Waffe aufsetzen kann«, sagte Wurz. »Holzgruber war sofort tot.«

»Dann sieht unsere Täterbeschreibung so aus: Jemand, der Holzgruber und Schatz gut gekannt und gehasst hat oder der von ihrem Tod profitiert. Er ist äußerst raffiniert, gründlich und ein guter Schütze«, resümierte Mitterhofer.

Selma nahm ihre Brille ab. »Die Möglichkeit, dass es sich um zwei verschiedene Täter handelt, dürfen wir aber auch nicht aus den Augen verlieren. Nehmen wir an, Holzgruber hätte Schatz ermordet, ein Dritter wäre dahintergekommen und hätte sich gerächt. Jemand, für den der Tod von Schatz gewaltige Nachteile mit sich bringt.«

»An wen denkst du konkret?«

»An die Lederers zum Beispiel. In Zukunft wird Nadine Lederer eine hohe Miete für ihre Trachtenboutique zahlen müssen. Berti Lederer geht es mit seinem Nachtlokal ähnlich.«

»Natürlich werden wir in alle Richtungen ermitteln. Wir werden noch einmal den Lederers auf den Zahn fühlen und Pepi Linder. Außerdem werden wir uns Holzgrubers Angestellte vorknöpfen und eventuelle ehemalige Angestellte. Leute, die er entlassen hat. Auch seine Geliebten beziehungsweise deren Ehemänner werden wir unter die Lupe nehmen. Unser Hauptaugenmerk sollten wir aber darauf richten, wer mit beiden Opfern im Clinch war. Womöglich im Zusammenhang mit dem Konkurrenzkampf zwischen den Projekten Skiarena und Windpark.«

Bartsch rieb sich seine Knollennase. »Vielleicht solltest du dann als Erstes die Grünen unter die Lupe nehmen.« Er grinste.

»Wieso ausgerechnet die Grünen?«, fragte Wurz.

Bartsch fuhr sich durch sein stoppelkurzes Haar. »Na, die haben den Schatz und sein Skiarena-Projekt genauso verteufelt wie den Holzgruber und seinen Windpark.«

Selma sah verwundert auf. »Echt? Die sind doch schon gegen Atomstrom und gegen neue Wasserkraftwerke. Müsste da ein Windpark nicht im Sinne der Grünen sein?«

»Prinzipiell schon. Aber nicht an diesem Standort. Erstens ist es schwierig, die Turbinen in zweitausendfünfhundert Metern Höhe aufzustellen. Man benötigt Zufahrtsstraßen, Materialseilbahnen, Hochspannungsleitungen. Die Landschaft wird dadurch verschandelt, was sich negativ auf den Tourismus auswirkt. Seltene Pflanzen gehen kaputt. Tierarten, vor allem die Birk- und die Schneehühner, sind in Gefahr, aber auch die Zugvögelschwärme, die jährlich über Raggspitz und Schlandtkopf ziehen«, sagte Bartsch. »Als der Landtag im Juni beschlossen hat, das Naturschutzgebiet Schlenderer Wiesen auf ein Zehntel seiner ursprünglichen Fläche zu verkleinern und seine Grenzen zu verlegen, um den Windpark zu realisieren, haben die Grünen protestiert.«

Selma hob den Kopf. »Das geht? Man darf ein Gesetz einfach so …«, sie schnippte mit den Fingern, »ändern?«

Weinreich lachte auf. »Ja mei! Dürfen tät man vielleicht nicht, aber wenn genug Geld dahintersteckt, dann ändern sich die Spielregeln.«

»Genau.« Bartsch nickte. »Bei einer weiteren Landtagssitzung wurde die Zusage zu Holzgrubers Windpark urplötzlich rückgängig gemacht, angeblich wegen neuer Untersuchungsergebnisse, die aber in Wahrheit alle lang bekannt waren. Die Grünen haben sich schon gefreut. Bis der Antrag auf Zusammenlegung der Skigebiete Ginzerkogel, Raggspitz und Schrofner Ferner und deren Ausbau zu einer riesigen Skiarena gestellt wurde. Trotz massiver Widerstände der Opposition wurde das Millionenprojekt beschlossen. Das war kurz vor Schatz' Tod.«

»Gut, Leute. Wir werden uns also mit den Rädelsführern im Kampf um das Naturschutzgebiet auseinandersetzen«, sagte Wurz. »Selma, kümmere du dich darum. Mark, du übernimmst die Angestellten von Holzgruber. Und du siehst dir seinen Computer an, Sepp. Mich interessieren in erster Linie Verbindungen zu Romed Schatz. Nimm dir außerdem sein Handy vor. Ich möchte wissen, mit wem der Holzgruber vor seinem Tod telefoniert hat.«

»Ist recht, Toni.«

Wurz beendete die Sitzung und schickte seine Leute nach Hause. Dann setzte er sich an seinen Schreibtisch und überlegte. Dass zwischen den Fällen ein Zusammenhang bestand, lag auf der Hand. Dass jedoch ein militanter Naturschützer die Morde begangen haben sollte, hielt er für absoluten Unsinn. Dann hätte Holzgruber früher dran glauben müssen, nicht jetzt, wo er für das Naturschutzgebiet schon keine Gefahr mehr darstellte. Und was sollten die Morde überhaupt bringen? Schatz würde einen Nachfolger haben, der das Projekt fortsetzte.

Nein, Bartsch hatte das wohl nicht zu Ende gedacht oder sich einen Scherz erlaubt.

Ein Knurren riss Wurz aus seinen Grübeleien. Urheber war sein Magen, der seit dem frühen Morgen nicht mehr gefüllt worden war. Schon kurz nach neun. Er fuhr den PC herunter, verließ seinen Arbeitsplatz und tappte durch den einsamen Korridor zum Ausgang. Da drang das vertraute Surren eines Druckers an sein Ohr.

Das Geräusch führte ihn zum Nachbarbüro. Er klopfte und trat ein. »Selma! Was machst du noch hier?«

»Schau dir das an, Toni. Das ist interessant.«

Mit drei Schritten war er bei ihr, beugte sich über ihre Schulter. Ihr Haar duftete zitronig, gern hätte er seine Nase darin vergraben.

Sie nahm das Blatt Papier, das der Drucker soeben ausspuckte, und reichte es ihm. Ein junger Mann lachte Wurz entgegen. Das schmale Gesicht wurde von schulterlangem Haar umrahmt und erinnerte ein bisschen an Jesus, einen überaus attraktiven Jesus. Die Augen hatten die Farbe von Bitterschokolade und mussten Frauen jeden Alters zum Schmelzen bringen. »Wer ist das?«

»Pedro Álvarez, dreißig Jahre alt, Umweltaktivist. Er ist zwar kein Grüner, aber der führende Kopf der Bewegung für die Erhaltung des Naturschutzgebiets.«

»Ein Ausländer!«

»Spanier, ja und?« Selma sah ihn fragend an, dann wandte sie sich wieder dem Bildschirm zu. »Álvarez ist vorbestraft. Er saß ein halbes Jahr in U-Haft, anscheinend wegen Planung von terroristischen Anschlägen, die man ihm aber nicht nachweisen konnte. Und jetzt pass auf!« Sie öffnete eine andere Datei, einen drei Monate alten Zeitungsartikel. Berichtet wurde über eine Demonstration der Naturschützer gegen Holzgrubers Windpark. Dabei war es zu einer Auseinandersetzung zwischen Holzgruber und Álvarez gekommen, einer regelrechten Prügelei. Beide hatten Prellungen davongetragen, Holzgruber auch ein blaues Auge.

»Wenige Tage später hat Holzgruber Álvarez angezeigt.«

»Wegen Körperverletzung?«

»Wegen Brandstiftung.« Selma rückte ihre Brille zurecht. »In der Turbinenfabrik ist nachts Feuer gelegt worden. Kurz zuvor hat ein Nachtwächter einen Mann mit einem Kanister auf dem Gelände gesehen. Seiner Beschreibung nach war es Álvarez.«

»Oh, oh, oh. Das kommt nicht gut, vor allem nicht, wenn man vorbestraft ist.«

»Álvarez hat behauptet, er sei unschuldig. Holzgruber wolle nur die Versicherung abzocken und ihm den Schwarzen Peter in die Schuhe schieben. Er wurde angezeigt, in wenigen Wochen ist die Verhandlung.«

»Toll, Selma.« Daraus ein Mordmotiv abzuleiten, hielt er allerdings für überzogen. Obwohl, bei einem heißblütigen Spanier wusste man nie.

»Ich habe noch was, Toni.« Ihre Stimme klang siegessicher. Sie klickte auf ein Foto, das Álvarez eng umschlungen mit einem anderen jungen Mann zeigte.

Wurz konnte sich einen leisen Pfiff nicht verkneifen. »Der Typ ist schwul?«

»Achte auf den anderen. Erkennst du ihn?«

Er kniff die Augen zusammen, konnte den schlaksigen Kerl aber nicht einordnen. Ein Allerweltsgesicht, die Aufnahme war außerdem unscharf.

Selma zeigte ihm ein weiteres Foto. »Na?«

»Ich habe keinen Schimmer. Wer ist das?«

»Oliver Schatz«, sagte sie mit einem breiten Grinsen. »Er ist der Geliebte von Pedro Álvarez. Und Álvarez hat das auf seiner

Facebook-Seite kundgetan. Das war zehn Tage vor dem Mord an Romed Schatz.« Sie drehte ihren Kopf und sah Wurz in die Augen. »Wenn Schatz senior das erfahren hat, wird er nicht sehr angetan gewesen sein, oder?«

»Was heißt ›nicht angetan‹? Getobt haben wird er!« Wurz legte seine Hand auf ihre Schulter. »Phantastische Arbeit, Selma. Diesen Álvarez knöpfen wir uns vor. Am besten jetzt gleich.«

Jeder andere seiner Mitarbeiter hätte die Augen verdreht, gestöhnt oder gefragt, ob das nicht bis morgen warten könne. Nicht Selma. Sie sprang auf und strahlte Begeisterung aus. »Er wohnt in der Radetzkystraße«, sagte sie, schlüpfte in ihre Jacke und wuselte hinaus.

Wurz fuhr mit leicht überhöhter Geschwindigkeit in die Reichenau. Seine Nase juckte. Sie waren auf der richtigen Spur, das fühlte er mit jeder Faser seines Körpers.

»Hardigatti!« Er bremste scharf ab, als eine bekopftuchte Frau mit Kinderwagen urplötzlich die Straße überquerte, obwohl kein Zebrastreifen weit und breit zu sehen war. Wütend drückte er auf die Hupe. »Verdammte Türkenbande!«

Selma starrte ihn mit kugelrunden Augen an. »Was hast du eigentlich gegen Ausländer?«

»Nichts. Aber wenn sie nicht Deutsch können, sich mit Schleiern und Kopftüchern vermummen und sich nicht an unsere Gesetze halten, dann mag ich sie nicht.«

»Ich wusste gar nicht, dass es ein Gesetz gibt, das Frauen mit Kopftuch verbietet, die Straße zu überqueren.«

»Man schaut zuerst, bevor man Straßen überquert, man schiebt nicht einfach den Kinderwagen vor.«

»Man fährt auch nicht einfach mit siebzig Sachen durchs Ortsgebiet.«

Wurz drehte seinen Kopf. Selma sah umwerfend hübsch aus, wenn sie wütend war. Trotzdem versuchte er, sie mit einem Lächeln zu beschwichtigen. »Zu schnell, du hast recht. Ich wollte die Álvarez-Befragung zügig hinter mich bringen, damit wir beide danach noch auf einen Drink gehen können. Was hältst du davon?«

Sie lächelte zurück. »Überleg dir das lieber«, sagte sie honigsüß. »Ich gehöre nämlich auch zu der verdammten Türkenbande.«

Er erschrak, fasste sich aber gleich wieder und lachte. »Freilich. Tappeiner klingt ausgesprochen türkisch.«

»Mein Vater ist Südtiroler, meine Mutter Türkin. Sie spricht übrigens perfekt Deutsch, während Dad immer in seinen Pusterer Dialekt verfällt, sogar wenn er auf einem Ärztekongress einen Vortrag halten muss.«

Wurz schluckte. Etwas Eisiges rieselte seinen Rücken hinunter. Er öffnete den Mund und schloss ihn unverrichteter Dinge wieder, weil ihm keine geistreiche Antwort einfiel. Überhaupt keine Antwort. Nicht einmal eine Entschuldigung.

Beinahe hätte er die Abzweigung zur Radetzkystraße verpasst. Er blinkte, riss das Steuer herum und hatte das Gefühl, etwas Filigranes zerbrochen zu haben.

Álvarez' Wohnung befand sich im zweiten Stock eines Wohnblocks, der durch seine verschiedenfarbigen Balkone aus dem Einheitsgrau herausstach. Im Treppenhaus roch es nach gebratenem Speck, ein Duft, der Wurz schmerzhaft an seinen leeren Magen erinnerte.

Er läutete, Schritte näherten sich. Dann tat sich eine Weile nichts, offensichtlich starrte jemand durch den Spion. Kurz bevor Wurz zum zweiten Mal klingeln wollte, öffnete sich die Tür um einen Spalt. Im Spielraum, den die Sicherheitskette gewährte, zeigte sich Álvarez' Gesicht. Er sah zerknittert aus, als hätte er bereits geschlafen.

Wurz hielt ihm die Kokarde hin. »Guten Abend, Herr Álvarez. Kriminalpolizei. Wir ermitteln in zwei Mordfällen und würden Ihnen gern ein paar Fragen stellen. Dürfen wir reinkommen?«

Kaum war das Wort »Kriminalpolizei« über Wurz' Lippen geschlüpft, entgleisten die Gesichtszüge des Spaniers. Er wurde aschfahl. Sein ausgeprägter Kehlkopf rollte mehrmals auf und ab, als wollte er seinem Gefängnis entkommen.

Die Lippen zitterten, ansonsten sah sein Gesicht aus, als hätte man es schockgefroren. Der gute Mann war in Panik, keine Frage.

Wenn er in Panik ist, hat er Dreck am Stecken oder besser gesagt Blut an den Fingern, dachte Wurz mit Genugtuung.

»Herr Álvarez, es gibt zwei Möglichkeiten. Entweder Sie bitten uns herein und beantworten unsere Fragen, oder wir müssen Sie mitnehmen und die Prozedur in mein Büro verlagern. Was schon mal eine ganze Nacht dauern kann. Welche Variante ist Ihnen lieber?«

Mehrere Herzschläge lang starrte Álvarez Wurz an wie eine von Todesangst gelähmte Maus die Schlange, wissend, dass die Giftzähne gleich zuschlagen und töten würden, dass Flucht aussichtslos war. Endlich fand er Worte. »Warten Sie, ich … ich … mache Ihnen auf.« Er drückte die Tür ins Schloss, um die Sicherheitskette abzunehmen und dann erneut zu öffnen. Zumindest glaubte Wurz das.

Doch nichts dergleichen geschah. Ein schleifendes Geräusch war zu hören, gefolgt von einem Rumpeln.

Wurz begann zu schwitzen. Mit beiden Fäusten hämmerte er gegen die Wohnungstür. »Álvarez! Machen Sie sofort auf!«

Selma riss ihre Glock aus dem Holster, entsicherte sie und zielte auf das Schloss.

»Bist du verrückt?« Er fiel ihr in den Arm.

»Wir müssen da rein!«

»Doch nicht so. Fordere Verstärkung an. Und den Schlüsseldienst.«

Sie steckte die Waffe weg und tippte wie wild auf ihr Handy ein.

Wurz überlegte. Würde Álvarez sich verbarrikadieren und den Kollegen von der Cobra ein Feuergefecht liefern? War er auf einen »Suicide by cop« aus? Oder würde er versuchen, über den Balkon zu flüchten?

Flüchten, dachte er. Wie die Maus es im letzten Moment auch probieren würde, obwohl der Kopf der Schlange schon zum Biss vorschnellte.

Wurz raste treppab, nahm immer zwei Stufen auf einmal. Hörte Selma fluchen und hinterherlaufen.

Kurz bevor er die Eingangstür erreichte, stieß er mit einer alten Frau und ihrem Müllsack zusammen. Er kam ins Straucheln, stolperte über die Füße der Frau, die in flauschigen Pantoffeln steckten, und knallte mit den Knien auf den Steinboden. Der Schmerz ließ ihn aufkeuchen.

Sogleich packte ihn die Alte am Arm und zerrte ihn hoch. »Haben S' Ihna wehtan, junger Mann?« Sie war bei der Kollision unversehrt geblieben und schien über Kräfte zu verfügen, die man einer Frau in ihrem Alter nie zutrauen würde.

»Lassen Sie mich vorbei«, knurrte er.

Sie schüttelte den Kopf und reagierte nicht. »Die jungen Leutln heutzutag müssen's immer so eilig haben! Bis sie sich derrennen!«

»Platz machen, Polizei!«, rief Selma hinter ihm und trat den Müllsack aus dem Weg.

Die Alte ließ seinen Arm fahren, als hätte sie sich verbrannt. Unter Schimpfen und Schnauben trat sie endlich zur Seite.

Als Wurz aus dem Haus stolperte, sah er Álvarez bereits die Radetzkystraße entlangsprinten. Vom roten Balkon des zweiten Stockes baumelte ein zusammengedrehtes Leintuch, mit dem der Spanier sich vermutlich auf den darunterliegenden Balkon gehangelt hatte. Von dort musste er gesprungen sein.

»Stehenbleiben oder ich schieße!«, brüllte Selma. Sie hatte schon wieder die Waffe in der Hand.

»Lass das«, zischte Wurz, aber Selma schoss in die Luft. Der Knall hallte dumpf von den Hauswänden wider, und einem Hundebesitzer auf dem Gehsteig gegenüber ging der Dackel durch.

Wurz preschte los. Er lief, so schnell er konnte, den stechenden Schmerz in seinem Knie verbiss er sich und trat umso fester auf. Aber obwohl er seine Ausdauer dreimal wöchentlich mit Waldläufen in Schuss hielt, gelang es Álvarez, den Vorsprung von etwa fünfzig Metern weiter auszubauen. Er überquerte die Fahrbahn, folgte der General-Eccher-Straße und hielt auf die große Baustelle zu. Und während Wurz ihm hinterherraste und sich mit dem Ärmel den Schweiß von der Stirn wischte, war Álvarez plötzlich verschwunden. Wie ausgelöscht.

Als Wurz die Baustelle erreichte, entdeckte er eine Lücke im Zaun. Der dumme Spanier steckte irgendwo in dem Rohbau wie eine Maus in der Falle, Wurz musste ihn nur noch abholen.

Er zog seine Waffe und umrundete einen Betonpfeiler. Die Straßenbeleuchtung reichte nicht bis hierhin. Dunkelheit umfing ihn, ein modriger Geruch. Er musste warten, bis sich seine Augen an die Schwärze gewöhnt hatten.

Wohin war die Maus gelaufen?

Hinter dem nächsten Betonpfeiler bewegte sich etwas.

»Geben Sie auf, Álvarez, und kommen Sie raus!«, rief er. Dann lauschte er, die Pistole im Anschlag.

Er vernahm nur seinen eigenen Atem, der sich von dem Sprint immer noch nicht beruhigt hatte – und ein merkwürdiges Scheppern. Ein dumpfes, unbefriedigendes Geräusch, das er nicht einordnen konnte. Erst als der Schmerz Lichtblitze vor seinen Augen zündete, dämmerte ihm, was es mit dem Scheppern auf sich hatte. Er wollte sich an den Hinterkopf fassen, dahin, wo es jetzt höllisch brannte, doch seine Hände gehorchten ihm nicht. Stattdessen knickten die Knie ein.

Noch im Fallen wunderte er sich darüber, dass es so unglaublich hohl klang, wenn man eins über den Schädel bekam.

16

Er hätte aus voller Kehle singen mögen.

»Michelle, ma belle«, und dann: *»I love you, I love you, I love you!«*

Aber musische Talente waren ihm nicht in die Wiege gelegt worden, und so riskierte er nur ein Summen, das sich tadellos ins Brummen der Kaffeemaschine einfügte. Der Übermut, der ihn angesprungen hatte, kaum hatte er einen Fuß über den Bettrand geschwungen, ließ sich dennoch nicht ausbremsen. Und so tänzelte Heisenberg zum Kühlschrank, nahm die Butter und das Glas mit der Marillenmarmelade heraus und tänzelte wieder zum Esstisch zurück, nicht ohne vorher eine Pirouette zu drehen. Leider wurde ihm mitten in der Drehung schwindlig, das Marmeladenglas entglitt ihm und zerschellte am Küchenboden.

Er ärgerte sich nicht. Kein »Kruzifixsakrament« kam über seine Lippen. Er lachte. »Verliebter alter Esel«, sagte er und freute sich, weil Scherben Glück brachten und weil das Glück ja tatsächlich schon angekommen war, ein großes Stück Glück mit äußerst weiblichen Formen. Wie er dem Rauschen entnahm, das aus dem Badezimmer drang, stand es gerade unter der Dusche, sein Glück.

Summend entfernte er die klebrigen Glasscherben, wischte den Marmeladenfleck weg und fuhr in seinen Frühstücksvorbereitungen fort.

Schinken, Salami, dreierlei Käse, Honig und Butter tischte er auf und holte ein neues Marmeladenglas aus der Vorratskammer. Er war hungrig wie ein Bär. Kein Wunder nach den ungewohnten sportlichen Leistungen, die er in der vergangenen Nacht erbracht hatte! Er lächelte versonnen und füllte den Brotkorb mit den Köstlichkeiten, die er soeben beim Bäcker erworben hatte. Knusprige Handsemmeln hatte er gekauft, Jourgebäck mit der Vorsilbe Bio, falls Valentina ein gesundes Frühstück bevorzugte. Und duftende Croissants, falls sie es französisch mochte.

Apropos französisch … Er lachte in sich hinein. Die Erinnerungen an die sinnlichen Erlebnisse der Nacht überwältigten ihn. Was für eine Frau! Was für ein göttliches Teufelsweib! Noch nie hatte er etwas Vergleichbares erlebt. Wie nervös er anfangs gewesen war! Würde er ihr genügen? Würde er überhaupt funktionieren? Lächerliche Versagensängste plagten ihn, die sie mit ihrer Natürlichkeit einfach wegwischte. Und mit der Leidenschaft, mit der sie ihn streichelte, küsste, mit ihren Lippen erforschte, ganz und gar erforschte, von oben bis unten erforschte, an Stellen, die noch nie die Lippen einer Frau gespürt hatten. Seine Ängste verdunsteten wie Tau in der Morgensonne, lösten sich in Nichts auf. Und geblieben war Lust, maßlose, köstlichste Lust, die sich sprudelnd erschöpft und wieder neu entzündet hatte.

Er fühlte sich wie neu. Übermütig warf er eine Semmel in die Luft, fing sie wieder auf und setzte sie in den Brotkorb, den er in die Mitte des Tisches stellte. Fertig.

Ob Valentina Musik zum Frühstück mochte? Klassik oder Oldies? Er schaltete das Radio ein, fand aber nichts als Werbung auf drei verschiedenen Sendern und auf dem vierten Nachrichten.

»… auf der Flucht, wobei er den Chef des Tiroler Landeskriminalamts, Oberleutnant Anton Wurz, brutal niedergeschlagen und schwer verletzt hat.«

Heisenberg schob den Lautstärkeregler nach rechts.

»Álvarez, der laut Kriminalpolizei als Tatverdächtiger für die beiden aufsehenerregenden Morde an zwei bekannten Innsbrucker Unternehmern gilt, ist dreißig Jahre alt, etwa eins achtzig groß und sehr schlank. Der Spanier hat langes dunkles Haar sowie einen Backenbart. Bekleidet war er mit Jeans, Sportschuhen und einer Lederjacke. Er gilt als äußerst gefährlich und ist höchstwahrscheinlich bewaffnet. Die Polizei ersucht die Bevölkerung um Mithilfe. Hinweise bitte an …«

»Wer gilt als gefährlich?« Valentina betrat die Küche. Ihr Haar war nass und kringelte sich, und sie sah frisch und rosig aus.

»Guten Morgen!« Er küsste sie zärtlich. »Hast du gut geschlafen?« Gern hätte er ihr einen Kosenamen verpasst, aber welchen?

»Wie eine Göttin.« Sie löste sich aus seiner Umarmung. »Wen sucht die Polizei?«

»Das bist du auch. Eine Göttin. Meine wunderbare Venus.« Meine Pfingstrose, dachte er. Mein Stern. Mein Tiramisu.

»Schmeichler!« Spielerisch drohte sie ihm mit dem Finger.

»Sagst du mir jetzt, welcher gefährliche Mensch von euch gesucht wird?«

»Ein gewisser Álvarez. Ein neuer Tatverdächtiger, der sich offensichtlich der Befragung durch die Kollegen entzogen hat. Mehr weiß ich auch nicht, weil ich mir gestern freigenommen habe.«

»Was? Etwa Pedro Álvarez?« Ihre Augen weiteten sich, dann lachte sie los. »Das kann nur ein Scherz sein.«

»Kennst du ihn?«

»Natürlich! Er ist der Freund von Oliver. Oliver Schatz. Pedro organisiert zusammen mit Lisa, Olivers Schwester, die Protestaktion gegen die Skiarena, die in ein paar Tagen über die Bühne gehen soll.« Valentina lächelte. »Wir demonstrieren für das Naturschutzgebiet und stricken den Eduard-Wallnöfer-Platz ein, weißt du?«

»Aha.« Heisenberg räusperte sich. »Dann müsst ihr wohl ohne Álvarez protestieren, denn der ist getürmt und hat Wurz ... also, ähm, meinen Chef niedergeschlagen.«

»Unmöglich!« Valentina schüttelte ihre Mähne, dass ein paar Wassertropfen bis zu ihm spritzten. »Pedro ist ein absolut friedliebender Mensch, sensibel, tolerant, schwul und Veganer. Der würde nicht einmal eine Mücke erschlagen.«

»Hm«, brummte Heisenberg. »Meine Kollegen sind da offensichtlich anderer Meinung.« Er geleitete Valentina zum Frühstückstisch, schenkte ihr Kaffee ein, reichte ihr Milch und Zucker. »Bitte bediene dich. Ich leiste dir sofort Gesellschaft, muss nur kurz telefonieren.«

Dann zog er sich in den Vorraum zurück, wählte Lindas Nummer und bat sie, ihn mit Selma Tappeiner zu verbinden. Er ließ seinen gesammelten Wiener Charme auf die nette junge Revierinspektorin niederregnen. Erkundigte sich nach Wurz' Wohlbefinden. Gab sich besorgt. Säuselte. Erfuhr bis ins Detail von der nächtlichen Verfolgungsjagd. Dass Wurz eine Gehirnerschütterung erlitten habe, aber schon wieder auf dem Weg der Besserung sei und nur höchst unwillig die Nacht im Krankenhaus verbracht habe. Selma musste einen Narren an Heisenberg gefressen haben, denn sie war hocherfreut, ihn nicht nur über den gestrigen

Abend, sondern auch über den neuesten Ermittlungsstand zu informieren.

Zehn Minuten später saß er Valentina gegenüber und säbelte eine Semmel in zwei Hälften. »Meine Kollegen sind von Álvarez' Schuld überzeugt. Er soll Schatz und Holzgruber ermordet haben. Warum sonst wäre er Hals über Kopf geflüchtet, noch ehe sie ihn befragen konnten? Jedenfalls liegt ein internationaler Haftbefehl vor, wie ich soeben erfahren habe.«

Valentina schluckte einen Bissen ihres Croissants hinunter. »Warum er davongelaufen ist, kann ich mir denken«, sagte sie. »Erinnerst du dich an die Tierschutzaffäre?«

»Du meinst den Prozess gegen die Tierschützer? Die einen Buttersäureanschlag gegen eine Modekette verübt haben sollen, um gegen Pelzmäntel zu protestieren?«

»Der Anschlag konnte ihnen nie nachgewiesen werden, obwohl sie abgehört und observiert wurden. Trotzdem wurden mehrere Tierschützer verhaftet. Beamte mit Maschinenpistolen sind mitten in der Nacht in ihre Wohnungen eingedrungen, haben sie aus ihren Betten geholt und in Handschellen abgeführt wie Schwerverbrecher. Sie saßen monatelang in Untersuchungshaft, weil man ihnen unterstellt hat, Teil einer kriminellen Vereinigung zu sein, die terroristische Anschläge plant. Ohne Beweise, ohne alles.«

»Ich erinnere mich gut. Ein Justizskandal erster Güte und ein Trauerspiel für unseren Rechtsstaat. Damals habe ich mich richtiggehend geschämt, Österreicher zu sein.« Heisenberg rieb sich das Kinn. »Dann war Álvarez also einer dieser U-Häftlinge?«

»Genau. Und da er an Klaustrophobie leidet, war es für ihn die Hölle.«

»Interessant.« In seinem Hirn glomm ein winziger Funke auf. Der Anflug einer Idee. »Sehr interessant. Das rückt Álvarez' Flucht natürlich in ein ganz anderes Licht.« Während er Valentina über den Spanier ausfragte, über seine politischen Anschauungen, seine sonstigen Aktivitäten, loderte der Funke immer heller auf. »Wenn ich nur wüsste, wo er untergekrochen ist!«

»Willst du ihn festnehmen? Aber er ist garantiert kein Mörder!«

Heisenberg nickte. *Damit verrätst du dich, meine Liebe. Das kann nur wissen, wer selbst den Abzug der Waffe betätigt hat.* Er griff nach ihrer Hand. Drückte sie. Bei mir ist dein Geheimnis sicher, sollte diese Geste sagen. Und dass er sie beschützen, dass er ihr und auch dem unschuldigen Álvarez helfen würde. Zwei Fliegen auf einen Schlag.

»Bitte vertrau mir, Valentina. Auch ich bin mir sicher, dass dieser Álvarez unschuldig ist. Mein Chef ist allerdings anderer Ansicht. Und er ist stinksauer. Immerhin hat er eins über die Rübe bekommen, was für einen Kripochef nicht nur schmerzhaft, sondern auch erniedrigend ist. Er wird sich in die Sache verbeißen und den Spanier jagen. Sobald Álvarez erwischt wird, wird er wieder in Untersuchungshaft wandern. Für weitere unabsehbare Monate. Er wird wieder die Hölle erleben. Willst du das?«

»Natürlich nicht. Kannst du es denn verhindern?«

Der Ideenfunke hatte sich inzwischen zu einem Großbrand entwickelt. Heisenberg sah ihr in die Augen. »Ich bin sicher, ich kann ihm helfen.«

Valentinas Pupillen weiteten sich. »Darfst du das denn? Obwohl es gegen deinen Chef geht?«

»Manchmal muss man Regeln brechen, wenn man von einer Sache überzeugt ist. Wenn es zum Wohl der Allgemeinheit ist, zum Beispiel. Oder wenn man seinen Vorgesetzten davor bewahren kann, sich heillos zu verrennen.«

Sie trank einen Schluck Kaffee. »Ich vertraue dir, Willi. Allerdings weiß ich nicht, wo Pedro sich versteckt. Vielleicht ist er nach Spanien geflogen?«

»Wohl kaum. Erstens wäre er dort nicht sicher. Wenn er geschnappt würde – und früher oder später würde er das –, müssten die Behörden ihn ausliefern. Zweitens haben meine Kollegen bestimmt sofort den Bahnhof und den Flughafen überwachen lassen sowie die Grenzübergänge, falls er mit dem Auto flüchten sollte.«

»Wenn er noch in Innsbruck ist, weiß ich ziemlich sicher, wo er sich versteckt. Es gibt da ein altes, sanierungsbedürftiges Haus in Wilten, nicht weit von hier, das Romed Schatz gehört hat. Eine der Wohnungen hat seine Tochter Lisa als Studentenbude genutzt, bis sie nach Wien gezogen ist. Schatz hat mit dem Abriss des Hauses spekuliert, aber es leben noch alte Leute darin, die Mieterschutz genießen. Seit Lisas Weggang steht die Wohnung leer. Im letzten Winter hat sie eine Obdachlose darin untergebracht. Bestimmt weiß Pedro davon und weiß auch, wo Lisa den Schlüssel deponiert hat.«

»Hm, ob das ein gutes Versteck ist?« Heisenberg wiegte bedenklich den Kopf. »In Wohnungen, die Romed Schatz gehört haben, werden meine Kollegen bestimmt als Erstes suchen.«

»Genau.« Valentinas Augen blitzten auf. »Und da das ziemlich viele sind, werden deine Leute eine Weile damit beschäftigt sein. Der offizielle Besitzer dieser Wohnung ist aber ein Strohmann. Dass sie in Wahrheit Schatz' Eigentum war, findet nicht mal die Kripo so schnell heraus.«

»Das klingt allerdings vielversprechend.« Er strich Butter auf die untere Semmelhälfte. »Pass auf, wir machen es so.« Er redete und kaute abwechselnd. Beschwichtigte endlich seinen knurrenden Magen und besprach mit Valentina seinen Plan. Dabei badete er in ihrer Nähe und genoss die kleinen Berührungen, die sich immer wieder ergaben, flüchtige Zärtlichkeiten, die seine Fingerspitzen zum Vibrieren brachten. Er sog ihren Duft ein, das Zimtige, das Vanillige, das Gewürz, das er nicht benennen konnte. Und stürzte sich in das gemeinsame Vorhaben, das sie zu Verbündeten machte, die Rettungsaktion für Pedro Álvarez, den unschuldigen Spanier, die in Wahrheit Valentina zugutekommen sollte. Seiner Pfingstrosenvenus. Dem Glück.

Der Plan war einfach. Heisenberg würde mit einem alten Bekannten Kontakt aufnehmen. Einem Exhäftling, der einen regen Handel mit gefälschten und gestohlenen Dokumenten betrieben hatte und ihm einen Gefallen schuldete. Er würde mit ihm die Möglichkeiten für eine Flucht ins Ausland besprechen. Valentina sollte einstweilen Álvarez aufsuchen, sofern der sich wirklich in der ehemaligen Studentenbude von Lisa Schatz befand.

»Am besten mache ich mich gleich auf den Weg.« Sie bedankte sich für das herrliche Frühstück und stand auf. Hielt plötzlich inne. »Was ist, wenn ich mich in Pedro täusche? Wenn er es doch gewesen ist?«

Sie hat Angst, dass ich etwas ahne, dachte Heisenberg. »Du täuschst dich nicht, ich habe eine Nase dafür.« Er tippte an seinen Riechkolben.

»Aber … was wird dieser Wurz machen, wenn er Pedro nicht erwischt? Wird er sich dann anderen Verdächtigen zuwenden?«

Und wie sie Angst hat, dachte er und legte ihr seine Hand auf die Schulter. »Wenn Álvarez nicht in den nächsten Wochen gefunden wird, wird mein Chef davon ausgehen, dass es dem Spanier gelungen ist, sich ins Ausland abzusetzen. Er wird erst recht davon überzeugt sein, dass er der Täter ist. Und wenn nicht etwas Außergewöhnliches passiert, ein weiterer Mord zum Beispiel, dann wird der Fall über kurz oder lang ungelöst ad acta gelegt.«

Ein feines Lächeln stahl sich auf Valentinas Lippen und verblasste nach wenigen Augenblicken wieder. Sie wandte sich zum Gehen.

»Viel Glück! Wir telefonieren.« Er küsste sie. Musste sich losreißen, um nicht zu ersticken. »Bis bald.« Meine Pfingstrosenvenus, mein Sternentiramisu, ergänzte er in seinem Kopf.

Vor der Wohnungstür wandte sie sich noch einmal um. »Musst du eigentlich nicht zur Arbeit?«

»Ich habe die restliche Woche frei«, schwindelte er.

»Obwohl ihr zwei Morde aufklären müsst?«

»Überstundenabbau.«

»Prima«, sagte sie und ging.

Wie er diese Lügen hasste! Aber jetzt war nicht der Zeitpunkt für Bekenntnisse. Sobald Álvarez im Flugzeug saß, unterwegs in irgendein Land, in dem er vor Auslieferung gefeit wäre, würde Heisenberg Valentina reinen Wein einschenken. Über seine Gefühle ihr gegenüber. Über die Tatsache, dass er längst in Pension war. Und über das, was er in Holzgrubers Haus gefunden und verbrannt hatte. Dann würde auch sie sich ihm anvertrauen. Ganz bestimmt.

Er durfte nichts überstürzen. Das Glück war über seine Schwelle geflogen. Er hatte es hereingelockt. Und jetzt würde er auf den gefiederten Gast aufpassen, ihn hätscheln und pflegen, damit er gar nicht erst auf die Idee kam, wieder fortfliegen zu wollen. Nicht, bevor sie miteinander steinalt geworden wären.

17

Berti beugte sich über den Ordner mit den Kostenvoranschlägen, den Simone ihm auf den Schreibtisch gelegt hatte.

»Das oberste Angebot ist das günstigste. Vom Sausgruber.« Sie stach mit ihrem Fingernagel auf eine Zahl. »Pi mal Daumen zwanzigtausend. Während der Haggl achtundzwanzigtausend verlangt.«

»Für die gleichen Leistungen?«

»Soweit ich es beurteilen kann, ja. Zur Sicherheit solltest du lieber selbst ein Auge darauf werfen.«

Eigentlich hatte er dafür keine Zeit, und eigentlich war es auch egal. Zwar gehörte eine neue Lichtanlage zu den dringendsten Investitionen, aber ehe er auch nur einen Cent in das »Paloma« stecken würde, müsste er mit Anna Schatz über die Zukunft reden. Momentan zahlte er eine äußerst günstige Miete. Romed war dafür nicht nur Stammkunde gewesen und hatte sich durch die Riege der Tänzerinnen gevögelt, sondern ab und zu auch wichtige Geschäftsfreunde mitgebracht, zum Nulltarif natürlich. Anna Schatz würde entweder die Miete erhöhen oder die Immobilie verkaufen, und bei einem neuen Besitzer stand ohnehin in den Sternen, wie es weitergehen sollte.

Berti sah Simone an. »Die Kostenvoranschläge müssen warten. Zuerst muss ich mich um die Neue kümmern. Hast du sie schon gesehen?«

Sie warf ihr Haar zurück und lächelte vieldeutig. »Wenn sie nur halb so gut tanzt, wie sie aussieht, dann wird sie der absolute Knaller.«

Ehe er seine Buchhalterin bitten konnte, die junge Siebenbürgerin in sein Büro zu führen, vernahm Berti ein Rumpeln, und fast gleichzeitig wurde die Tür aufgerissen.

Sebastian stürmte herein. »Mone!«

»Nicht so wild, Basti!«, rief Nadine und versuchte vergeblich, ihn am Schlafittchen zu packen. Natürlich war er schneller und hörte nicht auf sie. Wie er auf niemanden hörte, wenn ihn seine Emotionen überwältigten. Zielstrebig stürzte er sich auf Simone und umarmte sie, als wollte er sie erdrücken. Simone lachte. Als er sie losließ, zerzauste sie ihm das Haar.

»Ich muss dringend mit dir reden«, sagte Nadine zu Berti. Blass war sie trotz Schminke, noch blasser als sonst. Ihre Nasenflügel bebten, und ein harter Zug hatte sich um ihren Mund gebildet.

»Simone, könntest du dich bitte ein bisschen mit Sebastian beschäftigen?« Berti zwinkerte ihr zu.

»Natürlich, sehr gern sogar!«, sagte sie zwischen zwei Küssen, die der Junge ihr auf die Wangen drückte. »Kommst du mit nach unten, Basti? Ich habe vorhin etwas entdeckt und weiß nicht, was das ist. Vielleicht kannst du mir helfen? Es ist dreieckig und dunkelbraun. Obenauf glänzt es. Aber es muss ziemlich ängstlich sein, denn es versteckt sich im Kühlschrank.«

»Lecka! Basti will Lecka!« Schon nahm er Simone an der Hand und zog sie zur Tür.

Berti schüttelte den Kopf. Er fragte sich, ob es wirklich nur an der Sachertorte lag, die Simone immer vorrätig hatte, dass sein sonst so verschlossener Junge sie dermaßen vergötterte. Gegenüber Fremden war Sebastian ängstlich. Lernte er Leute näher kennen, dann mochte er sie entweder sehr, wie Andreas Rauriser und Hansi, den Leiter der Behindertenwerkstätte. Oder er konnte sie nicht leiden, wie Nadines Eltern oder Romed. Simone aber mochte er nicht, er liebte sie. Fast war Berti ein wenig eifersüchtig.

»Danke, Simone«, rief Nadine den beiden nach. Und kaum war die Tür ins Schloss gefallen, setzte sie sich ihm gegenüber an den Schreibtisch und sah ihm in die Augen. »Stell dir vor, die Kripo war bei mir im Laden. Dieser Wurz und seine junge Kollegin.«

»Wegen Basti? Haben sie …?«

»Sie haben sich nur kurz seine Werkstatt angesehen. Aber eigentlich waren sie wegen der Haare da, die die Spurensicherung im Schlafzimmer gefunden hat.« Nadine stand auf und begann, im Büro auf und ab zu gehen. Ihre Nervosität war greifbar. Sie sprang auf Berti über und ließ sein Herz schneller schlagen. Er merkte, wie ihm der Schweiß ausbrach. Wie sich eine eiserne Klammer eng um seinen Brustkorb legte und diesen zusammendrückte.

Er fasste in die Hosentasche und fischte das braune Glasfläschchen heraus; öffnete den Schraubverschluss, warf den Kopf zurück und ließ zwanzig Tropfen direkt aus der Pipette auf seine Zunge gleiten. Sofort spürte er Erleichterung. Die Metallklammer löste sich, die Lunge durfte sich wieder frei entfalten. Vermutlich war alles nur Einbildung, denn so schnell konnte keine Medizin wirken. Was soll's, dachte er. Was ging schon über ein wirksames Placebo? »Was ist jetzt mit den Haaren?«

Nadine öffnete den Mund, schloss ihn unverrichteter Dinge wieder und blieb stumm wie ein Fisch.

»Bitte, Schatz, was wollten die Bullen von dir?«

»Die Haare sind von Lois. Lois Holzgruber.« Sie sah ihn an. Tränen glitzerten in ihren Augen. Der harte Zug um den Mund war verschwunden, schlaff hingen die Mundwinkel herab.

Berti schluckte.

»Die Kripo denkt offensichtlich, dass der Mord an Holzgruber und der an Romed zusammenhängen. Sie fragen sich, ob es Holzgruber war, der in unsere Wohnung eingedrungen ist und Romed erschlagen hat. Und ob ich ihn trotz seiner Maskierung erkannt habe. Ob wir ihn womöglich erpresst haben. Und umgebracht, als er nicht auf unsere Forderungen einging.«

»Was?« Er schnappte nach Luft. Der Schweiß brach ihm aus, er hätte sich am liebsten das Hemd vom Leib gerissen. »Was hast du ihnen gesagt?«

»Dass der Eindringling eine ganz andere Statur hatte als Holzgruber. Größer, schlanker.«

»Haben sie es geschluckt?«

»Die junge Kripobeamtin wollte wissen, wie Holzgrubers Haare dann in unser Schlafzimmer gekommen sein könnten.«

»Das würde mich allerdings auch interessieren.« Berti beobachtete seine Frau aus dem Augenwinkel. »Also?«

Nadine wickelte sich eine Haarsträhne um den Finger. »Lois und ich … wir …« Sie räusperte sich. »Wir hatten ein Verhältnis.«

Berti sprang auf. Er musste jetzt den Überraschten spielen. Die Augen aufreißen, sich die Haare raufen, das volle Programm. »Ist … ist das wahr?«

»Es tut mir leid.« Schuldbewusst senkte sie den Kopf.

Berti ließ sich wieder in seinen Stuhl sinken und griff sich ans Herz. Die Rolle des gehörnten Ehemanns zu spielen, der völlig überraschend von seinem Rivalen erfuhr, fiel ihm nicht schwer. Schließlich war er wirklich aus allen Wolken gefallen, vor drei Wochen, als er es erfahren hatte. Und der Verdacht der Kripo trieb ohnehin Schweißtropfen auf seine Stirn.

»Unendlich leid.« Nadine hob ihren Arm, hielt auf halbem Weg inne, eine hilflose Geste. Dann gab sie sich einen Ruck, umarmte ihn. Schluchzte. Wange an Wange standen sie, ihre glühte, seine fühlte sich eisig an.

Leise begann sie zu erzählen, wie alles angefangen hatte. Im Gymnasium. Dass Holzgruber ein toller Lehrer gewesen sei, gerecht, tolerant, modern in seinen Ansichten, dass er Physik so spannend gebracht habe wie einen Krimi. Dass er gut ausgesehen habe, sportlich, braun gebrannt, das Haar halblang. Auf der Wienwoche habe sie mit ihm geflirtet, mit siebzehn. Er sei leicht zu verführen gewesen. Die erste Nacht mit Holzgruber sei ihr wie ein Quantensprung in Sachen Liebe vorgekommen. Nicht zu vergleichen mit dem bisherigen pubertären Gefummel, dem Geknutsche, Geschwitze, der hilflosen Herumprobiererei, sondern feinster Erwachsenensex eben. Lois habe die Lust in ihr geweckt. Regelrecht süchtig habe er sie gemacht. Einmal seien sie erwischt worden, und er habe Schwierigkeiten bekommen. Danach habe sie feste Freunde gehabt, aber dazwischen immer wieder mit Holzgruber geschlafen, weil kein anderer sie so befriedigen konnte. Erst als sie sich in ihn, Berti, verliebte, habe sie sich von Holzgruber getrennt und ihn nicht wiedergesehen. Jahre nicht. »Bis die Affäre mit Romed begonnen hat.«

»Den Zusammenhang kapiere ich nicht«, sagte Berti.

»Romed hat mich kaputtgemacht, er hat mich ausgelaugt. Mich total erniedrigt, Woche für Woche. Er war ein perverses Schwein.«

»Ich dachte immer, dass du mit ihm auf deine Kosten gekommen bist. Warum hast du nie gesagt, dass es so schlimm war?«

Nadine lachte auf. »Was hätte das geändert? Du bist vor ihm im Staub gekrochen wie alle anderen auch. Ihn zurückzuweisen hätten wir uns nicht leisten können, nach deinem Unfall. Also habe ich die Zähne zusammengebissen und es über mich ergehen lassen wie eine Untersuchung beim Gynäkologen. Für den Laden. Für Bastis Zukunft. Und irgendwann habe ich begonnen, mich zu belohnen. Mit Lois. Montag Beine breit beim Gynäkologen, Mittwoch Verwöhnprogramm.« Sie senkte die Stimme. »Lois hat es verstanden, eine Frau glücklich zu machen, zumindest für ein, zwei erschöpfte Stunden.«

Berti wandte sich ab. Er ging zum Fenster und starrte hinaus in den Hinterhof. Eine Katze strich um die Mülltonnen, und die alte Frau Wendlinger versuchte, das Tier zu locken. Vergebens.

»Es tut mir leid, Berti, das hätte ich nicht sagen sollen. Ich … ich weiß, wie du dich jetzt fühlen musst. Es ist …«

Abrupt drehte er sich um. Diesmal musste er nichts spielen, der Zorn war echt. »So? Weißt du das? Weißt du, wie es sich anfühlt, wenn du ein berühmter Skistar bist, ein toller Hecht, begehrt, einer, um den sich alle reißen, der jeden Tag noch exklusivere Werbeangebote bekommt und jeden Tag noch geilere Weiber abschleppen kann, er braucht nur mit den Fingern zu schnippen? Und dann – zack! – eine Hundertstelsekunde Unaufmerksamkeit, eine unsichtbare Bodenwelle, und weg bist du. Weg vom Fenster. Und wenn du wieder aufwachst, bist du ein Krüppel, auch wenn man es dir nicht ansieht. Ein körperliches und seelisches Wrack, zu nichts zu gebrauchen. Du hast einen behinderten Sohn, der von dir abhängig ist, aber du kannst ihn nicht ernähren, weil außer Skifahren hast du nichts gelernt. Du hast die schönste Ehefrau, die man sich vorstellen kann, eine, um die dich alle beneiden, aber du kriegst keinen mehr hoch.« Er sah, wie es ihr das Wasser in die Augen trieb, und genoss den Anblick. »Kriegst keinen mehr hoch, und deine Frau muss sich anderswo holen, was sie braucht. Du pumpst dich mit Antidepressiva voll, damit dir deine Probleme in einem sonnigeren Licht erscheinen, wirfst Tabletten ein, damit du dich bei der nächsten Panikattacke nicht vor den Zug wirfst. Und ziehst dir ab und zu ein bisschen Koks rein, die eine oder andere Line, damit du aus dem Nebel, den die ganzen Tabletten in deinem Hirn verbreiten, wieder aufwachst. Um danach noch tiefer in das schwarze Loch zu fallen. Ein fataler Kreislauf, eine Wendeltreppe ins Off, aber nur so lässt sich dieses Scheißleben überhaupt aushalten. Weißt du, wie sich das anfühlt? Ja? Weißt du es?«

Sie wollte ihn umarmen, aber er stieß sie weg, wandte sich um und starrte wieder aus dem Fenster.

»Nein, Berti, ich habe keine Ahnung, wie sich deine Panikattacken anfühlen.« Ihre Stimme war nur noch ein Flüstern. »Aber auch ich habe meine kleine Hölle, durch die ich Tag für Tag gehen muss. Und eines haben wir gemeinsam: unsere Sorge um Basti. Vielleicht kannst du mir um seinetwillen verzeihen?«

Er antwortete nicht. Antwortete nicht, bis die Stille unerträglich wurde. »Irgendwann bestimmt«, murmelte er. »Gib mir Zeit.«

»So viel du willst. Nur die Kripo, die gibt uns keinen Aufschub. Sie wollen mit dir sprechen.«

Er lachte bitter auf. »Ja, das wundert mich nicht. Beide Mordopfer waren Liebhaber von dir. Da muss ich nicht erst fragen, wen die Kripo jetzt verdächtigt.« Er tigerte im Büro auf und ab. »Hättest du nicht sagen können, Holzgruber war im Schlafzimmer, um unsere Bilder zu bewundern? Was weiß ich, irgendetwas Unverfängliches eben?«

»Ich wollte nicht lügen, weil sie es vermutlich ohnehin herausgefunden hätten. Früher oder später. Dann hätten sie dich damit überrumpelt. So kannst du dich darauf vorbereiten. Ich habe Wurz erzählt, dass du von Anfang an über die Affäre mit Holzgruber Bescheid wusstest und nicht eifersüchtig warst.«

»Na toll, dann habe ich ja Glück gehabt, dass du mir noch rechtzeitig davon erzählt hast, bevor Wurz hier auftaucht. Wie viele Liebhaber gibt es eigentlich noch?« Er versuchte, seine Lippen zu einem Lächeln zu verziehen, doch es entglitt ihm. »Ich meine nur, falls ein weiterer Mord passiert.«

»Deinen Zynismus kannst du dir sparen.« Sie warf ihr Haar zurück. »Ich will dir bloß helfen. Wurz wäre schon hier aufgetaucht, wenn ich ihm nicht gesagt hätte, dass du in Fulpmes bist und spätestens morgen in sein Büro kommen wirst.« Sie legte ihm die Hand auf die Schulter. »Lois wurde am Dienstagnachmittag zwischen vierzehn und sechzehn Uhr erschossen. Vielleicht kannst du dir ein Alibi beschaffen?«

»Vielleicht habe ich ja eins?« Er lächelte triumphierend. »Lass mich nachdenken. Genau. Ich war mit Simone hier in meinem Büro. Wir haben die Kostenvoranschläge für die neue Lichtanlage besprochen.«

»Prima. Ich habe nämlich kein Alibi. Aber Wurz verdächtigt inzwischen ohnehin jemand anderen. Einen Spanier.«

»Diesen Álvarez, nach dem gefahndet wird?«

Sie nickte. »Zum Glück passt die Beschreibung, die ich von dem vermummten Eindringling abgegeben habe, bestens auf Álvarez.«

»Die passt doch auf jeden Zweiten!«

»Außerdem hat die Kripo angeblich einen Brief gefunden, in dem Álvarez droht, Schatz umzubringen, wenn er seinen Sohn weiterhin unter Druck setze, nur weil er schwul sei.« Nadine sah ihn aufmunternd an. »Deine Befragung wird eine reine Routinesache sein. Mach dir also keine Sorgen.«

»Wozu haben sie dann überhaupt nach Holzgrubers Haaren gefragt?«

»Die haben halt auch ihre Formalitäten, die sie erfüllen müssen.«

Schritte nahten, Sebastian kam herein, mit schokoladeverschmiertem Mund und glücklichem Lächeln. Nadine nahm ihn an der Hand, warf Berti einen nachdenklichen Blick zu und ging.

Berti starrte die Tür an, die hinter ihr ins Schloss gefallen war, und versuchte, sein Herz zu einer langsameren Gangart zu zwingen.

Als er sich besser fühlte, rief er nach Simone.

»Gibt es Probleme?«, fragte sie und krempelte die Ärmel hoch.

»Keine, die du nicht lösen könntest, mein Goldstück.« Er bat sie rundheraus, ihm für den Dienstagnachmittag ein Alibi zu geben. Simone zuckte nicht mit der Wimper und versprach es. Auf sie war hundertprozentig Verlass.

»Und jetzt schau ich mir unseren Neuzugang an. Bringst du die Kleine rauf?«

»Sie wartet schon draußen. Sie heißt übrigens Ileana.«

Simone öffnete die Tür und bedeutete dem Mädchen einzutreten.

»Ich lass euch dann mal allein«, sagte sie mit einem süffisanten Grinsen und ging.

Berti musterte die junge Frau. Ihr mahagonifarbenes Haar fiel bis zum Po. Sie war zierlich und langbeinig, hatte die Figur einer frühreifen Sechzehnjährigen. Laut Pass, den er bereits in seinem Tresor verwahrte, war sie neunzehn. Aber wer wollte das schon so genau wissen? Weit wichtiger war ihre Oberweite. Mindestens Körbchengröße C, schätzte er mit Kennerblick.

»Servus, Ileana. Willkommen in Innsbruck!«

Sie antwortete in gebrochenem Deutsch. Vermutlich konnte sie nicht mehr als ein paar Brocken. Auch das machte nichts. Von einer Nachtclubtänzerin erwartete niemand gehobene Konversation.

»Komm doch einmal näher.« Er winkte sie heran, bis sie unmittelbar vor ihm stand. »Du bist wunderschön.«

Sie reagierte nicht.

»Dann wollen wir einmal schauen, was du so kannst.« Er stand auf, öffnete Gürtel und Hosenknöpfe. Ihre Pupillen zogen sich zusammen, sie lächelte wissend. Mit einem geschickten Griff zog sie ihm die Jeans samt Boxershorts über die Hüften und ging auf die Knie. Sie umschloss sein schlaffes Armutschkerl mit ihren Lippen, schob die Vorhaut zurück und massierte die Eichel mit der Zunge. Saugte sich fest, pumpte, schmatzte. Das Armutschkerl wuchs sich zu einem Prügel aus. Berti genoss das Pulsieren, dieses Gefühl, als stünde er kurz vor dem Platzen. Er stöhnte, vergaß aber nicht, auf seine Armbanduhr zu schauen. Vier Minuten elf dauerte es, bis er kam. Neuer Rekord.

»Du bläst besser als Lyn!«, sagte er und tätschelte Ileanas Kopf.

Schade eigentlich, dass Nadine ihn nicht so sehen konnte. Vielleicht hätte sie dann begriffen, dass es keine impotenten Männer gab. Nur miserable Liebhaberinnen.

18

»Soll ich ihn als Geschenk verpacken?« Die Verkäuferin, eine puppengesichtige junge Frau, deutete mit ihren Kleinmädchenhänden auf eine Rolle golddurchwirktes Geschenkpapier.

Heisenberg nickte und sah zu, wie sie ein Stück Papier abriss, die winzige Schatulle darin einhüllte, ein rotes Band drum herumschlang und verknotete.

Er bezahlte bar. Es war ein seltsames Gefühl, die fünf Fünfhundert-Euro-Scheine hinzublättern. Obwohl Álvarez' Pass weniger gekostet hatte als vermutet, hatte Heisenbergs Erspartes empfindlich abgenommen, seit er Valentina begegnet war. Er überschlug die Ausgaben für seine Neueinkleidung, für die Generalreinigung und wöchentliche Instandhaltung seiner Wohnung durch Frau Önder, das lukullische Mahl im Wirtshaus Schöneck, den Ausweis für den Spanier und jetzt auch noch den Ring. Und er bereute keine dieser Investitionen in sein neues Leben. Nicht die Spur. Er hoffte nur, dass Valentina der Gelbgoldring mit dem Diamanten, einem Halbkaräter, gefiel.

»Und wenn er nicht passt?«

Die Verkäuferin zog die Enden des Geschenkbandes über einen Schenkel ihrer Schere, worauf sie sich lockten wie ihr eigenes Haar. »Kein Problem. Wir können ihn geringfügig weiten.« Sie lächelte, als könnte sie Gedanken lesen. »Und wenn er Ihrer Frau nicht gefällt, tauschen wir ihn selbstverständlich um.«

Seiner Frau. Die Worte versetzten ihm einen Stich. Warum hatte er Thea nie so ein Geschenk gemacht? War er zu knauserig gewesen oder zu einfallslos? Oder beides?

Mein Beruf hat mich aufgesaugt und ausgelaugt, dachte er, und Thea musste es ausbaden. Sinnlos, jetzt wegen seiner Versäumnisse mit sich zu hadern. Lieber es in Zukunft besser machen.

»Ich bin mir aber sicher, dass Ihre Frau begeistert sein wird.« Die Verkäuferin nickte ihm aufmunternd zu.

Meine Frau, dachte er, und sein Herz legte einen Extraschlag ein.

Er konnte nicht warten, bis er zu Hause war. Noch während er sich zwischen den Menschenmassen hindurchschlängelte, die sich wie jeden Samstag in der Maria-Theresien-Straße drängten, rief er Valentina an.

»Wie geht es dir? Gibt es Neuigkeiten?« Ihre Stimme klang angespannt.

»Und was für welche. Lauter grandiose. Sehen wir uns heute Abend?« Kaum hatte er die Frage ausgesprochen, spürte er, wie sehr er sich nach ihr sehnte. Dabei hatte er erst anderthalb Tage valentinalos verbracht. »Dann erzähle ich dir alles ganz genau.«

Sie sagte zu. Schien sich zu freuen. »Aber du kannst mich doch jetzt nicht bis abends hängen lassen! Was ist passiert? Ist Álva–?«

»Keine Namen, nicht am Telefon.« Wie naiv und gutgläubig sie in Zeiten von Vorratsdatenspeicherung und Lauschangriffen war. Sympathisch gutgläubig. Er schüttelte den Kopf.

»Du meinst, wir werden …«

»Das weiß man nie, meine Liebe, das weiß man nie.« Er räusperte sich. »Aber so viel kann ich dir sagen, dass unser Vögelchen ausgeflogen ist. In südlichere Gefilde.«

Genau genommen saß das Vögelchen noch im Flugzeug und war unterwegs nach Venezuela. Heisenberg staunte immer noch, wenn er daran dachte, wie glatt alles gegangen war.

Nachdem er mit Valentinas Hilfe Álvarez' Vertrauen gewonnen hatte, war es verblüffend leicht gewesen, ihn von der Wichtigkeit einer Flucht ins Ausland zu überzeugen. In ein Land, das nicht an Österreich auslieferte. Die Klaustrophobie des Spaniers musste ausgeprägt sein, dass er – obwohl unschuldig – keine Sekunde lang in Erwägung zog, sich der Polizei zu stellen. Heisenberg brauchte ihm nicht erst einzureden, wie sehr die Indizienlage, die Motive, die Vorstrafe, die Flucht mit tätlichem Angriff auf Wurz und nicht zuletzt die Tatsache, dass Álvarez Ausländer war, gegen ihn sprachen. Bliebe er in Innsbruck, würde er früher oder später aufgegriffen, das lag auf der Hand. Álvarez selbst hatte gehofft, in Wien untertauchen zu können. Als er die Polizeistreife am Bahnhof entdeckt hatte, war ihm jedoch der Mut, einen Nachtzug zu besteigen, abhandengekommen. Heisenberg bestätigte ihm, dass die Wiener Kollegen schon auf ihn warteten und ihn spätestens vor Oliver Schatz' Wohnung festnehmen würden, wenn nicht schon am Westbahnhof.

Er besorgte zwei Wertkartenhandys, eines für Álvarez, eines für sich selbst. Dann rief er den jungen Schatz an. Der zeigte sich zutiefst besorgt und wollte sofort nach Innsbruck kommen, was Heisenberg ihm verbot. Nachdem er Schatz in seine Pläne eingeweiht hatte, zögerte dieser keine Sekunde und sagte seine Hilfe zu. Er versprach, einen großzügigen Geldbetrag für Álvarez' Flucht zur Verfügung zu stellen. Damit waren die letzten Zweifel des Spaniers beseitigt. Als Nächstes kontaktierte Heisenberg Fritz Fasching, einen ehemaligen Häftling, der wegen Kunstfälschung gesessen hatte. Neben Gemälden von Albin Egger-Lienz und Oskar Mulley hatte er auch Pässe gefälscht. Da durch Faschings Aussage die Drahtzieher des Kunsthandels geschnappt werden konnten, war ihm die Strafe für die Dokumentenfälschung erlassen worden. Ein Deal, der auf Heisenbergs Initiative zustande gekommen war. Er hatte also etwas gut.

Als Heisenberg bei Fasching auftauchte und Papiere für Álvarez bestellte, beteuerte der Frührentner, nichts mehr mit dem Metier zu tun zu haben. Es dauerte eine Weile, bis er begriff, dass der ehemalige Kripochef ihm keineswegs eine Falle stellen wollte, sondern wirklich mit einem Auftrag zu ihm kam. Umso größer war Faschings Staunen.

»Dieser Mann braucht einen Pass, und zwar so schnell wie möglich«, sagte Heisenberg und legte ein Foto des Spaniers auf den Tisch. »Am besten bis morgen.«

»Wohin soll die Reise gehen?«

»Venezuela.«

Fasching schüttelte den Kopf. »Die Zeit der falschen Pässe ist vorbei. Es wird immer schwieriger, die modernen Ausweise nachzumachen, und die Grenzbeamten sind immer besser geschult, was das Aufspüren von farblichen Abweichungen bei Schriften oder das Erkennen von überklebten Folien, ergänzten Buchstaben oder Ziffern betrifft. Für eine tadellos gemachte Fälschung brauche ich mindestens zwei Wochen, und empfehlenswert ist so ein Pass nur für Reisen auf dem Landweg. Auf internationalen

Flughäfen ist es schwierig bis unmöglich geworden, mit einem gefälschten Pass durchzukommen.«

Heisenberg war zutiefst enttäuscht.

Doch Fasching beruhigte ihn. Die Nachfrage nach Pässen werde ja nicht weniger, selbstverständlich habe man sich angepasst und sich eben auf andere Methoden verlegt. »Wir verwenden jetzt echte Pässe.« Er grinste. »Pässe von Leuten, die dem Kunden ähnlich sehen und gestorben sind oder vermisst werden. Oder denen man die Papiere geklaut hat.«

Heisenberg fragte, wie groß der Pool an gestohlenen Papieren sein müsse, um für einen beliebigen Kunden den Pass einer ähnlich aussehenden Person aufzutreiben.

Gigantisch müsse er sein, sagte Fasching. Und das sei heutzutage überhaupt kein Problem. »Wir sind natürlich vernetzt.«

Heisenberg verkniff sich die Frage, wen er mit »wir« meinte. Hauptsache, Fasching trieb einen passenden Pass für Álvarez auf.

Und das tat er tatsächlich und brauchte dazu weniger als vierundzwanzig Stunden. Als Heisenberg sah, dass es sich um den Pass einer Frau handelte, einer Venezolanerin namens Luz Palacios, reagierte er allerdings entsetzt. Sicher, die Gesichtszüge wiesen eine gewisse Ähnlichkeit mit denen des Spaniers auf, aber wie, um Himmels willen, sollte man Álvarez auf die Schnelle in eine Frau verwandeln?

Auch das sei kein Problem, sagte Fasching. Er arbeite mit einer Maskenbildnerin zusammen, einer absolut professionellen, absolut verlässlichen Frau, deren Namen er allerdings nicht verraten würde. Heisenberg werde große Augen machen.

Tatsächlich fielen ihm die Augen beinahe aus dem Kopf, als er Álvarez wenige Stunden später glatt rasiert und geschminkt, mit einer Perücke und einem aufgeschnallten Busen ausgestattet, auf hochhackigen Schuhen einherstaken sah.

»Das Gehen mit den High Heels muss er noch ein bisschen üben, sonst ist es perfekt«, sagte Fasching.

»Und die Stimme?«

»Wenn er etwas gefragt wird, wird er eine Kehlkopfentzündung vortäuschen und krächzen oder flüstern.«

Heisenberg organisierte ein Flugticket von Innsbruck über

Frankfurt nach Caracas, ohne Zwischenstopp in den USA mit ihren gefürchteten Ganzkörperscannern. Um fünf Uhr früh setzte er den durchgestylten Spanier in ein Taxi zum Flughafen. Mit Bangen wartete er auf die Nachricht, Álvarez sei verhaftet worden. Aber Luz Palacios, der attraktiven Venezolanerin, die nur mit Handgepäck reiste, gelang es offensichtlich problemlos, an den im Innsbrucker Flughafengebäude stationierten Polizisten vorbeizukommen und einzuchecken. Und auch in Frankfurt passierte sie alle Sicherheitskontrollen anstandslos. Denn am späten Vormittag erhielt Heisenberg die erlösende SMS mit dem Wortlaut »Alles im grünen Bereich«, die Álvarez aus dem Frankfurter Transitraum schicken sollte, kurz bevor er an Bord des Direktflugs nach Caracas ging. Heisenberg fiel ein Stein vom Herzen, ach was, die ganze Nordkette. Erleichtert war er einkaufen gegangen. Er hatte den Ring erstanden und eine Flasche Champagner.

Als er voll Vorfreude auf das Wiedersehen mit Valentina zu Hause ankam, kühlte er den Schampus ein und legte das Päckchen auf den Wohnzimmertisch. Er suchte sich die Nummer eines Cateringservices heraus, orderte Lachsbrötchen, Käsecanapés und eine Auswahl an kleinen Kuchenstücken zum Dessert.

Pfeifend begab er sich ins Bad. Kaum kam er frisch geduscht, mit rosiger Haut und duftend wieder heraus, läutete sein Handy. Zum Glück nicht das Wertkartenhandy, sondern sein privates. Álvarez saß also bestimmt nach wie vor auf seinem Economy-Platz und hatte keinerlei Probleme, sofern das Flugzeug nicht abstürzte.

Als Heisenberg die Nummer der Kripo auf seinem Display aufblinken sah, stutzte er. Was wollte Wurz von ihm?

Er nahm den Anruf an. »Hallo, Toni, was gibt's?«

Eine melodiöse Frauenstimme antwortete. »Guten Tag, Herr Heisenberg. Ich bin es, Selma Tappeiner.«

»Die tüchtige Revierinspektorin. Das ist aber eine nette Überraschung! Wie geht es Ihnen?«

»Danke, gut. Es tut mir leid, dass ich Sie stören muss, noch dazu am Wochenende, aber …«

»Das macht doch nichts. Für einen Pensionisten ist ein Tag wie der andere. Eine Schande ist freilich, dass Sie an einem so schönen Herbstsamstag arbeiten müssen. Wie kann ich Ihnen helfen?«

»Es ist mir sehr unangenehm, aber …«

»Nur heraus damit. Immer frisch von der Leber weg!«

Sie seufzte. »Es geht um Lois Holzgruber.«

Eine eiskalte Hand griff nach Heisenbergs Herz. Er taumelte zum nächsten Stuhl und ließ sich hineinsinken. Hatte er einen Fehler gemacht, hatte er etwas übersehen? Wusste die Kripo von seinem Besuch? Wussten sie von der Beziehung zu Valentina? »Schießen Sie los, meine Liebe!«

»Im Zuge der Ermittlungen haben wir überprüft, mit wem Holzgruber kurz vor seiner Ermordung telefonischen Kontakt hatte. Und da habe ich bemerkt …«

Jetzt durfte er keine Schwäche zeigen. Flucht nach vorn war angesagt! »Da haben Sie bemerkt, dass ich Lois Holzgruber angerufen habe, kurz vor seinem Tod«, sagte er mit einer Stimme, die nur ganz leicht zitterte. Praktisch unhörbar.

»Genau«, sagte Selma Tappeiner. »Und jetzt muss ich Sie fragen, worum es in dem Gespräch gegangen ist. Obwohl ich natürlich weiß, dass Sie … ich meine, dass Sie nicht …«

Heisenberg lachte leise. »Dass ich Holzgruber nicht ermordet habe? Nein, das habe ich bestimmt nicht.« Er senkte die Stimme. »Trotzdem ist mir die Angelegenheit sehr peinlich.«

Sie sagte nichts.

Eine gute Polizistin, dachte er. Unterbricht nicht, lässt den Befragten reden. »Ich habe mich wahnsinnig geärgert, dass Toni mir sämtliche Informationen über den Fall vorenthalten hat, wissen Sie? Immerhin war ich über zwanzig Jahre lang Kripochef, und ich hätte mich natürlich niemals in seine Arbeit eingemischt. Ich wäre einfach gern auf dem Laufenden gewesen. Aus reiner Neugier, zugegeben. Schließlich habe ich Toni zum Tatort gefahren, weil sein Wagen nicht angesprungen ist, und war dadurch irgendwie in die Geschichte involviert.« Er pausierte, versuchte, an ihrem Atem zu hören, wie sie das Gesagte aufgenommen hatte. »Und weil Toni, dieser sture Kerl, mir nichts verraten hat, habe ich Holzgruber angerufen. Ich wollte ihn ein bisschen ausfragen, wir kannten uns ja von früher. Im ›Café Central‹ wollten wir uns treffen. Leider ist er vorher ermordet worden.« Wieder ließ er ihr Zeit, seine Erklärung zu verarbeiten. »Jetzt halten Sie mich wahrscheinlich für einen unsympathischen Gschaftlhuber und einen aufdringlichen Menschen, der nicht akzeptieren will, dass er nicht mehr am Zug ist.«

»Nein, das tue ich nicht. Ganz im Gegenteil! Ich glaube, ich kann Sie sehr gut verstehen.«

»Aber Toni wird schlecht von mir denken, wenn er von meinem Anruf erfährt. Dann bin ich vermutlich für alle Zeiten unten durch bei ihm. Zu Recht! Was bin ich auch für ein alter Esel! Geschwätzig und neugierig.«

Sie lachte. »Machen Sie sich keine Sorgen, Herr Heisenberg. Von mir wird Toni nichts erfahren. Ich soll ja nur herausfinden, welche Anrufe für den Fall relevant sein könnten. Und dieser ist es natürlich nicht.«

Heisenberg atmete auf. Sie hatte seine Erklärung geschluckt. Vermutlich hielt sie ihn jetzt für einen sentimentalen alten Deppen, vielleicht für einen liebenswerten alten Deppen, denn aus unerfindlichen Gründen schien sie Sympathien für ihn zu hegen. Wie auch immer. Sie würde dichthalten, dem Himmel sei Dank. Wurz hätte sich bestimmt nicht so einfach zufriedengegeben. Er hätte nachgebohrt. Und dann wäre er früher oder später auf Valentina gestoßen. »Sie sind nicht nur eine tüchtige Ermittlerin, sondern auch ein netter Mensch«, sagte er. »Sie werden es einmal weit bringen.«

»Danke für die Blumen!«

Da ihm das Glück gewogen war, beschloss er, es noch ein bisschen weiter zu strapazieren. Er räusperte sich. »Ich hoffe, Sie kommen gut voran mit dem Fall?«

»Ja und nein«, sagte sie. »Wir haben in Pedro Álvarez einen vielversprechenden Verdächtigen. Es deutet wirklich alles darauf hin, dass er beide Morde begangen hat. Leider scheint es ihm gelungen zu sein, sich ins Ausland abzusetzen.«

»Gibt es denn Beweise, dass er es war?«

»Noch nicht. Aber überzeugende Indizien. Holzgruber hat er wohl aus Rache getötet, weil der ihm eine Brandstiftung anhängen wollte. Inzwischen wissen wir, dass Holzgruber seinen Nachtwächter für eine Falschaussage bezahlt hat.«

»Und im Fall Schatz gibt es diesen Drohbrief von Álvarez, nicht wahr?«

»Nicht nur. Eine Zeugin hat sich gemeldet, die einen Streit zwischen Álvarez und Romed Schatz beobachtet hat, nur wenige Tage vor dem ersten Mord. Schatz wollte den Spanier zwingen, Tirol zu verlassen. Als Álvarez ihn auslachte, drohte er, dafür zu sorgen, dass die Polizei in seiner Wohnung Drogen fände und er für lange Zeit hinter Gitter käme. Die nötigen Kontakte dazu hatte Schatz.«

»Das ist ja hochinteressant!« Heisenberg jubelte innerlich. Etwas Besseres hätte er sich nicht wünschen können. Damit war Valentina aus dem Schneider. Er bedankte sich herzlich.

»Wenn ich Toni nicht sage, dass Sie Holzgruber angerufen haben, und Sie ihm nicht verraten, dass ich Sie über den neuesten Ermittlungsstand informiert habe, dann wären wir jetzt quitt«, sagte Selma.

»Einverstanden.« Er lachte. »Ich werde schweigen wie ein Grab.«

Dann beendete er das Gespräch und wanderte im Flur auf und ab. Was hatte er nur für ein Glück gehabt! Was heißt Glück? Schwein. Richtiges Schwein.

Und was hätte alles passieren können, wenn die Dinge weniger gut gelaufen wären! Wenn er an Mitterhofer oder Wurz geraten wäre, nicht an die junge Revierinspektorin. Je länger er darüber nachdachte, umso mehr schnürte die Angst vor dem Wenn ihm die Kehle zu.

Er hatte sich einiges zuschulden kommen lassen: Behinderung der polizeilichen Ermittlungen, Vernichtung von Beweismitteln, Beihilfe zur Flucht eines Tatverdächtigen. Und dabei handelte es sich nicht um Kavaliersdelikte, sondern um kriminelle Handlungen, für die er ins Gefängnis kommen könnte. Kommen müsste, wenn man ihn erwischen würde. Aber das war ja nicht einmal das Schlimmste. Das Schlimmste war die Tatsache, dass er seine Prinzipien verraten hatte. Er hatte seine Polizistenehre und sein Berufsethos mit Füßen getreten. Er, der langjährige Chef des Landeskriminalamts!

Und warum? Weil er seine Geliebte schützen wollte, obwohl er nicht einmal genau wusste, wovor. Denn dass sie kaltblütig gemordet hatte, das traute er ihr ja nicht zu! Das war ausgeschlossen, nicht vereinbar mit den Gefühlen, die er für sie empfand.

Er hatte in den letzten Tagen oft darüber nachgedacht. Sie musste Holzgruber aus Notwehr erschossen haben.

Für den heutigen Abend nahm er sich vor, mit ihr darüber zu sprechen. Er hatte das Rätselraten satt. Wie er auch das Lügen und Sich-Verstellen satthatte. Schluss mit dem Versteckspiel. Heute Abend würde er klare Verhältnisse schaffen.

Er würde Valentina sagen, dass er längst in Pension war. Und dann würde er ihr den Ring schenken. Und sie würde ihm anvertrauen, was sie mit den Morden zu tun hatte.

Die Antwort fürchtete er nicht. Egal, wie sie ausfiel, er würde an ihrer Seite sein.

»In guten und in schlechten Zeiten«, sagte er laut und wunderte sich darüber, wie pathetisch das klang, und wunderte sich noch mehr, dass ihm dieser späte Hang zum Pathos nicht einmal peinlich war.

19

Was ihr schwer im Magen lag, waren keinesfalls die köstlichen Croissants, die er zum Frühstück aufgebacken hatte, auch nicht die Lachsbrötchen des vergangenen Abends oder der Schampus.

Es war das Geschenk. Seit er das goldglänzende Päckchen gestern Abend wortlos vor sie hingelegt hatte, brannte es in ihren Augen und noch mehr in ihrem Sinn. Natürlich war es kindisch gewesen, es zu ignorieren und lieber zu handfesten Zärtlichkeiten überzugehen, die unweigerlich ins Schlafzimmer geführt hatten und zu einer weiteren äußerst sinnlichen Nacht.

Nun schob er den mit einer Masche verzierten Würfel wieder in ihr Blickfeld. »Willst du nicht hineinschauen?« Seine Stimme zitterte, vielleicht kam es ihr auch nur so vor.

Sie konnte das Unvermeidliche nicht länger hinausschieben. Also nahm sie das Päckchen, wog es in ihrer Hand, drehte es hin und her. »Es ist ein wunderbares Gefühl, so über die Maßen verwöhnt zu werden. Besonders für eine Frau wie mich, die mit ihrer Mindestrente auskommen muss. Ein feines Abendessen im teuersten Restaurant Innsbrucks, Lachs und Champagner und jetzt auch noch ein Geschenk, obwohl weder Weihnachten ist noch Geburtstag. Aber …« Sie sah ihn an. »Übertreibst du nicht, Willi?« Mit einem Ruck löste sie die Schleife und riss das Papier auf.

»Ich habe viel zu lange gespart, weißt du? Damit ist ein für alle Mal Schluss.«

Sie betrachtete das Schmuckkästchen aus dunkelblauem Kunststoff, auf dem in Goldlettern der Name eines hochkarätigen Innsbrucker Juweliers eingeprägt war. Ihre Befürchtung hatte sie also nicht getrogen. Sie hielt die Luft an und öffnete das Behältnis. Ein Brillantring! Er sah nicht protzig aus, sondern gediegen und edel. Sie wusste nicht, was er gekostet haben mochte, nur, dass dieser Ring weit teurer war als die Geschenke, die sie bisher von ihren Liebhabern bekommen hatte. Und natürlich wusste sie ganz genau, was Heisenberg ihr damit sagen wollte.

Mit einem Zischen entwich die aufgestaute Luft durch ihre

gespitzten Lippen. »Du bist verrückt, Willi. Das kann ich nicht annehmen. Nicht so etwas Kostbares.« Sie schloss das Kästchen, als hätte sie sich verbrannt, und schob es in die Mitte des Tisches.

Er schnappte sich das Behältnis, nahm den Ring heraus und ergriff ihre Linke. Steckte ihn behutsam an ihren Ringfinger. »Schau nur, er passt genau. Gefällt er dir? Sonst können wir ihn umtauschen.«

Das »Wir« schnürte ihr die Kehle zusammen. »Er ist wunderschön, aber …« Sie seufzte. »Ich kann nicht zulassen, dass du solche Unsummen für mich ausgibst. Oder verdienst du als Kriminalbeamter so viel Geld, dass du es mit beiden Händen zum Fenster hinauswerfen kannst?«

Er hinderte sie daran, den Ring abzustreifen. Nahm ihre Hand in seine beiden Hände, die breit und kräftig waren mit relativ kurzen Fingern. Nicht schön, was die Proportionen betraf, aber vertrauenerweckend. »Es ist wohl an der Zeit für ein Bekenntnis«, sagte er.

Valentina hob die Brauen.

»Ich bin nicht der, für den du mich hältst.«

»Was heißt das?«

»Seit zwei Jahren bin ich pensioniert. Über zwanzig Jahre lang war ich Chef des Tiroler Landeskriminalamts.«

Sie schlug sich an die Stirn. Natürlich! Den Namen Heisenberg hatte sie doch früher immer wieder einmal in der Zeitung gelesen. Warum war ihr das nicht eher aufgefallen?

»Was das Finanzielle betrifft, musst du dir also keine Sorgen machen. Als Oberst habe ich gut verdient, und jetzt bekomme ich eine schöne Pension. Obwohl wir keine Kinder hatten, haben Thea und ich unser Lebtag lang gespart. Keine Ahnung, wieso. Für unseren Lebensabend, für später, für weiß der Kuckuck was. Als ich in den Ruhestand getreten bin, wollten wir es uns gut gehen lassen. Dann bekam ich meine Krebsdiagnose, es folgten die Operationen, die Chemotherapien. Als ich das Schlimmste überstanden hatte, ist Thea eines Tages tot umgefallen, einfach so. Aus war's mit dem Gutgehenlassen.« Er lächelte ein kleines, trauriges Lächeln. »Ich habe daraus gelernt, dass Sparen eine Dummheit ist, besonders in unserem Alter. Ich will jetzt Dinge tun, die ich mich früher nie getraut habe, die mir nicht eingefallen wären und für die ich vor allem keine Zeit hatte. Ich will leben, in vollen Zügen und mit dir zusammen.« Er sah sie erwartungsvoll an.

Valentina stützte den Kopf in ihre Hände. »Was ich nicht verstehe: Warum hast du mich eigentlich belogen?«

Er starrte in seine Kaffeetasse. »Zuerst hat es sich einfach so ergeben. Aus einem Zufall heraus. Ich habe meinem Nachfolger einen Gefallen getan und deiner Freundin die Todesnachricht überbracht. Da konnte ich nicht als Pensionist auftreten. Weil ich Anna Schatz nie wiedergesehen hätte, dachte ich, es wäre egal. Dass ich mich Hals über Kopf in dich verlieben würde, war natürlich nicht vorgesehen.« Er ließ ihre Hand los und trank einen Schluck Kaffee. »Bei unserem ersten gemeinsamen Abendessen wollte ich dir die Wahrheit sagen, aber dann hast du dich so über die Maßen für den Mordfall interessiert. Sogar in meinem Notizbuch hast du gestöbert, während ich für kleine Jungs …«

Das Blut schoss ihr in die Wangen. »Das hast du also bemerkt?«

»Es hat mir die Möglichkeit eröffnet, dich wiederzusehen. Ich wollte dir mit den neuesten Ermittlungsergebnissen imponieren. Wenn ich zugegeben hätte, in Pension zu sein, wäre das mit dem Imponieren hinfällig gewesen. Und ein Wiedersehen womöglich auch.« Er suchte ihren Blick. »Bist du mir böse?«

Sie strich sich eine vorwitzige Locke aus dem Gesicht. »Nein, aber ich fürchte, du wirst mir böse sein. Auch ich war nicht ehrlich. Und meine Lüge ist weit schlimmer. Ich habe …«

»Warte! Bevor du weitersprichst, muss ich dir noch etwas sagen.«

Valentina befiel eine Ahnung wie ein Schwindelgefühl. Die Lampe über dem Tisch begann sich zu drehen.

Sie hielt sich an der Tischkante fest, um das Gleichgewicht wiederzufinden.

»Ich liebe dich.« Seine Stimme klang belegt. »Was auch immer du getan hast, ich werde bedingungslos zu dir halten.« Er zog ihre Hand von der Tischkante weg und küsste sie. »Valentina, willst du meine Frau werden?«

Der verhängnisvolle Satz. Sie entriss ihm ihre Hand und sprang auf. Beinahe hätte sie die Butterdose vom Tisch gefegt. »Nein,

Willi. Das geht nicht. Wir kennen uns doch kaum. Außerdem habe ich gar kein Talent zur Ehefrau.«

»So ein Unsinn!« Er schüttelte den Kopf. »Natürlich kennen wir uns noch nicht lange. Aber immerhin haben wir schon …«, etwas Schwärmerisches lag in seinem Blick, »… Tisch und Bett miteinander geteilt.«

Das Bett sogar schon zweimal, dachte sie. Und beide Male auf meine Initiative hin. Schwachheit, dein Name ist Valentina.

»Und bereits an unserem ersten gemeinsamen Abend ist es mir so vorgekommen, als würde ich dich ewig kennen. Ich hatte das Gefühl, dass es dir genauso gegangen ist.« Er strahlte so viel Zuversicht aus.

Valentina schwieg. Die Vorstellung, dass sie den goldenen Funken in seinem Blick zum Erlöschen bringen musste, schmerzte.

»Wir gehören zusammen und sollten das letzte Stück Weg gemeinsam gehen.«

»Das klingt sehr romantisch, Willi. Aber ich bin nun mal kein romantischer Mensch.« Sie musste schonungslos sein. Direkt. Ohne Geblümtes drum herum. »Guter Sex war mir immer wichtig. Meine Genussfähigkeit diesbezüglich hat nicht aufgehört, nur weil ich im Rentenalter bin. Aber das bedeutet nicht, dass ich über beide Ohren verliebt bin. Und schon gar nicht, dass ich heiraten möchte.« Als sie sah, wie schnell sein Gesicht an Farbe verlor, hielt sie inne. »Du bist ein interessanter Gesprächspartner, Willi. Ein feiner Mensch und ein wunderbarer Liebhaber. Trotzdem kann ich deine Gefühle nicht erwidern.«

Seine Stirn kräuselte sich wie eine Wasseroberfläche, in die man einen Stein geworfen hatte, einen schweren Stein. Er öffnete den Mund. Seine Unterlippe zitterte. »Also … du … nicht?«

»Nein«, sagte sie mit fester Stimme, streifte den Ring vom Finger und legte ihn vor ihn hin. »Ich liebe dich nicht. Und eine feste Bindung ist prinzipiell nicht mein Ding.« Jetzt nur nicht schwach werden, sondern die Sache zu einem raschen Ende bringen, dachte sie.

»Dann hast du mir die ganze Zeit etwas vorgespielt! Hast mir Hoffnungen gemacht, schöne Augen, hast mich regelrecht verführt! Warum? Um dich über mich lustig zu machen?«

»Das ist es, was ich dir die ganze Zeit gestehen wollte, aber du hast mich ja nicht ausreden lassen. Ich habe mit dir geflirtet, obwohl ich eigentlich auf jüngere Männer stehe. Weil ich an Informationen über den Mordfall herankommen wollte. Ich wollte wissen, ob es neue Verdächtige gibt oder ob die Kripo immer noch hinter meiner Freundin Anna her ist. Ich habe gehofft, ich könnte ihr helfen, wenn ich mit dir ausgehe.« Marion erwähnte sie nicht. Nicht auch noch schlafende Hunde wecken. »Das war natürlich dumm von mir. Naiv. Und dir gegenüber war es ungerecht.«

Es klirrte, als seine Rechte das Wasserglas zerdrückte, an dem er sich festgehalten hatte. Aus seiner Handfläche quollen Blutstropfen, die er nicht zu bemerken schien. »Du hast nur mit mir geschlafen, um mich über den Fall auszuquetschen? Gegen Informationen aus erster Hand, wie eine … eine Nutte?« Jetzt war sie weg, die sprühende Zuversicht in seinem Blick. Stattdessen entdeckte Valentina grenzenlose Enttäuschung, eine große Portion Bitterkeit und unterdrückte Wut. Die Wut war gut, die würde ihm über die Enttäuschung hinweghelfen.

Sie stand auf, strich ihren Rock glatt. »Die ›Nutte‹ ist unter deinem Niveau. Dass ich dich verletzt habe, tut mir leid.«

Ohne sich noch einmal umzudrehen, ging sie hinaus. Das metallische Schnappen, als sie hinter sich die Tür ins Schloss zog, klang endgültig und unwiderruflich.

Obwohl sie die halbe Stadt durchqueren musste, ging sie zu Fuß zu Annas Haus. Sie lief sich Blasen, aber die Beklemmung fiel von ihr ab, und ihr Kopf wurde frei.

Warum hatte sie nicht vorhersehen können, wie sehr ihr der alte Mann verfallen war? Wieso hatte sie seine übertriebenen Aufmerksamkeiten so genossen, anstatt diese Entwicklung rechtzeitig zu unterbinden? Und was sollte sie jetzt Anna sagen?

Gestern Mittag hatte Valentina sich ihr beim gemeinsamen Kochen anvertraut. Sie hatte von Heisenberg erzählt, ohne den wahren Grund ihres Interesses zu erwähnen. Anna war begeistert gewesen. »Endlich ein netter, anständiger Mann im richtigen Alter für dich. Kein hoffnungsloser Macho, junger Schnösel oder Exsträfling«, war ihr Kommentar dazu. »Wirst du jetzt etwa erwachsen?« Sie hatte Valentina nahegelegt, diesen Mann, der es so offensichtlich ernst mit ihr meinte und sie auf Händen trug, nicht mehr loszulassen.

Als Valentina die Haustür aufsperrte, kam Anna ihr entgegengerannt und fragte aufgeregt: »Wie ist es gelaufen?«

»Das ist schnell erzählt. Ich habe Schluss gemacht.«

Anna schlug sich die Hand vor den Mund. »Ach, Walli, ich hätte mich so für dich gefreut. Und du ruinierst einfach alles!«

»Ja, du hast recht, ich bin wohl ein Trampeltier.«

Anna, die sensible, gute Anna, bemerkte natürlich sofort, dass etwas nicht stimmte. Sie nahm Valentina in die Arme und drückte sie. Und Valentina ließ sich fallen und weinte.

Ein paar Tränen für den Willi, ein paar für den Lois, ein paar für Marion und ihren fürchterlichen Rachefeldzug, ein paar aus Selbstmitleid.

»So«, sagte Anna nach einer Weile und reichte ihr ein Taschentuch. »Genug getrauert. Jetzt stärkst du dich erst mal. Ich habe eine Engadiner Nusstorte gebacken, und Kaffee gibt es auch.«

»Ich habe aber keinen Hunger, danke.«

»Wer demonstrieren will, muss vorher was essen«, sagte sie mit gespielter Strenge. Und dann zeigte sie Valentina die SMS.

Aufruf zum Flashmob: Sonntag, 16. September, 15 Uhr, Innsbruck, Eduard-Wallnöfer-Platz: Protestmarsch um das Landhaus und Montage unserer Strickaktion. 16 Uhr: Alle Teilnehmer gehen in Abfahrtshocke. Auf ein Zeichen fallen lassen und fünf Minuten lang tot stellen.

Valentina fühlte sich, als käme sie aus weiter Ferne in die Realität zurück. Die Demo! Die hatte sie in der Aufregung der letzten Tage total vergessen. Zuerst sträubte sich alles in ihr. Sie hatte keine Lust auf Menschenansammlungen. Und sie war noch viel zu aufgewühlt, um sich politisch zu betätigen. Aber Anna überredete sie mit Engelszungen.

Spätestens als Valentina am Eduard-Wallnöfer-Platz stand und zusammen mit Leuten aller Altersgruppen »Auerhahn statt Pistenwahn« skandierte, war sie froh um die Ablenkung. Zu Hause wäre sie nur in ihren Grübeleien versunken. So konnte sie für ein paar Augenblicke den leeren Blick des toten Lois vergessen und die schlaffen Wangensäcke des enttäuschten Heisenberg.

Der Protestmarsch hatte bereits begonnen, als Marion dazustieß. Sie winkte schon von Weitem und begrüßte die Freundinnen mit Wangenküsschen. Den Streit schien sie vollkommen vergessen zu haben. Holzgrubers Tod erwähnte sie ebenso wenig wie Valentinas Text. Stattdessen stellte sie eine Fröhlichkeit zur Schau, die ein wenig gekünstelt wirkte. Aus dem Augenwinkel sah Valentina, dass Marion sie immer wieder anstarrte, taxierend, als wollte sie in ihre Gedanken eindringen. Kaum erwiderte Valentina den Blick, wandte Marion sich ab.

Nachdem sie das Landhaus umrundet hatten, versammelten sich alle, die in den vergangenen Wochen fleißig gestrickt hatten, am Eduard-Wallnöfer-Platz und brachten die Ergebnisse ihrer Handarbeit an den Bäumchen, Bänken und Pollern an. Zwei »Strickistinnen« waren extra aus Wien angereist, um den Tiroler Kampfstrickerinnen mit Nadel und Faden, Rat und Tat zur Seite zu stehen.

Als das letzte Fitzelchen Maschenkunst an seinem Platz war, betrachtete Valentina das bunte Ergebnis und empfand Stolz, weil auch sie einen topflappengroßen Beitrag geleistet hatte. Anna hatte dagegen bestimmt mehrere Quadratmeter Strick beigesteuert.

Den Vogel – im wahrsten Sinn des Wortes – hatte aber Marion abgeschossen. Ihr grasgrünes Banner in Form eines überdimensionalen Uhus mit gespreizten Flügeln wehte fröhlich vom Siegesdenkmal und trotzte dem Föhn, der immer wieder Anlauf nahm, um es abzureißen. Die in Scharlachrot eingestickte Parole »Gewölle statt Skihölle« war weithin lesbar.

Immer mehr Menschen strömten auf den Platz. Es mussten Hunderte sein.

Lisa stand auf einem provisorisch errichteten Podest und gab das Zeichen zur gemeinsamen Abfahrtshocke, worauf die Menge sich duckte, als müsste sie mal. Auf ein weiteres Zeichen fielen die Hockenden einfach um, einer nach dem anderen, wie Dominosteine, die durch ihr Fallen den Nachbarstein mitrissen. Valentina wurde von einem bärtigen Studenten umgeschubst und plumpste ihrerseits auf eine Frau in ihrem Alter, die vor Vergnügen kreischte.

Schaulustige applaudierten der Performance, anschließend hielten die Organisatoren des Events flammende Reden gegen die Zerstörung des Naturschutzgebiets Schlenderer Wiesen. Ein Pärchen verteilte Brezeln und Äpfel, andere filmten das bunte Treiben. Die Stimmung war ausgelassen und friedlich.

Am Spätnachmittag ging plötzlich ein Murren durch die Reihen der Demonstranten. Pfiffe und Buhrufe ertönten. Valentina konnte zunächst nicht erkennen, was die Ursache des Aufruhrs war. Dann entdeckte sie Pepi Linder, den Landeshauptmann. Er lächelte so breit, dass jedes Wahlplakat vor Neid erblasst wäre. Seine Zähne strahlten mit seinem weißen Haar um die Wette. Sie bewunderte seinen Mut. Oder war es Unverfrorenheit?

Unter anhaltendem Pfeifen der Demonstranten schüttelte er den Organisatoren der Protestaktion die Hand und gab zu verstehen, dass er etwas sagen wollte. Lisa reichte ihm das Megafon. Nach einigen Minuten wurde es tatsächlich still genug, dass auch Valentina, die weiter hinten stand, etwas verstehen konnte.

»Liabe Landsleit! Liabe Menschen, die ihr enk um die Zukunft von insan Land, um die Landschaft und ihren Schutz Sorgen machts!«

»Heuchler!«, rief jemand von links hinten. Und »Pharisäer!«, schrie es von rechts.

Der Landeshauptmann überhörte es souverän.

Das ist vermutlich das Erste, was Politiker lernen müssen, wenn sie überhaupt etwas lernen müssen, dachte Valentina.

»I bin kemmen, um enk, meine liaben Freind, die Hand hinz'streckn.«

Ein junger Mann pfiff und reckte seine beiden Mittelfinger in die Höhe.

»Ibawältigt von enkan Idealismus, muass i enk sagen: I als enka Landesvatta bin narrisch stolz auf enk und auf enkare Vaterlandsliebe. Weil ihr nit auf enkan Vorteil aus seids, sondern es Wohl von insare Kinda im Aug habts.«

Valentina wunderte sich. Worauf wollte Linder hinaus? Sie

stupste Marion an, aber die zuckte nur mit den Schultern und war offensichtlich genauso überrascht.

»Menschn wia es können Großes bewirkn und den Lauf vo dera Welt verändern. Und Menschn wia enk gelingt's sogar, dem oberschtn Landespolitika die Augn z' öffnen.« Pepi Linder machte eine lange Pause, wobei es ihm gelang, die Spannung zu halten. Kein einziger Zwischenruf. »Jo, meine liabn Freind, es habts mir die Augn g'öffnet! Und i, der i bisher gmoant hab, insa Land brauchat nix dringender ois a Aufrüstung in Sachn Tourismus, weil i damit der heimischn Wirtschaft an Aufschwung verschaffn wollt, i hab mi von enk belehrn lassn. Von enk und enkam Angaschmang für die Natur!« Jetzt zeigte er mit dem ausgestreckten Zeigefinger in die Menge. »Weil du und du und du, es habts völlig recht! Was isch denn insa koschtbarstes Guat? Die Berg, die Bachlen, die Seen und der Wald. Die guate Tiroler Luft. Die heimischn Viecha und Pflanzn. Und laaast bat not liiist du und du und du«, wieder pikste er seinen Zeigefinger in verschiedene Richtungen, »es stolzen Tirola Leitln. Wenn insare Berg amol an oanzigs durchgehends Skigebiet sein, dann isch es z'schpat. Weil dann hamma insare großartige Natur hingmacht. Ob dann no an oanziga Tourischt an Fuaß in insa Land setzt?« Wieder legte er eine Pause ein, blickte auffordernd in die Runde, als erwarte er Antworten. Und er bekam tatsächlich eine Antwort in Form von Applaus. Zaghaft zunächst, aber zunehmend. Ein Applauscrescendo.

»Und deswegn, meine liabn Freind, bin i in mi gangen. I hab mir die Frag gschtellt, ob i a falsche Entscheidung troffn hab. Und i muass enk sagn: Ja! Die Entscheidung fürs Projekt Skiarena war ein Schmarrn. Genauso ein Schmarrn wia die Entscheidung davor für den Windpark. Die Schlenderer Wiesn sein a Naturschutzgebiet, und i als Landesvatta, mir als Tiroler Volkspartei, mia wölln ins dafür einsetzn, dass des Naturschutzgebiet darhaltn bleibt.«

Der Applaus war ohrenbetäubend. Und die Leute, die vorhin am lautesten gepfiffen hatten, schrien nun am lautesten »Bravo!«

Valentina sah zu ihren Freundinnen. Anna lächelte verträumt. Marion hatte die Brauen zu einer horizontalen und die Lippen zu einer bleistiftdicken Linie zusammengezogen.

»Kannst du mich aufklären, was das gerade war?«, fragte Valentina.

»Wahlwerbung vom Feinsten«, erwiderte Marion trocken. »Und der Garant für die absolute Mehrheit bei den nächsten Landtagswahlen.«

»Schon klar, aber meinst du, sie halten sich auch daran? War das tatsächlich das Aus für die Skiarena?«

»Das muss natürlich erst im Landtag beschlossen werden. Aber nach dieser Rede dürfte das nur noch eine Formalität sein.«

»Das müssen wir feiern!« Annas Stimme überschlug sich vor Freude.

»Aber bitte nicht hier, sonst erfriere ich«, sagte Marion unter Zähneklappern. Tatsächlich war es kühl geworden, und so machten sich die drei auf den Weg zu Annas Haus und stießen dort mit selbst gebrautem Marillenlikör an, den sie mit Prosecco aufspritzten. Und dem »Schatzini«, wie Anna diesen König der Longdrinks getauft hatte, gelang es tatsächlich, Valentinas schlechtes Gewissen zu betäuben und die Selbstvorwürfe und düsteren Gedanken aus ihrem Kopf zu vertreiben. Zumindest für ein paar Stunden.

20

Als er aufwachte, wusste er nicht gleich, wo er war. Er blinzelte, rieb sich die Augen, erkannte sein eigenes Schlafzimmer erst auf den zweiten Blick. Die Zunge schien auf doppelte Größe angeschwollen zu sein und klebte am Gaumen. Kaum hatte er sich aufgerichtet, überfielen ihn Schwindel und Übelkeit. Er wankte ins Bad, musste sich dabei an den Wänden abstützen und schaffte es doch nicht bis zur Toilette. Ein Schwall Erbrochenes klatschte auf den Fliesenboden, dann drehte sich alles, die Badewanne, das Waschbecken, die Dusche, die Waschmaschine. Einen Augenblick später wurde es dunkel, und er spürte nichts, nur eine Taubheit in den Fingerspitzen.

Als er wieder zu sich kam, lag er mit dem Gesicht auf den Fliesen und versuchte, den säuerlichen Geruch auszublenden.

Obwohl ihm immer noch schwindlig war, schaffte er es, langsam aufzustehen, den Kopf über die Badewanne zu halten und kalt abzubrausen. Das Wasser tat ihm gut, und es brachte die Erinnerung zurück. Er hatte sich gestern betrunken. Eine ganze Flasche Rotwein hatte er geleert und den Rest Whisky, den er noch gefunden hatte. Kein Wunder, dass sein nicht mehr vorhandener Magen das übel nahm. Als er sich mit einem Frotteehandtuch den Kopf abrubbelte, fiel ihm der Grund für sein Besäufnis wieder ein.

Valentina, der Ring, der Antrag, das Nein. Die furchtbare Beleidigung, die er ihr an den Kopf geworfen hatte. Und wie er den Ring in hohem Bogen aus dem Fenster geschleudert hatte, nachdem sie gegangen war.

Was war er nur für ein Idiot gewesen! Zu glauben, sie würde seine Gefühle erwidern …

Benutzt hatte sie ihn, das verlogene Luder, als Informanten benutzt, angeblich aus Sorge um ihre Freundin. Da lachen ja die Hühner, dachte er. Natürlich war auch das gelogen, und sie sorgte sich nur um sich selbst.

Zorn übermannte ihn, am liebsten hätte er sie angerufen und ihr ins Gesicht gesagt, was er von ihr und Holzgruber wusste.

Und dass er die Kette gefunden hatte, ihre Kette in Holzgrubers Blut.

Etwas Heißes, Zähflüssiges stieg in ihm auf und brachte seine Ohrläppchen zum Glühen. Scham. Er, der erfahrene Altbulle, der angesehene und bestbeleumundete Oberst, er hatte das Beweisstück verbrannt und den Tatort gereinigt. Weil er auf die Hexe hereingefallen war. Auf die schönen Augen, die sie ihm gemacht hatte. Was für eine Dummheit! Wurde er langsam dement? Oder war diese Idiotie tatsächlich mit einem Aufruhr der Hormone erklärbar? Mit einem letzten und umso heftigeren Aufwallen der Säfte, bevor sie ganz vertrockneten? Wie auch immer, er hatte sich mitschuldig gemacht, mitschuldig an einem Kapitalverbrechen.

Er wischte das Erbrochene auf und beschloss, ein Bad zu nehmen. In der Wanne konnte er sich am besten entspannen und darüber nachdenken, was nun zu tun war. Er fügte einen Schuss Badeschaum ins handwarme Wasser und ließ sich hineingleiten. Langsam kehrten seine Lebensgeister zurück. Heisenbergs Hirn nahm seinen Dienst wieder auf und brütete einen möglichen Ausweg aus der verfahrenen Situation aus.

Er könnte sein Gewissen erleichtern und aussagen. Sich Wurz anvertrauen oder besser Selma Tappeiner. Sie hätte vielleicht mehr Verständnis für seine Situation.

Aufgrund seiner Ausführungen würde man Valentina – Beweisstück hin oder her – zweifellos zu einem Gespräch zitieren. Und wenn Wurz ein Talent hatte, dann war es das Befragen. Mit seiner hohen Stimme und seinem sanften Tonfall wiegte er sein Gegenüber in Sicherheit, brachte es zum Plaudern, um ihm dann knallhart die Unstimmigkeiten der Aussage vor Augen zu führen. Die Wahrscheinlichkeit, dass Valentina einknicken und den Mord gestehen würde – oder gar die Morde, inzwischen traute er ihr alles zu –, war hoch. Natürlich würde Heisenberg selbst auch angeklagt. Aber als derjenige, der den Stein zur Klärung der Morde ins Rollen gebracht hätte, könnte er bestimmt mit mildernden Umständen rechnen. Vielleicht käme er sogar mit einer Bewährungsstrafe davon.

Beinahe zufrieden tauchte er tiefer in den Schaum. Wie immer, wenn er im Badewasser dümpelte, drückte ihn plötzlich seine Blase. Wie meistens gab er dem Drang, sich zu erleichtern, nach. Als er sah, dass das Badewasser sich rot färbte, fragte er sich zuerst, ob er gestern tatsächlich so viel getrunken hatte, dass der Rotwein nun aus ihm herauslief.

Dann erschrak er bis ins Mark.

Den Rest des Tages verbrachte er in Wartezimmern.

Zunächst bei seiner Hausärztin. Über eine Stunde saß er auf einem ihrer abgewetzten Polstersessel unter Bildern, die dankbare Patientinnen gemalt haben mussten. Die erfahrene Praktikerin untersuchte ihn nur oberflächlich, sagte etwas von »Verdacht auf Geschwulst in der Blase« und »typisch für Männer in Ihrem Alter«. Sie stellte ihm eine Überweisung zum Facharzt aus und sorgte dafür, dass er noch am selben Tag einen Termin bekam.

Kurz darauf nahm er im Wartezimmer des Urologen auf einem unbequemen Designerstuhl Platz, unter einem herbstlichen Ölgemälde von Gerhild Diesner. Er beobachtete das Vorrücken der Zeiger seiner Armbanduhr, und mit jeder verflossenen Minute nahm seine Wut auf Valentina ab und die Angst vor der Diagnose zu.

War es jetzt also so weit? Ging es wieder los? Hatte der Krebs in den Monaten, in denen er geglaubt hatte, genesen zu sein, nur Anlauf genommen, um an einer anderen Stelle umso heftiger hervorzubrechen und ihn diesmal endgültig niederzustrecken?

Der Urologe war ein schmächtiger Mann mit randloser Brille, der seine Facharztausbildung noch nicht lange beendet haben konnte. Beim Ultraschall – Heisenberg sah nur gekörntes Grau und darin wabernde Umrisse, die alles sein hätten können, vom Embryo bis zum Nierenstein – warf der Doktor mit Fachausdrücken um sich. Dann ließ er Heisenberg in einen Becher pinkeln, und schließlich penetrierte er seine Harnröhre mit einem scheußlich aussehenden Instrument, das er Zystoskop nannte.

Anschließend nahm er das Wort »Tumor« in den Mund. Der junge Doktor sprach es nachlässig aus, im selben Tonfall, in dem er beim Bäcker eine Laugenbrezel verlangen würde oder ein paar Semmeln. Respektlos. Und er sprach von einer notwendigen Operation. »Am besten, Sie lassen sich von meiner Assistentin einen OP-Termin geben.«

Wie in Trance tappte Heisenberg aus dem Untersuchungsraum. Um die Assistentin machte er einen großen Bogen und wankte heim.

Sein Bedarf an Operationen war gedeckt. Wozu die Mühe? Der Krebs war wieder ausgebrochen. Sollte er in Ruhe wuchern. Dann würde die Quälerei wenigstens bald ein Ende haben.

Als er zu Hause ankam, begab er sich schnurstracks ins Schlafzimmer und zog sich aus. Er nahm Theas Bild aus der Nachttischlade. Sorgfältig befreite er es aus dem zerbrochenen Rahmen.

Mit Thea in der Hand schlüpfte er unter die Bettdecke und rollte sich ein. Sein Herz pochte vor sich hin, als wäre nichts gewesen. In seinem Kopf breitete sich eine seltsame Ruhe aus. Eine Ruhe, die etwas Endgültiges hatte. Da kreisten keine Gedanken, da spulten sich keine Bilder ab.

Er lag einfach nur da, zusammengekrümmt, und weinte lautlos in sein Kissen.

21

»Pfiati, Weltmoasta!«, sagte der Niedermühlbichler mit Grabesstimme. Er klopfte Berti nicht auf die Schulter wie sonst, und sogar das Abschiedsklimpern seines Schlüsselbundes klang gedämpft.

Berti blieb mit Margarita und Andreas vor dem Gasthaus Anich stehen. Das Treffen war unbefriedigend verlaufen, sie hatten zu viel Bier getrunken, waren sich in düsteren Spekulationen ergangen und auf keinen grünen Zweig gekommen.

Wie auch? Die Sache war gegessen, die Entscheidung getroffen, der Zug abgefahren. Einen Ausweg gab es nicht, nur noch Enttäuschung.

Margarita verabschiedete sich mit einem Gesicht, als führe sie nicht nach Hause ins schöne Schrofnertal, sondern zu ihrer eigenen Hinrichtung.

»Gehst du noch mit auf einen Drink?«, fragte Andreas, der den ganzen Abend über einsilbig gewesen war.

Berti schüttelte den Kopf. »Ich habe Nadine versprochen, dass ich heute ausnahmsweise früher nach Hause komme.«

»Aber wir sollten dringend besprechen, was uns für Möglichkeiten bleiben. Nur wir zwei.« Er sah Margaritas Auto nach, das soeben um die Ecke verschwand. »Mit den anderen ist ja nichts anzufangen.«

»Wir haben zwei Möglichkeiten. Erstens: Wir betrinken uns zuerst. Zweitens: Wir überspringen das Betrinken und geben uns gleich die Kugel.« Berti wollte den Witz durch ein Grinsen unterstreichen, überlegte es sich aber auf halbem Weg anders. »Komm doch einfach mit. Nadine freut sich bestimmt, und Wein haben wir auch genug daheim.«

Andreas war einverstanden. Aber er wollte sich nicht betrinken, sondern einen Plan aushecken, das sah Berti an dem rebellischen Funken, der in seinen Augen aufblitzte.

»Wir haben verspielt. Pepi hat uns abserviert. In der nächsten Landtagssitzung wird es beschlossen. Und das war's dann. Besser, wir akzeptieren die Situation.«

»Mensch, Berti, früher warst du so ein Kämpfer. Und jetzt gibst du gleich beim ersten Hauch von Gegenwind auf? Das passt gar nicht zu dir.«

Sie bogen in die Maria-Theresien-Straße ein.

»Im Sport lernst du nicht nur, wie man kämpft, sondern auch, wie man taktiert. Es gibt Situationen, in denen der Kampf aussichtslos ist, weil du von vornherein der Unterlegene bist. Dann sparst du besser deine Kraft.«

»Wir haben doch nichts zu verlieren«, erwiderte Andreas. »Wir müssen vor der nächsten Landtagssitzung mit dem LH reden und ihn umstimmen. Zumindest müssen wir es probieren.«

»Wie stellst du dir das vor? Willst du einen Bittgang zu ihm unternehmen?« Mitten in der Fußgängerzone fiel Berti auf die Knie. »Lieber Pepi, bitte überleg es dir noch einmal«, säuselte er im Falsett. »Deinem guten Freund Romed zuliebe – Gott hab ihn selig.« Dann sprang er auf, klopfte den Straßenstaub von der Hose und spuckte aus. »Lächerlich! Pepi und seine Parteigenossen haben spitzgekriegt, dass ein kostenaufwändiges Projekt wie die Skiarena so kurz vor der Landtagswahl ein Schuss in den Ofen ist. Die Masse der Wähler ist nun mal besorgt und will ihre Steuern nicht mit Schneekanonen in die Luft pusten. Und eine Garantie, dass zwei marode Skigebiete durch den Zusammenschluss zu einer Skiarena wieder in die schwarzen Zahlen hopsen, gibt es ja nicht, das wissen wir alle. Das Risiko ist dem LH zu hoch, deshalb cancelt er unser Baby, so einfach ist das.«

Andreas funkelte Berti wütend an und zerrte ihn weiter. »Natürlich habe ich nicht an einen Bittgang gedacht. Eher an Verhandlungen, wie Romed sie geführt hätte.«

»Romed hatte Pepi in der Hand.«

»Genau! Wir müssen nur noch herausfinden, weswegen, dann können wir in seine Fußstapfen treten.«

Eine Weile gingen sie schweigend nebeneinander her. Sie erreichten die Altstadt, umschifften eine Busladung japanischer Touristen, die unter großem Gekicher das »Goldene Dachl« bei Nacht fotografierten.

Mitten in der Schusslinie blieb Berti stehen. »Du willst Pepi Linder also erpressen?«

Andreas warf sein halblanges Haar zurück, eine Geste, die er eins zu eins vom ehemaligen Finanzminister kopiert hatte, dem Schönsten seiner Zunft. »Aber ich bitte dich! Wer wird denn so ein hässliches Wort in den Mund nehmen? Ich möchte mich nur mit ihm unterhalten. Ihm darlegen, dass er uns nicht ignorieren kann, weil wir etwas besitzen, das ihn in Schwierigkeiten bringen könnte. Und ihm eine leicht abgespeckte Skiarena-Variante anbieten, damit er vor den Wählern nicht das Gesicht verliert.«

»Du bist ja vollkommen verrückt.«

»Und du bist zu feige, die Sache anzupacken. Warum vertraust du mir nicht? Warum sagst du mir nicht endlich, was du von Romed weißt?«

»Gar nichts weiß ich.«

»Bei unserer letzten Sitzung hast du etwas angedeutet.«

»Gerüchte und Vermutungen, nicht mehr und nicht weniger.« Berti wollte weitergehen, aber Andreas hielt ihn am Arm fest.

»Dann erzähl mir wenigstens, was du vermutest.«

Berti schüttelte Andreas' Hand ab und setzte seinen Heimweg fort. Er seufzte. »Dass der Pepi gern die Hand aufhält, wenn auch äußerst diskret, das wissen wir doch alle. Ich glaube, dass Romed irgendeinen Beweis dafür hatte. Frag doch Nadine! Manchmal hat er ihr was erzählt, während er sie gefickt hat.« Er schritt schneller aus und kickte eine zerknüllte Coladose vor sich her.

»Ich werde sie fragen. Mir steht das Wasser bis zum Hals. Noch eine Saison wie die letzte, und die Ginzer Bergbahnen können zusperren.« Andreas schnaufte, hatte offensichtlich Mühe, mit Berti Schritt zu halten. »Ich hänge auch mit meinem Eigenkapital drin. Wenn nicht bald etwas passiert, kann ich Privatkonkurs anmelden. Oder mir einen Strick kaufen.«

»Mir geht's doch nicht viel besser. Das ›Paloma‹ läuft untermittelprächtig. Sobald Anna Schatz die Miete erhöht oder die Immobilie verkauft, bin ich auch ein Kandidat für den Strick.« Er blieb stehen, bis Andreas aufgeholt hatte. »Ich habe meine ganze Hoffnung auf die Skiarena gesetzt. Romed wollte mir die Leitung eines der neuen Hotels übertragen, und ich hätte eine eigene Skischule aufgemacht.« Dass Romed kurz vor seinem Tod von Bertis mangelnder Geschäftstüchtigkeit enttäuscht gewesen war und Konsequenzen angekündigt hatte, behielt Berti für sich. Andreas musste nicht alles wissen.

Inzwischen hatten sie den Domplatz erreicht. Berti sperrte die Haustür auf.

Nadine schien sich über den späten Besucher zu freuen. Sie begrüßte Andreas mit einer herzlichen Umarmung, stellte einen Teller mit Käsecrackern auf den Tisch und dazu eine Flasche Nero d'Avola.

»Wo ist Basti?«, fragte Andreas.

»In seinem Zimmer«, sagte Nadine. »Er hält sein Abendritual ab. Liegt in seiner Hängematte, den Plüschpapagei im Arm und die Kopfhörer auf, und hört Mozart.«

Andreas lachte. »Tatsächlich? Seit wann steht er denn auf Musik von verstaubten Perücken?«

»Seit meine Mutter aus Platzgründen ihre halbe Sammlung Klassik-CDs ausrangiert hat. Mindestens fünfzig Stück. Von Bach bis Wagner. Basti hat sich alle angehört und alle zerbrochen. Bis auf die ›Die Entführung aus dem Serail‹ und ›Die Zauberflöte‹. Die hört er seither täglich.« Nadine strahlte. »Er kann die Arien sogar mitsummen.« Sie nahm sich einen Cracker. »Wie war übrigens eure Sitzung?«

Berti verdrehte die Augen. »Ziemlich öde.«

»Reine Zeitverschwendung«, sagte Andreas. »Alle haben sich gegenseitig bemitleidet und die Situation verflucht, keiner wollte etwas dagegen tun.«

»Könnt ihr denn etwas tun?«

»Und ob! Mit deiner Hilfe.« Er leckte sich die Lippen.

Nadine hob ihre Brauen.

»Es geht das Gerücht«, Andreas warf Berti einen Seitenblick zu, »dass Romed den LH in der Hand hatte. Weißt du Näheres darüber?«

Nadine hob ihr Weinglas und nahm einen Schluck. »Allerdings.«

Etwas flackerte in Andreas' Augen auf. Er setzte sich kerzengerade hin.

»Romed hat einen Privatdetektiv engagiert, der Pepi monatelang beschattet hat. Resultat seiner Arbeit war eine DVD, die den LH zeigt, wie er –«

»Heißt das, du hast den Film gesehen?«, platzte Berti heraus.

Sie lachte auf. »Aber nein! Romed hat mir davon erzählt.«

»Lass sie doch ausreden!«, fauchte Andreas.

»Was Pepi genau gemacht hat, weiß ich nicht. Nur, dass es im weitesten Sinn um Bestechung geht. Und dass das Material des Detektivs ausgereicht hat, um ihn zu erpressen.«

Andreas pfiff leise durch seine Zahnlücke. »Diesen Film brauchen wir!«

Berti schenkte Wein nach. »Romed hat den Deal doch bereits durchgezogen. Und Pepi wird das kompromittierende Filmchen – was immer darauf zu sehen war – vernichtet haben«, sagte Berti.

Nadine lachte auf. »Aber Schatz! Bist du wirklich so naiv? Du kanntest Romed doch gut genug, um zu wissen, dass er so etwas Wertvolles wie diese DVD niemals aus der Hand gegeben hätte, ohne eine Kopie davon anzufertigen.«

Berti biss sich auf die Lippen. Nadine hatte natürlich recht. Es hätte zu Romed gepasst, mindestens ein Reserveexemplar davon zurückzubehalten.

»Genial!« Andreas warf sein Haar zurück. »Dann haben wir doch alles, was wir brauchen, um unserem Landesvater zu zeigen, wo der Bartl den Most holt.«

Nadine schüttelte den Kopf. »Da verstehst du was falsch. Von der DVD wissen und sie haben sind zwei Paar Schuhe.«

»Du hast doch bestimmt eine Idee, wo Romed das gute Stück aufbewahrt haben könnte. Schließlich warst du seine Vertraute.«

»Romed hat niemandem vertraut. Er hat mir nie so viel erzählt, dass ich ihm mit meinem Wissen gefährlich hätte werden können. Die DVD kann überall sein. In einem Schließfach, in einem Banksafe, in Romeds Büro oder in seinem Arbeitszimmer zu Hause. Woher soll ich das wissen?«

Im nächsten Augenblick wurde die Tür aufgerissen. Sebastian stürmte herein, er hatte schon den Schlafanzug an und lief auf Nadine zu. Auf halbem Weg hielt er plötzlich inne, als wäre er mitten im Sprung schockgefroren.

»Hallo, Sportsfreund! Lange nicht gesehen«, rief Andreas. »Wie geht's dir denn? Hast du dich mit dem Wolferl Amadé unterhalten?« Er stand auf, machte einen Schritt auf Sebastian zu und streckte ihm seine Hand zum Abklatschen entgegen.

Der Junge verharrte unbeweglich. Seine Augäpfel quollen hervor. Speichel troff ihm von der Unterlippe, und auf der Pyjamahose breitete sich ein dunkler Fleck aus.

»Oh mein Gott, er wird doch nicht schon wieder einen Anfall bekommen«, flüsterte Nadine. Sie stieß ihr Weinglas um.

»Hey, Basti, alter Kumpel, ist dir nicht gut?« Andreas legte ihm den Arm auf die Schulter.

Da begann Sebastian um sich zu schlagen und zu schreien. Wie eine Sirene heulte der Schrei auf und ab.

Berti sprang auf. Er nahm seinen tobenden Sohn in die Arme. Augenblicklich verstummte Sebastian und wurde schlaff. »Komm, mein Schatz, ich bring dich ins Bett.« Er warf sich den großen Jungen über die Schulter. Wie ein Mehlsack hing Sebastian an ihm und ließ sich in sein Zimmer tragen.

Berti befreite ihn von der nassen Pyjamahose, zog ihm eine trockene an und legte ihn ins Bett. Er deckte ihn zu, streichelte sein Gesicht. Das wirkte Wunder. Sebastian entspannte sich, nach kurzer Zeit lächelte er sogar.

»Siehst du, alles ist gut. Kein Grund, Angst zu haben.« Berti atmete auf. Also doch kein Anfall. Als er das Licht ausknipste, schoss Sebastians Arm vor und packte Bertis Handgelenk. Wie eine eiserne Klammer umschloss er es.

»Schichte.«

»Du hast recht, Basti. Papa hat dir eine Geschichte versprochen. Lass mich mal überlegen. Möchtest du lieber das Märchen von der Zauberbohnenverkäuferin hören oder die Geschichte vom Pfau, der König werden wollte?«

»Fau.«

Natürlich. Ein Vogel musste mindestens in einer Geschichte vorkommen, dass sie Sebastians Interesse wecken konnte.

Berti setzte sich auf die Bettkante.

»Mach einmal ganz fest die Augen zu und stell dir einen Pfau vor.«

Sebastian schloss seine Augen.

»Siehst du ihn vor dir? Mit seinem blau-grün schillernden Federkleid, dem Krönchen auf dem Kopf und wie er gerade ein Rad schlägt?«

Der Junge nickte.

»Es ist kein gewöhnlicher Pfau, sondern der allerschönste, der je auf der Erde gelebt hat. Er lebt im Schlossgarten des mächtigen Königs Bogumil des Schrecklichen, wo er den ganzen Tag auf und ab stolziert. Wenn er ein Rad schlägt, so wie jetzt, dann halten alle Tiere und Menschen den Atem an. Kannst du ihn dir ausmalen?«

Wieder nickte Sebastian.

»Leider ist dieser Pfau sehr eitel. Er will den ganzen Tag bewundert werden. Und obwohl er andauernd Komplimente zu hören bekommt, findet er, die anderen würdigen ihn zu wenig. Und so geschah es eines Tages, dass er immer unzufriedener wurde. Sein Federkleid verlor an Glanz. Eine seiner langen Schwanzfedern ging ihm aus, und kurz darauf noch eine. Da bekam er es mit der Angst zu tun und beschloss, sein Leben zu ändern und in die Welt hinauszugehen.«

Sebastians Augen waren geschlossen. Regelmäßig hob und senkte sich seine Brust.

Berti blieb sitzen und beobachtete seinen Schlaf. Merkwürdig. Aus irgendeinem Grund hatte Sebastian, der Andreas sonst fast so sehr liebte wie Simone, mit Angst reagiert. Vielleicht hatte er ihn gar nicht erkannt? Leider konnte man sich nie ganz sicher sein, was im Kopf des Jungen vorging. Ab und zu litt er an unkontrollierten Wutausbrüchen und an nicht nachvollziehbaren Panikattacken.

Womöglich hat er das von mir geerbt, und es hat gar nichts mit seiner Behinderung zu tun, dachte Berti bitter. Jetzt schlief Basti zum Glück wie ein Murmeltier. Morgen würde er sicher so lange betteln, bis Berti ihm die Geschichte mit dem Pfau zu Ende erzählte.

Er lehnte sich zurück und lauschte. Im Zimmer war es so still, dass man die Wanduhr ticken hören konnte. Durch die angelehnte Tür drangen die Stimmen von Andreas und Nadine herein. Berti vernahm nur ein Murmeln, ein Zischeln, ein paar abgehackte Wortfetzen, die er nicht verstehen konnte, deren verschwörerischen Ton er aber registrierte. Als planten die beiden ein Komplott.

Bevor Berti Nadine kennengelernt hatte, war sie kurze Zeit mit Andreas zusammen gewesen. Andreas war ein attraktiver, gepflegter Mann. Und er ließ nichts anbrennen. Nadine hatte vor Kurzem zwei Liebhaber verloren. Bestimmt war sie auf der Suche. Würde sie sich jetzt Andreas an den Hals werfen? Und wenn ja, konnte Berti das dulden?

Über diesen Überlegungen musste er eingenickt sein. Als er aufwachte, war es fast Mitternacht. Er verließ den selig schlafenden Sebastian und schlich sich ins Wohnzimmer. Aber Nadine hatte bereits den Tisch abgeräumt, und Andreas war schon gegangen.

22

Sie drehte sich auf den Bauch und zog das linke Bein an. Normalerweise eine todsichere Schlafposition. Die Matratze in Annas Gästebett war jedoch zu weich dafür, Valentina sank zu tief ein und bekam Kreuzschmerzen. Seufzend wälzte sie sich auf den Rücken.

Aber der Schlaf wollte sich nicht einstellen. Das Gedankenkarussell hatte bereits Fahrt aufgenommen. Die vielfältigen Eindrücke der letzten Tage huschten auf bunten Pferden vorüber, fuhren eine Runde mit, um anderen Gedanken Platz zu machen. Zwei blieben auf ihren Reittieren sitzen wie übergewichtige Kinder und drehten sich immer wieder in den Vordergrund: Valentinas Sorge um Marion und ihre Sorge um Willi. Vor allem um Willi.

Gestern hatte sie bestimmt vier- oder fünfmal versucht, ihn anzurufen. Hatte auf seine Mailbox gesprochen. Hatte gesagt, dass es ihr leidtue. Dass sie ihn nicht hatte kränken wollen.

Keine Reaktion, kein Rückruf. Vermutlich war er unendlich wütend, wollte sie nie wieder sehen und kein Wort mehr mit ihr sprechen. Damit hätte sie wunderbar leben können. Aber sie war sich nicht sicher. Vielleicht war er nicht wütend, sondern enttäuscht? Fürchterlich enttäuscht, todtraurig und einsam? Vielleicht war er in ein schwarzes Loch gestürzt, ihretwegen, in eine Depression, aus der man ihm heraushelfen musste?

Also hatte sie es heute Nachmittag wieder probiert. Und ihr siebter Versuch war schließlich erfolgreich gewesen. Als er sich meldete – mit einer Stimme, die seltsam eingerostet klang –, erfasste sie eine solche Erleichterung, dass sie erst nach Luft schnappen musste.

Aber er ließ sie nicht zu Wort kommen. »Ich weiß, was du getan hast«, sagte er. »Mach dir keine Sorgen, bei mir ist dein Geheimnis gut aufgehoben.«

Sie verstand nicht, was er meinte.

»Und jetzt lass mich einfach in Ruhe. Ruf nicht mehr an. Nie mehr.« Er beendete das Gespräch, bevor sie die eingeatmete Luft in irgendeinen Laut umwandeln konnte. Noch Stunden später hatte sie sich über die merkwürdige Botschaft das Gehirn zermartert. Ohne Erfolg. Und jetzt, auf der vergeblichen Suche nach dem Schlaf, fragte sie sich wieder, von welchem Geheimnis er gesprochen hatte. Verdächtigte er sie etwa doch, mit den Morden zu tun zu haben?

Lächerlich, sie hatte ja kein Motiv!

Valentina starrte an die Decke und versuchte, die Umrisse der Lampe zu erkennen, aber in der Dunkelheit spielten ihr die Augen einen Streich. Nach sinnlosem Schäfchenzählen und einer weiteren Grübelattacke gab sie auf. Sie knipste das Licht an. Der Blick auf den Wecker ernüchterte sie: kurz vor Mitternacht. Wie sollte sie nur die Stunden bis zum Frühstück totschlagen? Schließlich stand sie auf und fuhr ihren Laptop hoch. Vielleicht konnte sie die Zeit wenigstens zum Schreiben nutzen.

Sie öffnete das Kapitel über die Ermordung Holzgrubers und überlegte, wie es wäre, wenn sie Heisenbergs Verdacht umsetzen und sich selbst in die Rolle der Mörderin schreiben würde anstatt Marion. Eine grauenerregende Vorstellung, aber irgendwie auch prickelnd.

Sie rieb und knetete ihre Hände, bis die Finger die nächtliche Starre überwunden hatten, dann tippte sie drauflos.

Wie sie zu Lois fährt, um sinnliche Stunden mit ihm zu verbringen. Wie sie sich auszieht, sich lasziv auf seinem Bett räkelt, das Prickeln der Vorfreude genießt.

Und dann sein Lachen wie eine kalte Dusche. Lachend weist er sie auf ihren Hängebusen hin, auf das schlaffe Fleisch am Bauch, die Dellen in den Schenkeln, die Krampfadern, die ihn beim letzten Zusammensein – ist es zwei oder gar drei Jahre her? – nicht gestört haben. Lachend zeigt er ihr Fotos von einer jungen Schönheit, nackt, mit perfekten Proportionen und ohne Orangenhaut. Lachend setzt er sich in den Schaukelstuhl und beginnt, sich selbst zu befriedigen.

Wie sich Valentinas vorfreudiges Prickeln zuerst in ungläubiges Staunen und dann in Wut verwandelt, eine heiße, weiß glänzende Wut, die das Gehirn ausschaltet und die Kontrolle übernimmt. Die Wut lässt sie Schubladen öffnen, lässt sie die Waffe finden, eine Pistole, geladen. Sie entsichert sie, setzt sie dem lachenden Lois an die Brust, der kurz davor ist, sich ins Nirwana zu wichsen. Drückt ab. Sieht, wie seine Augen glasig werden. Wie Lois in seinem Schaukelstuhl vor und zurück schwingt, während das Blut aus dem Loch fließt. Vor und zurück, obwohl kein Leben mehr in ihm ist. Und während sie ihren Blick nicht vom schwingenden Lois losreißen kann, wird ihr bewusst, was sie getan hat. Das Grauen packt sie, sie verliert das Bewusstsein, wacht erst Stunden später wieder auf, besudelt mit Blut und ohne Erinnerung an das Geschehene.

Als Valentina den neuen Text durchlas, kam er ihr stimmig vor. Rund. Und plötzlich erschrak sie bis ins Mark.

Konnte es so gewesen sein?

Die Party fiel ihr ein. Ihre Geburtstagsparty. Fünfzehn war sie geworden und hatte die Abwesenheit der Eltern genutzt und Freunde eingeladen. Joints wurden herumgereicht, die Musik war laut, Alkohol floss in Unmengen. Dann der Filmriss. Sie wachte in der Psychiatrie auf. Angeblich hatte sie ein Mädchen mit Schnaps übergossen und anzuzünden versucht. Bis heute konnte sie sich nicht daran erinnern, was damals geschehen war. Nur, dass die Ärzte sie tagelang untersucht und mit Medikamenten vollgepumpt hatten. Verdacht auf dissoziative Identitätsstörung, hieß es, und ein älterer Patient erklärte ihr, dass die sogenannten DISler verschiedene Persönlichkeiten entwickelten, die abwechselnd die Kontrolle über ihr Verhalten übernahmen. Wie bei Dr. Jekyll und Mr. Hyde. Aber nach zwei Wochen war Valentina als gesund entlassen worden, und man hatte ihre Entgleisung auf den Alkohol und das übermäßige Kiffen zurückgeführt.

War es denkbar, dass sie doch Züge einer multiplen Persönlichkeitsstörung in sich trug? Dass die Psychose in ihr geschlummert hatte und jetzt, im Rentenalter, akut wurde? Wohnte also eine Mrs. Hyde in ihr, die sie zu Handlungen trieb, von denen sie später nichts mehr wusste? Hatte Heisenberg das gemeint mit ihrem »Geheimnis«?

Das würde auch die Gedächtnisausfälle erklären, die immer häufiger wurden. Das Nicht-mehr-finden von Dingen. Wo hatte sie ihre Filzkette gelassen, wo den weinroten BH, den sie seit

Wochen vermisste, oder den Reserveschlüssel ihrer Wohnung? Sie erinnerte sich nicht. Was hatte sie am Abend von Romeds Ermordung gemacht? Bevor sie zu Anna gegangen war? Sie wusste es nicht mehr. Auch ihren letzten Besuch bei Lois konnte sie nicht mehr restlos nachvollziehen. Eine Lücke von mindestens zwei Stunden tat sich auf.

Übelkeit befiel sie. Ihre Hände zitterten, und sie begann am ganzen Körper zu schwitzen. Sie wollte ins Badezimmer gehen, um zu duschen und ein frisches Nachthemd anzuziehen.

Da hörte sie es.

Ein dumpfes Geräusch, das aus dem unteren Stockwerk gekommen war. Als ob etwas Schweres zu Boden gefallen wäre.

Behutsam öffnete Valentina die Zimmertür, schlich in den Korridor und lauschte. Sie vernahm ein Schleifen, als würde eine schwergängige Schublade aufgezogen.

Anna? Aber sie hatte eine Schlaftablette genommen und würde bestimmt bis in den Vormittag hinein schlummern.

Barfuß tappte Valentina treppab, vermied die vorletzte Stufe, die immer knarrte, und spähte durch die offene Tür in Romeds Arbeitszimmer. Ein heller Kegel wanderte über seinen Schreibtisch und die unterste Regalreihe. Eine Taschenlampe! Und die in Schwarz gekleidete Figur, die die Lampe hielt und am Boden kniete, war eindeutig ein Einbrecher.

Valentina sah sich nach einem Gegenstand um, der als Waffe zu gebrauchen war. Sie hätte sich eine Pistole gewünscht oder einen Baseballschläger. Wenigstens einen Schürhaken. Aber sie entdeckte nur eine chinesische Bodenvase, die Romed von einer Geschäftsreise mitgebracht hatte. Ein ebenso wertvolles wie hässliches Stück. Mit beiden Händen packte sie sie am Hals. Obwohl ihr Herz flatterte wie ein panischer Vogel, betrat sie das Zimmer, leise und vorsichtig, aber entschlossen.

Der Einbrecher drehte ihr den Rücken zu. Er hatte sämtliche Aktenordner aus Romeds unterstem Regal auf den Boden geworfen und durchwühlte sie, als suchte er etwas Bestimmtes.

Valentina war noch zu weit weg, um die Vase sinnvoll einzusetzen.

Was, wenn der Mann eine Waffe hatte? Was, wenn er sich zu

früh umdrehte und auf sie schoss? Oder einstach? Sie bedauerte ihr Vorpreschen, wäre gern davongelaufen oder hätte um Hilfe geschrien. Aber die plötzliche Angst vor dem eigenen Mut lähmte sie.

Zum Umkehren war es zu spät. Also nahm sie ihren letzten Mumm zusammen, machte drei schnelle Schritte, die Vase zum Schlag erhoben.

Der vierte Schritt wurde ihr zum Verhängnis. Sie trat auf ein Blatt Papier und rutschte aus.

Der Einbrecher fuhr herum wie von der Tarantel gestochen.

Im Licht der Taschenlampe sah sie sein Gesicht, ein hübsches Gesicht, das ihr bekannt vorkam.

Zu spät schleuderte sie ihre Waffe.

Die Vase, die vielleicht aus der Ming- oder irgendeiner anderen Dynastie stammte, prallte vom hochgerissenen Arm des Mannes ab und zerschellte am Boden.

Mit einem Satz sprang er auf und versetzte Valentina einen Stoß, dass sie gegen den Türrahmen krachte.

Mit drei weiteren Sätzen erreichte der Einbrecher das Fenster, riss es auf und schwang sich hinaus.

Valentinas Herz hämmerte, als wollte es den Brustkorb sprengen. Sie rappelte sich hoch, streifte einen Porzellanscherben von ihrem Nachthemd, fand endlich den Lichtschalter. Ihre Hände zitterten, die Knie schlotterten. Sie ließ sich in Romeds Bürosessel fallen. Minutenlang saß sie einfach da und versuchte, ruhig zu atmen und das Bibbern unter Kontrolle zu bekommen.

Zum Glück war sie unverletzt, würde höchstens ein oder zwei blaue Flecken davontragen.

Als sie den ersten Schreck überwunden hatte, sah sie sich um. Wie war der Mann nur hereingekommen?

Das Wohn- und das Esszimmer schienen unversehrt. Aber in der Küche entdeckte Valentina ein gekipptes und ein offenes Fenster und Fußabdrücke auf der Arbeitsplatte. Vermutlich hatte Anna am Abend vergessen, das gekippte Fenster zu schließen, was einer Einladung gleichkam. Der Einbrecher brauchte nur hereingreifen, das Nachbarfenster entriegeln und konnte bequem einsteigen.

Sie musste Anna wecken und die Polizei alarmieren.

Moment, dachte sie. Halt. Hier handelte es sich nicht um einen gewöhnlichen Einbruch. Der Eindringling hatte es nicht auf Geld oder Schmuck abgesehen wie die meisten seiner Spezies. Er hatte etwas ganz Bestimmtes gesucht. Möglicherweise etwas, das mit Romeds Tod in Verbindung stand. Valentina musste herausfinden, was das war. Danach wäre immer noch Zeit genug, um die Polizei zu verständigen.

Zuerst untersuchte sie die Aktenordner, die der Einbrecher durchwühlt hatte. Fünf Ordner enthielten Rechnungen, drei Verträge, ein weiterer Geschäftskorrespondenz. Normalen Bürokram also. Dann sah sie sich auch die anderen Ordner an, die noch im Regal standen. Nichts Auffälliges. Erst beim vorletzten wurde sie fündig. Von außen sah er aus wie die anderen, innen befand sich jedoch eine schachtelartige Aussparung, die mehrere DVDs enthielt. Sie steckten in weißen Kartonhüllen und waren mit Namen beschriftet. Da gab es Nadine I bis Nadine IV, Lyn I und II, Olga F., Sabrina, Marie-Luise, Chantal und Margarita P. Aber auch Männernamen waren vertreten: Anderl, Severin und Pepi.

Valentina fühlte ein Prickeln, als hätte jemand ihr Blut mit Kohlensäure versetzt. Das war eine Spur. Vielleicht eine heiße. Sie nahm die DVDs mit ins Gästezimmer und fütterte ihren Laptop als Erstes mit »Nadine I«.

Es handelte sich um eine vollkommen dilettantische Aufnahme. Die Kamera musste irgendwo fix montiert gewesen sein, sie zeigte immer denselben Ausschnitt: ein Bett, auf dem sich Nadine Lederer räkelte, schön und nackt bis auf ein weinrotes Halstuch. Sie turnte einige Minuten allein herum, streichelte sich, leckte sich die Lippen, nahm erotische Posen ein, die merkwürdig gestellt wirkten wie in einem Billigporno. Dann kam Romed ins Bild. Er pinkelte auf ihren Bauch, schlug sie, riss sie an den Haaren. Sie lächelte, als würde es ihr Spaß machen, aber in ihren Augen entdeckte Valentina den Ekel. Er knetete ihre Brüste, rieb seine Pisse in ihre Haut, in ihr Gesicht. Dann packte er ihre Beine, legte sie sich über die Schultern und stieß in sie hinein wie ein Vieh.

Sie schrie, er stöhnte. Während er die Enden des Halstuchs zusammenzog, wurden seine Stöße immer schneller. Nadines Gesicht verfärbte sich, ihre Augen weiteten sich, ihr Mund formte einen stummen Schrei.

Romed ließ das Halstuch los, drehte den Kopf und sah plötzlich in die Kamera. Ein Schatten fiel auf seine grinsende Visage.

Valentina war kotzübel. Sie unterbrach die Vorführung mit einem Mausklick und warf die DVD aus.

Dieses perverse Schwein! Romed hatte seine sadistischen Sexabenteuer also filmisch festgehalten, damit er sich auch zu Hause damit aufgeilen konnte. Das waren die Pornofilme, vor denen Anna so gegraut hatte. Die sie mit ihm zusammen hatte ansehen müssen. Valentina schüttelte sich. Vermutlich enthielten alle DVDs mit Frauennamen ähnliches Material. Das war zwar widerlich, aber sie konnte sich nicht vorstellen, was der Einbrecher damit anfangen wollte. Romed war tot, er konnte nicht mehr erpresst werden. Hatte der Mann es auf Nadine abgesehen? Oder auf eine der anderen Frauen? Oder …?

Was war eigentlich auf den mit Männernamen beschrifteten DVDs? Valentina schluckte. Entschlossen wählte sie den Namen aus, der ihr als Einziger bekannt vorkam, und legte die schillernde Scheibe ein.

Die Aufnahme war leicht verwackelt, als hätte jemand mit einer Handkamera gedreht. Anfangs waren nur Berge zu sehen, eine Almhütte mit Sonnenterrasse. Trotz herrlichsten Wetters saß niemand auf den Holzbänken, vermutlich war die Hütte nicht bewirtschaftet. Schnitt. Der Kameramann hatte seine Position verändert und sich offensichtlich ins Innere der Hütte begeben, um aus einem der Fenster zu filmen. Das Bild wackelte nicht mehr und war gestochen scharf. Es zeigte die gesamte Terrasse und einen Mann in Wanderkleidung, der sie betrat. Sein grau durchwirktes Wuschelhaar erkannte Valentina auf Anhieb: Lois Holzgruber. Er nahm auf einer der Bänke Platz. Kurz darauf kam ein zweiter Wandervogel und setzte sich Holzgruber gegenüber. Er hatte sich den Jägerhut mit dem Gamsbart tief in die Stirn geschoben. Als sein Gesicht herangezoomt wurde, entlarvte Valentina ihn einwandfrei als Pepi Linder, den Landeshauptmann.

Zuerst packten die beiden ihre Thermoskannen aus und schienen in ein harmloses Gespräch vertieft wie normale Bergwanderer. Dann zog Lois ein dickes Kuvert aus der Innentasche seiner Fleecejacke. Linder nahm es entgegen und öffnete es. Einen Augenblick war das Kuvert von Lois' Rücken verdeckt. Als Lois sich zu seinem Rucksack hinunterbeugte und ein Stück Speck herausholte, zoomte die Kamera auf den Inhalt des Briefumschlags. Es war ein dickes Päckchen mit Euroscheinen. Lauter Fünfhunderter. Pepi Linder ließ seinen Daumen darübergleiten, als handelte es sich um einen Stapel Spielkarten, dann verstaute er das Geld in seinem Anorak. Man sah noch, wie die beiden sich die Hand gaben, wie Linder wegging, während Holzgruber in aller Seelenruhe jausnete. Das Bild zerfiel in graue Punkte, und der Film brach ab.

Valentina sprang auf und lief im Gästezimmer auf und ab. Ihr ganzer Körper kribbelte, als wären Ameisenschwärme unter der Haut auf Kriegszug. Sie kratzte sich an den Armen, bis es brannte.

Diese DVD hatte der Einbrecher gesucht, da war sie sich vollkommen sicher. Und bestimmt war es auch die DVD, auf die Lois Holzgruber es kurz vor seinem Tod abgesehen hatte. Plötzlich fühlte sie sich unendlich müde. Sie musste sich einen Moment hinsetzen und zur Ruhe kommen. Nachdenken. Sie hatte eine unglaubliche Entdeckung gemacht. Hochbrisantes Filmmaterial war ihr da in die Hände gefallen.

Als sie die Kartonhülle noch einmal genau untersuchte, fand sie ein handschriftliches Datum auf der Rückseite. Lois hatte den Landeshauptmann am elften Mai dieses Jahres bestochen. Im Juni hatte der Landtag beschlossen, das Naturschutzgebiet Schlenderer Wiesen mittels Gesetzesänderung als bebaubar zu erklären und dort sowie am angrenzenden Raggspitz einen Windpark zu installieren. Ein Großauftrag für Lois und – nach diversen schmerzlichen Misserfolgen – ein Überlebensgarant für seine Turbinenfabrik. Dass die Bestechungsszene gefilmt wurde und ausgerechnet Romed Schatz in die Hände fiel, hatte er ebenso wenig ahnen können wie Pepi Linder. Für Romed war das natürlich ein gefundenes Fressen. Er erpresste Linder, und Linder schwenkte um. Im September beschloss der Landtag das Aus für den Windpark, angeblich aufgrund einer Studie, die besagte, dass die Windturbinen eine Gefahr für die Zugvögel darstellten. Dabei war diese Studie natürlich lange vorher bekannt gewesen. Die Grünen freuten sich, aber nur kurz. Denn mit einem Mal war Romeds Skiarena in aller Munde. Wie stets überzeugte Linder seine Parteigenossen, und die schwarze Mehrheit im Landtag drückte das größte Skigebietsprojekt aller Zeiten durch. Vermutlich dachte Linder, nun Ruhe vor Romed Schatz zu haben. Doch Romed hätte Material, mit dem er Personen in Machtpositionen gängeln konnte, nie leichtfertig aus der Hand gegeben. Er hatte eine Sicherheitskopie hergestellt.

Valentina nickte. So oder so ähnlich musste es sich abgespielt haben. Nicht lange nach dem Ja für die Skiarena war Romed ermordet worden. Und Holzgruber, der – aus welchen Gründen auch immer – Wind von dem Film bekommen hatte, versuchte, ihn in seine Hände zu bekommen. Dass er Pepi Linder damit erpressen wollte, konnte Valentina sich nicht vorstellen, denn damit hätte er sich selbst belastet. Aber das war nur eines der ungeklärten Details am Rande. Die Tatsache, dass Holzgruber ermordet wurde, kurz nachdem er sich um die DVD bemüht hatte, wog schwerer.

Ein verräterischer Film, zwei Mordopfer. Und ein prächtiges Mordmotiv für den Landeshauptmann.

Valentina musste nicht lange überlegen, was sie machen sollte. Die Polizei brauchte sie jedenfalls nicht dazu. Und auf keinen Fall würde sie Anna unnötig beunruhigen. Sie schloss alle Fenster, wischte die Arbeitsfläche in der Küche sauber, versetzte Romeds Zimmer in den Originalzustand und beseitigte alle Einbruchsspuren und die Scherben. Dass die Vase zu Bruch gegangen war, würde sie mit einem Missgeschick im Halbschlaf erklären.

Dann kopierte sie die DVD. Ein Exemplar klebte sie im Spülkasten des Gäste-WCs fest. Sicher ist sicher, dachte sie. Da hatte Romed schon recht gehabt.

Die andere Silberscheibe steckte sie in ein Kuvert und versenkte es in ihrer Handtasche.

Sie duschte ausgiebig, ließ das warme Wasser auf ihren verspannten Nacken prasseln und hätte den Adrenalinüberschuss, den der Einbrecher in ihrem Körper verursacht hatte, am liebsten weggespült wie Seifenschaum. Aber die Aufregung saß noch immer in ihren Knochen und würde wohl eine Weile dort sitzen bleiben.

Als sie fertig angezogen war, machte sie sich auf den Weg, obwohl es noch nicht einmal dämmerte. Mit energischen Schritten durchquerte sie den Saggen und hielt auf die Viaduktbögen zu. Die Handtasche klemmte sie so fest unter den Arm, als trüge sie Juwelen mit sich herum.

Ihr Ziel war ein unscheinbares Mehrparteienhaus in Dreiheiligen. Mit zusammengekniffenen Augen studierte sie die Klingelschilder und stellte erleichtert fest, dass Heinz, ein Verflossener, den sie bestimmt seit zehn Jahren nicht mehr gesehen hatte, noch immer hier wohnte.

Seine Wiedersehensfreude hielt sich in Grenzen. Valentina hatte ihn aus dem Bett geklingelt, und seinem zerknitterten und verkaterten Aussehen zufolge hatte er nicht viel Zeit darin verbracht. Er rieb sich die Augen, die unter den Tränensäcken kaum zu sehen waren, und murrte etwas, das wie »Unverschämtheit« klang.

Sie überreichte ihm das Kuvert. »Diese DVD stammt aus dem Nachlass von Romed Schatz.«

»Romed wer?«

»Der Immobilienmagnat, der kürzlich ermordet wurde. Liest du keine Zeitung?«

Er zuckte mit den Schultern.

»Schau sie dir an«, sagte sie. »Sofort. Und du wirst einen Kniefall vor mir machen und mir bis an dein Lebensende dankbar sein.« Wobei sie sowohl auf den Kniefall als auch auf seine Dankbarkeit gut verzichten konnte.

Im Wissen, dass seine Neugier geweckt war, kehrte sie beschwingt zu Annas Haus zurück. Die Bäckerei in der Schillerstraße öffnete gerade, und Valentina kaufte Croissants. Sie würde Kaffee kochen und Anna mit einem Frühstück überraschen. Während Heinz dafür sorgen würde, dass die Bestechlichkeit des obersten Landespolitikers medial verbreitet wurde, denn Heinz verdiente seine Brötchen als freier Journalist.

Damit ist das Gerangel um die DVD zu Ende, dachte Valentina. Anna musste sich nicht mehr vor Einbrüchen fürchten, und – Valentina lächelte selig – für die Polizei gäbe es mit Pepi Linder einen neuen Verdächtigen. Denn dass ausgerechnet die beiden Männer hatten sterben müssen, die mit dieser DVD in Zusammenhang standen, konnte kein Zufall sein.

Mit einem Mal fühlte Valentina sich leicht wie eine Feder und frei wie der dazugehörige Vogel. Die letzten Wochen hatten sie weit härter mitgenommen, als sie es sich eingestehen wollte. Der Verdacht gegen ihre besten Freundinnen, zuletzt sogar gegen sich selbst, und die damit verbundene Ungewissheit hatten an ihren Nerven gezerrt und sie zermürbt. Jetzt war ihr nach Fliegen zumute!

Anna war unschuldig. Marion war unschuldig. Und Valentina musste nicht mehr fürchten, dass sich hinterrücks eine Mrs. Hyde in ihr breitgemacht hatte.

Auf den letzten Metern spürte sie, wie die Müdigkeit ihre sandigen Finger nach ihr ausstreckte.

»Für einen guten Kaffee würde ich jetzt einen Mord begehen«, sagte sie laut vor sich hin und bemerkte den befremdlichen Blick nicht, den ihr ein Passant zuwarf.

23

Der *handshake* zwischen Landeshauptmann und Holzgruber flimmerte über die große Leinwand im Besprechungsraum. Weinreich drückte auf »Stopp« und das Bild fror ein.

»Unglaublich!«, sagte Mitterhofer. In seinem Blick las Wurz dieselbe Enttäuschung, die er selbst empfand.

Seit er wählen durfte, hatte er stets das Kreuz bei den Schwarzen gemacht, wie seine Eltern und Großeltern auch und sämtliche Einwohner seines Heimatdorfes. Bis auf Kreszentia, die ehemalige Pfarrersköchin, die die Kommunisten wählte, um dem alten Monsignore eins auszuwischen. In Zukunft würde Wurz sich eine Alternative überlegen müssen oder gar nicht mehr hingehen, wenn Wahl war.

»Wenn das die Presse erfährt …«, sagte er nachdenklich.

»Dann wird der Linder bluten«, ergänzte Selma.

»O mei, o mei!« Weinreich lachte auf. »Auf welcher Brennsuppn bist denn du dahergschwommen?«

Selma rückte ihre Brille zurecht. »Wieso? Glaubst du nicht, dass er zur Rechenschaft gezogen wird?«

»Ein Politiker? Wegen so ein bissl Geld?«

»Das waren mindestens fünfzigtausend.«

»Ist dir klar, wie viel solche Gschichtn es in letzter Zeit gegeben hat? Jagdeinladungen, die Telekom-Affäre, die Buwog-Affäre, Steuerhinterziehungen, Lobbyisten-Skandale und und und … Dagegen ist die Summe, die der LH eingestrichen hat, fei bloß ein Jausengeld.« Weinreich nahm die Zigarette, die unangezündet in seinem Mundwinkel auf und ab gehüpft war, und steckte sie sich hinters Ohr. »Und die ganz großen Tiere, die kommen eh immer davon. Fallen höchstens nach oben.«

»Das mag schon sein. Aber so kurz vor den Landtagswahlen wird das bestimmt Konsequenzen haben«, entgegnete Wurz. Es musste Konsequenzen haben, damit er seinen Glauben in die Politik nicht ganz verlieren würde. »Aber lassen wir das, das ist nicht unser Problem. Unser Problem ist vielmehr, dass sich mit diesem Film ein völlig neuer Blickwinkel auftut.«

»Du denkst an den Mord an Holzgruber.« Selma nahm die Brille ab und kaute auf dem Bügel herum. Sie wirkte hochkonzentriert. Begierig auf neue Aspekte.

»Nicht nur!«

»Der Schatz-Mord auch?«

Wurz nickte. Er genoss es, dass sich alle Blicke auf ihn richteten, sogar Bartschs sauertöpfisches Desinteresse war wie weggeschwemmt.

Selma runzelte die Stirn. »Dass der Linder ein Motiv hatte, den Holzgruber zu beseitigen, habe ich ja schon immer behauptet. Schon wegen Holzgrubers Affäre mit seiner Frau. Jetzt also auch noch wegen der Bestechungsaffäre. Aber wieso hätte er Romed Schatz umbringen sollen, seinen Busenfreund?«

Wurz lehnte sich zurück und verschränkte die Arme. »Erstens ist ›Busenfreund‹ ein dehnbarer Begriff in diesen Kreisen. Zweitens, was meint ihr, woher die DVD stammt?«

Erkenntnis blitzte in Selmas Augen auf und auch in denen von Bartsch und Weinreich.

Nur Mitterhofer kam offensichtlich nicht mit. »Ich habe gedacht, die kommt von diesem Zeitungs-Fuzzi.«

»Der Journalist Heinz Gstettner hat sie von einer Informantin bekommen, die mit Anna Schatz befreundet ist. Der Film stammt aus Romed Schatz' Besitz.«

Mitterhofer bohrte mit seinem Kugelschreiber ein Loch in das weiße Blatt Papier vor ihm. »Und was heißt das jetzt?«

Wurz räusperte sich. »Schatz hat einen Privatdetektiv auf Linder angesetzt. Einen gewissen Guntram Fischer. Ein halbes Jahr lang hat Fischer den Landeshauptmann überwacht, nach allen Regeln der Kunst. Sogar abgehört hat er ihn. Dann ist ihm diese Aufnahme gelungen. Dafür ist er widerrechtlich in eine Almhütte eingedrungen, aber das interessiert uns natürlich nicht.« Er ergriff sein Wasserglas und nahm einen Schluck. »Schatz hat viel für diese DVD bezahlt, mit der er Linder erpresst hat. Damit hat er erreicht, dass seinem Projekt der Vorzug vor Holzgrubers Windpark gegeben wurde. Da er immer noch eine Kopie der DVD besaß – sonst hätte sie ja nicht unter seinen Sachen gefunden werden können –, hat er Linder vermutlich weiter unter Druck gesetzt.

Daraufhin – Spekulation jetzt – hat Linder durchgedreht und Schatz ermordet.«

»Oder ermorden lassen«, warf Weinreich ein. »Weil so ein LH hat bestimmt seine Leut, die sich für ihn die Hände schmutzig machen.«

»Jedenfalls hatte er ein mindestens so starkes Motiv wie Pedro Álvarez.« Selma krempelte die Ärmel ihres knallgrünen Sweatshirts hoch. »Sollten wir dem Herrn Linder nicht einen Besuch abstatten? Jetzt gleich?« Sie strahlte Wurz an.

Er freute sich, dass sie ihn endlich nicht mehr mit diesem misstrauischen Blick bedachte, den sie seit seiner unbedachten Äußerung über die Türken für ihn reserviert hatte. »Den kaufen wir uns, keine Frage. Linda, bitte finde heraus, ob der Landeshauptmann momentan in seinem Büro ist.«

Linda nickte und wuselte hinaus.

Bartsch trank in Ruhe seinen Kaffee aus. »Saubande«, knurrte er. »Hoffentlich zeigen es ihnen die Wähler im nächsten Jahr. Wird Zeit, dass die schwarze Brut endlich eins aufs Dach bekommt.«

»O mei, o mei. Du hast noch einen Glauben an die Menschheit, Severin.« Weinreich stand auf und griff nach der Zigarettenpackung. »Aber ich wett mit dir, dass sie nächstes Jahr wieder gewinnen. Weil was der Bauer nicht kennt, frisst er nicht, und die schwarze Brut ist zwar korrupt, aber die Tiroler sind es seit Jahrzehnten gewohnt und meinen, sie könnten damit umgehen.«

Bartsch sah ihn lange an, dann nickte er. »Da kannst du auch wieder recht haben.«

Linda hatte ihren Anruf erledigt und berichtete, dass der Landeshauptmann nach Schlenders gefahren war, wegen einer Besprechung mit der dortigen Bürgermeisterin. »Er soll aber gegen vier Uhr Nachmittag wieder im Büro sein.«

»Danke, Linda. Ich werde gleich mit Staatsanwältin Heidrich telefonieren und einen Durchsuchungsbeschluss für Linders Büro und für sein Haus beantragen.« Er verdrehte die Augen. Er hasste Tage, an denen er mit dieser arroganten Ziege konfrontiert wurde.

Aber es geschahen noch Wunder. Die Heidrich schnurrte wie ein junges Kätzchen. Wurz fragte sich, ob sie frisch verliebt war oder ein persönliches Huhn mit dem Landeshauptmann zu rupfen hatte. Jedenfalls hatte er noch nie so problemlos ihre Zustimmung bekommen wie diesmal.

Um zwanzig nach vier standen Wurz, Selma und Weinreich im Vorzimmer des Landeshauptmannbüros. Seine Sekretärin, die aussah, als käme sie soeben aus einem Kosmetikstudio, war in die Betrachtung ihrer auberginefarbenen Fingernägel versunken, auf denen Strasssteinchen glänzten. Es tue ihr unendlich leid, aber Landeshauptmann Linder habe vor einer Viertelstunde angerufen und alle weiteren Termine abgesagt. Er sei auf dem Weg nach Hause, weil er sich krank fühle.

»Vor einer halben Stunde kam die Meldung vom Bestechungsskandal in den Nachrichten«, sagte Selma. »Kein Wunder, dass ihm das Kopfschmerzen bereitet.«

Die Sekretärin runzelte die Stirn, als gäbe es den Begriff »Bestechungsskandal« in ihrem Wortschatz nicht.

»Dann besuchen wir ihn eben zu Hause«, sagte Wurz. »Sepp, du bleibst hier und beaufsichtigst die Durchsuchung.« Wie auf ein geheimes Zeichen hin öffnete sich die Tür, und Polizisten strömten herein, ein halbes Dutzend.

Die Sekretärin schnappte nach Luft. »Was fällt Ihnen ein?« Wurz wunderte sich, dass ein Mensch trotz Solariumsbräune und Make-up-Schicht derart erblassen konnte. Als die uniformierten Kollegen ungerührt an ihr vorbeistiefelten und die Büroräumlichkeiten okkupierten, sprang sie auf und stellte sich Weinreich in den Weg. Sie pikste ihren Fingernagel gegen seine Brust. »Das dürfen Sie nicht!«

Weinreich musterte die Nagelkunst fasziniert, als handelte es sich um ein exotisches Insekt. Mit nicht zu überbietender Coolness streifte er schließlich den Finger von sich ab, schob die schmale Person zur Seite und hielt ihr den Durchsuchungsbeschluss vor die Nase. »Dürfen hätt ma uns eh nicht getraut, aber müssen müssma, ob ma wollen oder nicht.«

Wurz verbiss sich das Lachen und machte sich mit Selma auf den Weg nach Sistrans, zu Linders Domizil.

Auf das dritte Klingeln öffnete Linders Frau. Ihr Haar, das sie beim letzten Mal so kunstvoll hochgesteckt hatte, wirkte strähnig, und alles an ihr hing ebenso herunter wie die Mundwinkel.

»Sie schon wieder?«, fragte sie mit ausdrucksloser Stimme. Wurz nahm eine Alkoholfahne wahr, wenn auch schwach. »Diesmal müssen wir dringend mit Ihrem Mann reden, Frau Linder.«

Sie machte keine Anstalten, die beiden hereinzubitten.

Wurz wollte den Durchsuchungsbeschluss vorzeigen, aber Selma kam ihm zuvor. »Dürfen wir hereinkommen, Marie?« Es lag viel Wärme in ihrer Stimme.

Die junge Frau trat stumm zur Seite und führte sie ins Wohnzimmer. Zeigte mit dem Kopf auf das Ledersofa. »Setzen Sie sich, ich hole ihn.«

Sie stieg die Wendeltreppe hinauf ins obere Stockwerk. Man hörte einen harschen Wortwechsel, das Schlagen einer Tür, kurz darauf heftiges Klopfen.

»So mach doch auf, Pepi!« Marie Linders Stimme klang verzweifelt.

Selma schnellte hoch, aber Wurz hielt sie zurück.

»Warte! Ich fordere Verstärkung an.« Er telefonierte. Aus der unliebsamen Geschichte mit Álvarez hatte er schließlich gelernt.

Marie Linder kam zurück. Sie wankte leicht und blieb mitten im Wohnzimmer stehen. So blass war sie, dass die dunklen Ringe unter ihren Augen wie aufgemalt wirkten.

»Er hat sich eingeschlossen«, murmelte sie. »Er hat ein …«

Ein lauter Knall ließ Wurz zusammenzucken.

»… Gewehr«, hauchte die Linder und kollabierte.

Zehn Minuten später brachen die Männer von der Cobra mit Fußtritten die Tür zu Linders Arbeitszimmer auf. Zu zweit stürmten sie in den eichengetäfelten Raum, während vier weitere Cobraleute den Eingangsbereich sicherten. Sekunden später kamen die Frontmänner wieder heraus. Der erste war grün im Gesicht. Sein Kollege kotzte Wurz vor die Füße.

Der Anblick Pepi Linders, der zusammengesunken auf seinem Stuhl saß, das Gewehr zwischen den Beinen, und von dessen Kopf nur noch ein Stück vom Kinn übrig geblieben war, während Blut,

Knochensplitter und Hirnmasse gleichmäßig über das halbe Zimmer verteilt waren, gab auch ihm den Rest. Und merkwürdig. Während sich sein Magen krampfhaft entleerte und ihn die plötzliche Weichheit seiner Knie zu Boden zwang, musste er an seinen Exchef denken. Den guten alten Heisenberg.

Zwei Stunden später, als Wurz im Garten der Linders auf und ab ging, um seine Übelkeit mit frischer Luft zu kurieren, während Bartsch und seine Männer ihre Arbeit machten, verspürte er auf einmal den unbezwingbaren Drang, eine Zigarette zu rauchen. Als Weinreich vorbeikam und den Laptop des Landeshauptmanns zum Wagen trug, schnorrte Wurz, der in seinem Leben noch nie geraucht hatte, ihn an. »Sepp, hast du einen Tschick für mich?«

»Geh, Toni!« Weinreich verstaute den Laptop des Selbstmörders im Kofferraum. »Fang dir das nicht an!«

»Nur eine. Ausnahmsweise.«

Weinreich zuckte mit den Schultern und warf ihm seine Zigarettenpackung zu.

Wurz fingerte einen Glimmstängel heraus und gab die Packung zurück. »Habt ihr schon einen Abschiedsbrief gefunden?«

»Na, nix. Außer er ist da drin.« Weinreich deutete auf den Laptop. »Aber so ein Selbstmord ist doch eh wie ein Geständnis, oder nicht?«

Wurz rieb sich die Nase. »Das haben wir bei der Flucht von Álvarez auch geglaubt. Aber solange wir keinen handfesten Beweis haben, bleibt alles nur Spekulation, und der Linder hat sich vielleicht nur erschossen, weil ihm die Bestechungsaffäre über den Kopf gewachsen ist.«

»Wenn sich alle Politiker erschießen täten, weil sie Dreck am Stecken haben, dann gäb's keine mehr.«

»Oder weil er Depressionen hatte oder weil ihm die Affären seiner Frau über die Hutschnur gegangen sind.«

Weinreich zückte sein Feuerzeug und ließ es klicken.

Bevor Wurz sich seine Zigarette daran anstecken konnte, zirpte das Handy in seiner Hosentasche.

Ohne aufs Display zu schauen, nahm er den Anruf an. Als er die Stimme der Heidrich hörte, die nicht mehr säuselte, sondern wieder knarzte wie üblich, fiel ihm die Zigarette aus dem Mund und verschwand im Linder'schen Rosenbeet. Das Handy konnte er noch rechtzeitig festhalten.

Er hörte sich drei- oder viermal ein »Ja« stottern. Dann drückte er auf den roten Knopf und starrte Weinreich an, als wäre er ein Gespenst.

»Ist was passiert?«

Wurz schluckte. »Kann man so sagen.«

»Schon wieder ein Mord?«

»Männliche Leiche. Aus nächster Nähe erschossen, genau wie der Holzgruber.«

»Da legst di nieder. Das nimmt ja kein End nicht!«

»Komm, Sepp, fahr mit, die Heidrich wartet schon.«

Wurz spürte, wie die Übelkeit wieder in ihm aufstieg. Und er wusste nicht, was schlimmer war. Die neuerliche Bluttat oder die Aussicht, der ungehaltenen Staatsanwältin über den Weg zu laufen.

24

»Wer hätte das gedacht!« Anna schob die Tageszeitung zu Marion hinüber. Ihre wasserblauen Augen wirkten ehrlich erstaunt.

»Was meinst du?«, fragte Valentina. »Dass Politiker so bestechlich sind?«

»Das ist doch ein alter Hut!« Marion halbierte ihre Semmel und bestrich sie mit Kräuterkäse.

Anna schüttelte den Kopf. »Dass der Linder Pepi so viel Rückgrat besessen hat und …« Sie zog ihr Buttermesser in Kehlkopfhöhe durch die Luft.

Marion lachte ihr Eichelhäherlachen. »Da hast du auch wieder recht. Die meisten seiner Kollegen denken nicht mal an Rücktritt. Und er hat sich gleich den ganzen Schädel weggepustet.«

»Mit seinem Jagdgewehr«, sagte Anna und deutete auf den Teller mit den in Speck gewickelten gebratenen Dörrpflaumen, die einen sagenhaften Duft verströmten. »Nimm dir doch, Walli, es ist genug da.«

Wenn Anna zum Brunch einlud, bog sich der Tisch immer unter der Fülle der Köstlichkeiten. Aber Valentina hatte keinen Appetit. Sie fühlte sich unwohl. Ihretwegen war der Skandal an die Öffentlichkeit gelangt. Dass es mit Blutvergießen enden würde, hatte sie nicht gewollt.

»Mit demselben Gewehr, mit dem er zuvor die vielen Rehe, Gämsen, Hirsche und Wildschweine geschossen hat«, sagte Marion. »Bei all den Jagden, zu denen er von wichtigen Geschäftsleuten eingeladen wurde.« Sie hielt ihren Zeigefinger in die Höhe, an dem ein Honigtropfen entlanglief. »Das hat doch beinahe etwas Poetisches, findet ihr nicht?«

Valentina konnte über Marions Zynismus nicht lachen. Sie nahm die Tageszeitung an sich und las den Artikel über die Bestechungsaffäre, deren Ausmaße noch nicht abschätzbar waren. Anscheinend hatte Linder nicht nur von Holzgruber Geld genommen, sondern von einer ganzen Reihe von Unternehmern, denen er dafür Vorteile gegenüber der Konkurrenz verschafft hatte. Die Holzgrubergeschichte war nur ein winziges Steinchen, das einen formidablen Felssturz ausgelöst hatte. Valentina überflog den Beitrag, in dem die Opposition Linder zum schwarzen Schaf abstempelte und ihn als Schandfleck für die Politik bezeichnete, während seine Parteikollegen ihn als herzensguten Menschen darstellten; neben den Zeilen war ein Foto des Landeshauptmanns mit dem lächelnden Dalai Lama abgebildet. Linder sei ein Opfer seiner eigenen Gutmütigkeit und seiner sex- und kaufsüchtigen jungen Frau gewesen, sagten seine engsten Vertrauten über ihn, um zu retten, was nicht mehr zu retten war. In einem farblich abgesetzten Kasten entwickelte ein Psychologe die These, dass die übergroße Liebe zu seiner Frau Marie für den erhöhten Geldbedarf des Landeshauptmanns verantwortlich gewesen sei. Pepi Linder habe mit allen Mitteln versucht, seine junge Frau zu halten, indem er ihr alles bot, was ihr konsumfreudiges Herz begehrte. Seine Anfälligkeit in Bezug auf Bestechungsgelder sei also nicht als Verbrechen einzustufen, sondern als bedauernswerte Krankheit.

Kopfschüttelnd blätterte Valentina weiter zum Interview mit Oberleutnant Anton Wurz, dem interimistischen Leiter des Tiroler Landeskriminalamts. Freudig las sie, dass die Kripo tatsächlich angebissen hatte und inzwischen intensiv ermittelte, inwieweit Linder in die Mordfälle an Schatz und Holzgruber und eventuell sogar in den dritten Mord verwickelt war.

Valentina wunderte sich. Von einem dritten Mordopfer wusste sie nichts.

Sie blätterte um. Blickte in ein Paar eisblaue Augen.

Die Kaffeetasse in ihrer Hand begann zu zittern. Das hübsche Gesicht, in dem die eisblauen Augen wohnten, kannte sie. Es handelte sich um den Einbrecher, dem sie die Vase an den Kopf geworfen hatte. Und jetzt, jetzt war er tot.

Valentina ließ die Zeitung sinken. »Stellt euch vor, gestern hat es schon wieder einen Mord in Innsbruck gegeben!«

»Wer ist es denn diesmal?«, fragte Marion.

»Ein gewisser Andreas Rauriser. Geschäftsführer der Ginzer Bergbahnen. Ist gestern Abend erschossen worden.« Wenigstens war ihr Vasenwurf nicht schuld an seinem Tod, stellte Valentina erleichtert fest. »Kennt ihn jemand von euch?«

Marion schüttelte den Kopf. »Der Name sagt mir gar nichts.«

»Der junge Rauriser?«, fragte Anna. »Der Andreas? Und ob ich den kenne! Das war ein Freund von Romed. Einer seiner netteren Freunde übrigens.«

»Erzähl«, bat Valentina.

»Sein Vater, der alte Rauriser, war der Erbe eines alteingesessenen Immobilienunternehmens. Ein seriöser, aber nicht besonders tüchtiger Geschäftsmann. Zu weich, zu wenig risikobereit. Er hat Romed als Kompagnon aufgenommen. Und Romed war von Anfang an sehr erfolgreich. Die Firma hat sich in wenigen Jahren von einem dahindümpelnden zu einem aufstrebenden Immobilienunternehmen entwickelt.« Anna nahm einen Schluck Kaffee. »Eines Tages hat Romed den alten Rauriser bei irgendeiner illegalen Sache erwischt. Ich glaube, es ging um Steuerhinterziehung, ich weiß es aber nicht genau. Jedenfalls musste Romed mit großen Verlusten und viel Mühe den Karren aus dem Sumpf ziehen und die Dinge wieder geradebiegen. Aus Dankbarkeit hat der alte Rauriser sich aus dem Geschäft zurückgezogen und ihm die Firma überschrieben.« Mit einem Schlag ihres Messers köpfte Anna ihr Frühstücksei. »Kurz darauf hat er sich erhängt, eine tragische Geschichte.«

»Was? Romed hat das Familienunternehmen der Raurisers abgestaubt, und der Sohn ist leer ausgegangen?«, fragte Valentina.

»Was heißt ›abgestaubt‹? Er hat es gerettet. Der Andreas war damals ja viel zu jung. Ist noch zur Schule gegangen.« Anna ließ ihr Buttermesser durch die Luft sausen. »Romed hat sich sehr um den Jungen gekümmert und um seine Mutter.«

»Das kann ich mir lebhaft vorstellen!«, warf Marion ein. »Besonders um die Mutter, vermute ich.«

Anna schenkte ihr einen bösen Blick. »Er hat dem Andreas das Studium finanziert und durchgesetzt, dass er Geschäftsführer der Ginzer Bergbahnen wurde. Die beiden haben sich immer gut verstanden.«

»Romed, der Tröster der Witwen und Waisen«, ätzte Marion. »Würde mich wundern, wenn er beim Abgang seines Kompagnons nicht mindestens den Strick gehalten und den Stuhl weggezogen hätte.«

»Marion, du bist widerlich!« Annas Wangen leuchteten tomatenrot. »Romed hatte auch seine guten Seiten. Seine Freunde hat er immer unterstützt, egal, ob den Andreas oder dessen besten Kumpel, den Berti. Er hat ihnen Jobs verschafft, hat ihnen Finanzspritzen zukommen lassen, da war er wirklich großzügig.«

Marion äugte über ihren Brillenrand. »Abhängig hat er sie gemacht, Anna, von sich abhängig. Mit Freundschaft hat das wenig zu tun.«

Valentina stutzte. »Moment. Wessen Kumpel war Andreas Rauriser?«

»Der Freund von Berti Lederer. Ich glaube, die beiden sind miteinander in dieselbe Klasse gegangen und waren in der Schule schon immer unzertrennlich.«

»Der Berti Lederer!«, schwärmte Marion. »Der war mal ein toller Skifahrer, ein Riesentalent im Abfahrtslauf. Bis er Nadine geheiratet hat, dieses Luder. Dann ist es mit seiner Karriere steil bergab gegangen.«

»Sag nichts über Nadine. Ich bewundere diese Frau über die Maßen«, sagte Anna.

»Wofür? Weil sie es jahrelang mit deinem Mann getrieben hat?«

»Da war sie nicht die Einzige, und ich hege gegen keine dieser Frauen einen Groll.« Anna schüttelte den Kopf. »Ich bewundere, wie Nadine mit ihrem behinderten Sohn umgeht. Das muss ihr erst mal jemand nachmachen.«

»Der Bub ist doch den ganzen Tag in dieser Behinderteneinrichtung. Und seine Mutter vögelt einstweilen mit ihren diversen Liebhabern. Die Köhler Nadine war schon mit siebzehn ein durchtriebenes Früchtchen. Wusstest du, dass dein Lois«, Marion betonte das »dein« und schenkte Valentina einen vielsagenden Blick, »ihretwegen von der Schule geflogen ist?«

Valentina verschluckte sich an dem Stück Croissant, das sie im Mund hatte. Sie hustete. Räusperte sich. »Du meinst, Nadine Lederer hatte was mit Lois? Als sie noch zur Schule ging?« Das war also die minderjährige Schülerin, von der Marion unlängst gesprochen hatte.

»Im Physiksaal haben sie es getrieben, am helllichten Nachmittag!«

Anna legte ihre Hand auf Marions Schulter. »Das ist doch Jahre her, damals war sie noch ein junges Ding. Inzwischen ist Nadine eine sehr ernsthafte junge Frau geworden. Eine tüchtige Geschäftsfrau und eine liebevolle, verantwortungsbewusste Mutter. Sobald die Erbangelegenheiten geregelt sind, werde ich ihr das Haus mit ihrer Wohnung und der Trachtenboutique überschreiben.«

»Was?« Marion schnappte nach Luft. »Du willst …«

»Bestimmt hat sie nur aus einer Notlage heraus mit Romed geschlafen. Ihr Mann kriegt ja nicht viel auf die Reihe. Das ›Paloma‹ bringt nämlich kaum was ein, obwohl es eigentlich eine Goldgrube sein müsste.«

»Du bist ja total verrückt, meine Liebe«, zischte Marion. »Du verleihst dem Begriff ›Gutmensch‹ eine völlig neue Dimension!«

Valentina erhob sich. Sie hatte genug gehört. Sollten Marion und Anna miteinander zanken, sie zog sich in ihr vorläufiges Reich, das Gästezimmer, zurück. Mit einem Knopfdruck erweckte sie ihren Laptop zum Leben und begann zu recherchieren.

Romed Schatz, Lois Holzgruber, Andreas Rauriser, grübelte sie. Drei Mordopfer. Alle drei hatten mit dem Projekt Skiarena oder Windpark zu tun. Aber sie standen auch alle in enger Beziehung zu den Lederers. Vielleicht ging es in Wahrheit um etwas Privates? Vielleicht hieß das Mordmotiv schlichtweg Eifersucht?

Sie gab »Nadine Lederer« in die Suchmaschine ein und fand haufenweise Fotos aus Nadines Zeit als Model, außerdem eine nichtssagende Homepage der Trachtenboutique und Nadines Facebook-Account.

Zum Glück hatte Drew, Valentinas amerikanische Freundin, ihr vor zwei Jahren so von Facebook vorgeschwärmt, dass sie sich schnurstracks angemeldet hatte. Und obwohl sie Drews Begeisterung nicht teilen konnte, hatte sie den Account nie gelöscht. Jetzt war sie froh darüber und loggte sich ein.

Sie entdeckte, dass Lois unter seinem Internetpseudonym kraxler57 in Nadines überschaubarer Freundesliste aufschien. Das sagte natürlich nicht viel, außer dass Nadine und Lois offensichtlich in Kontakt gestanden hatten. Wenn Valentina Lois richtig einschätzte – und sie kannte ihn nur zu gut! –, war er nicht der Mann für dauerhafte platonische Freundschaften oder belangloses Social-Media-Geplänkel. Die Wahrscheinlichkeit, dass Nadine nie aufgehört hatte, mit Lois zu schlafen, war also gegeben.

Auch ein »andirau« fand sich unter Nadines Facebook-Freunden. Seinem Avatar nach konnte es sich nur um Andreas Rauriser handeln. Rauriser hatte auffallend gut ausgesehen, weit besser als Berti Lederer mit seiner Geiernase. War er wirklich nur Bertis Freund gewesen? Ein Freund der Familie? Oder ein weiterer Liebhaber von Nadine?

Valentina durchforstete das Internet gezielt nach Bildern von Nadine und Rauriser und entdeckte tatsächlich eine Aufnahme, die die beiden eng umschlungen beim Tanzen zeigte. Auf dem Jägerball des vergangenen Jahres. Natürlich war es kein endgültiger Beweis für eine Affäre, aber ein Indiz, das stark in diese Richtung deutete.

Valentina atmete tief durch. Ihre Theorie erhärtete sich mehr und mehr. Zwei Mordopfer waren garantiert Liebhaber von Nadine Lederer gewesen, das dritte Opfer vermutlich ebenso. Wusste Nadines Mann davon? Und wenn ja, duldete er die Affären seiner Frau? Oder hatte der berühmte Tropfen das Fass zum Überlaufen gebracht, und Berti Lederer war zum Mörder geworden?

Valentina begann vor Aufregung zu schwitzen.

Romeds geheime DVD-Sammlung fiel ihr wieder ein. Der widerliche Sexfilm, den sie nicht zu Ende gesehen hatte. Irgendetwas war seltsam gewesen, aber sie wusste nicht mehr was.

Sie überwand ihren Ekel, holte die DVD »Nadine I« aus Romeds Arbeitszimmer und sah sich noch einmal an, wie Romed Nadine fast bis zur Besinnungslosigkeit würgte. Noch einmal sah sie, wie die Augen der Blondine aus ihren Höhlen quollen und ihr Mund sich zu einem stummen Schrei öffnete. Wie Romed den Kopf drehte und in die Kamera blickte. Ein Schatten fiel auf sein Gesicht, und er verzog den Mund zu einem Grinsen. An dieser Stelle hatte Valentina unlängst den Film gestoppt. Jetzt wusste sie wieder, was sie irritiert hatte. Der Schatten. Er musste einem

Dritten gehören. Sie schaute sich den restlichen Film an, hörte ein merkwürdiges Geräusch, eine Art hohes Winseln, das wie eine Mischung aus Katzenelend und Kriegsruf der Komantschen klang.

»Verschwinde, Spasti!«, schrie Romed in die Kamera.

Dann kam eine Hand ins Bild, der halbe Kopf eines Jungen. Ein verzerrter Mund, der diese seltsamen Heullaute ausstieß, ohne dazwischen Atem zu holen. Arme, die auf Romed einprügelten, ihn von Nadine herunterzerrten.

Romed wehrte sich, aber obwohl er weit kräftiger war als der Junge, konnte er ihn nicht bändigen. Erst als Nadine eingriff und »Basti, hör auf!« brüllte, hielten die schlagenden Arme einen Moment inne. Romed nutzte die Gunst des Augenblicks. Er packte den Jungen, der plötzlich in eine Art Starre verfiel, und die beiden verschwanden aus dem Bild. Kurz darauf brach der Film ab.

Valentinas Herz raste, als wäre sie gerannt.

Nadines Sohn Sebastian, dachte sie. Seine Mutter nannte ihn Basti. Romed, dieses Ekel, hatte »Spasti« zu ihm gesagt.

Obwohl Sebastian schlaksig war, besaß er unvermutete Kräfte. Und offensichtlich hatte er Romed gehasst.

Was, wenn er aus seinem gescheiterten Angriff gelernt und auf eine bessere Gelegenheit gewartet hatte?

Sie stellte sich die Szene vor, als würde sie sie aufschreiben: Wie Sebastian lauert, bis Schatz nach dem Sex eingeschlafen ist und seine Mutter im Badezimmer verschwindet. Wie er sich ins Zimmer schleicht, einen schweren Gegenstand nimmt, ihn dem wehrlosen Widerling auf den Hinterkopf drischt, mehrmals, bis der sich nicht mehr rührt.

Kann ein geistig behinderter Junge einen Erwachsenen töten?, fragte sich Valentina.

Warum eigentlich nicht? Um jemanden zu erschlagen, den man mit Inbrunst hasste, brauchte man keinen hohen Intelligenzquotienten, schon gar nicht, wenn der Jemand sich nicht wehren konnte.

Sie wanderte im Zimmer auf und ab. Unter ihrer Haut wanderten wieder die Ameisen. Es kribbelte, sie kratzte sich.

Sie war sich ganz sicher. Der Schlüssel zu den Morden hieß Nadine. Und der Mörder hieß nicht Berti, wie sie zuerst vermutet hatte, sondern Sebastian.

In ihrem Kopf lief wieder der Film an, und Valentina spann die Szene fort: Wie Nadine aus dem Bad kommt, den blutüberströmten Romed findet und ihren Sohn mit der Mordwaffe. Wie sie erschrickt. Wie sie ihren Mann um Hilfe bittet. Wie beide die Mordwaffe entsorgen und den unbekannten Eindringling erfinden, um Sebastian zu schützen. Valentina grübelte. Vermutlich hatten die Lederers gehofft, dass sich die Kripo angesichts der vielen Feinde, die Romed hatte, in dem Fall verzetteln, verheddern und ihn bald zu den Akten legen würde. Dass Gras über die Sache wüchse.

Und dann passierte der zweite Mord.

Valentina setzte sich wieder an den Schreibtisch, öffnete das Holzgruberkapitel ihres Manuskripts, las es durch und löschte die Version, in der sie selbst mordete. Mrs. Hyde, was für ein Unsinn!

Sie legte die Fingerspitzen an die Schläfen und versuchte, die Szene zu visualisieren. Dann tippte sie den Text wie einen Kommentar zu den Bildern, die sich in ihrem Kopf abspulten: Wie Sebastian – durch seinen Erfolg selbstsicher geworden – Blut geleckt hat. Wie er seiner Mutter still und heimlich ins Haus von Holzgruber folgt. Zusieht, wie sie es mit Holzgruber treibt, in dessen Schaukelstuhl, hört, wie sie stöhnen, wie Nadine schreit. Es nicht mehr aushält, sich nach einer Waffe umsieht. Und die Pistole findet.

Wie er Nadine wegstößt, wie Holzgruber ihn auslacht, ihn »Hascherl« nennt, ein Wort, das nur unwesentlich besser klingt als »Spasti«. Wie Sebastian abdrückt, sich wundert, dass es so leicht geht und dass die Holzgruberaugen jetzt glasig sind wie die Augen seines Teddybären.

Und wie Nadine in ihrer Panik das ganze Haus putzt, die Waffe mitnimmt, ihren Jungen ins Auto packt und mit ihm nach Hause fährt, wo sie ihn in die Badewanne und die Klamotten in die Waschmaschine steckt.

Valentina betrachtete die vielen Einzelteile, die sich vor ihrem inneren Auge zu einem Puzzle zusammenzusetzen begannen. Alles schien zu passen. Sie überlegte, wie sie weiter vorgehen sollte, und tüftelte einen Plan aus.

Sie würde Wurz aufsuchen, ihm den Film zeigen und über ihren Verdacht sprechen. Noch ehe sie diesen Gedanken zu Ende geführt hatte, erinnerte sie sich an die Stimme des jungen Kripochefs. Seine Fistelstimme. Und sie wusste, dass er sie nicht ernst nehmen würde, weil Respekt auf Gegenseitigkeit beruhte. Aber einen Kripochef mit einer Fistelstimme, mochte er noch so tüchtig sein, konnte sie nicht respektieren. Außerdem hatte sie keinen Beweis für ihre These, nur eine Reihe von Vermutungen. Wurz würde höflich lächeln, ihre Aussage protokollieren und sie nach Hause schicken. Und nichts würde passieren. Die Kripo würde versuchen, die Morde dem toten Landeshauptmann anzuhängen. Das wäre für alle Beteiligten am bequemsten, und Linder täte es nicht mehr weh. Wenn der Versuch misslänge, schössen sie sich wieder auf die alten Verdächtigen ein, wie Álvarez oder Anna. Irgendwann kämen sie vielleicht auf Marion.

Valentina verwarf den Plan. Sie musste die Kripo ausklammern und selbst aktiv werden. Doch allein traute sie sich nicht. Ein männlicher Beschützer wäre gut, dachte sie. Wie sie es aber drehte und wendete, von all ihren Verflossenen kam keiner in Frage. Sie hatte eine stattliche Sammlung trefflicher und vortrefflicher Liebhaber angehäuft, die aber alle unseriös und unzuverlässig waren.

Alle bis auf einen, und mit dem hatte sie es sich für immer verdorben.

Sie atmete tief durch. Es blieb ihr nichts anderes übrig, als ihr Glück bei Heisenberg zu versuchen, trotz allem. Schließlich war er Exbulle. Vielleicht interessierte ihn die Geschichte so sehr, dass er über seinen Schatten springen würde?

Probieren musste sie es.

Sie kopierte die DVD, steckte sie in eine Kartonhülle und versenkte sie in ihrer Handtasche.

Dann verabschiedete sie sich von Anna und Marion, die sich offensichtlich wieder versöhnt hatten und vom Kaffee zum Lavendellikör übergegangen waren. »Drückt mir die Daumen, Mädels, ich kläre jetzt die Mordfälle.«

Doch Anna und Marion lachten gerade Tränen über irgendeinen Witz und reagierten nicht auf Valentinas Abschiedsworte.

Als sie vor Heisenbergs Wohnhaus in der Schidlachstraße stand, hatte sie Glück. Eine alte Frau mit Dackel und Einkaufstasche kam heraus. Rasch schlüpfte Valentina hinter ihr durch die Tür. Mit gemischten Gefühlen blieb sie vor Heisenbergs Wohnung stehen und betätigte die Klingel.

Zunächst tat sich nichts. War er ausgeflogen? Sie presste ihr Ohr an das dunkle Holz. Ein Fernseher lief, und nach neuerlichem Läuten hörte sie tappende Schritte, die näher kamen.

Doch die Tür blieb zu.

Sie klopfte. »Willi, ich muss dir was zeigen. Etwas Wichtiges. Bitte mach auf!«

Sie klopfte nochmals, klapperte mit der Abdeckung des Briefschlitzes. Keine Antwort. Nur Stille, eine lauernde Stille und das massive Holz der Tür als unüberwindliche Barriere zwischen ihr und einem Menschen, den sie zutiefst verletzt hatte.

Eine Chance gab es noch. Sie nahm die DVD aus der Tasche und kritzelte mit Kugelschreiber ein paar Worte auf die Kartonhülle: *Schatz, Holzgruber, Rauriser = Liebhaber von Nadine Lederer. Sebastian Lederer = Mörder???*

Auf die andere Seite schrieb sie: *Bitte verzeih mir!*

Dann warf sie die DVD durch Heisenbergs Briefschlitz. Sie wartete noch ein paar Minuten. Als er immer noch nicht öffnete, gab sie auf.

Sollte sie jetzt, so kurz vor dem Ziel, umkehren? Sollte es ihr egal sein, ob die Wahrheit ans Licht käme oder nicht? Ja, das sollte es. Aber um wegzuschauen und zu warten, dass andere aktiv würden, steckte sie schon zu tief drin. Außerdem war sie nicht der Wegschau-Typ.

Nein, sie musste da allein durch.

Zuerst telefonierte sie mit der Behindertenwerkstatt, täuschte vor, vom Jugendamt zu sein, und erkundigte sich nach Sebastian Lederer. Sie erfuhr, dass er nur dreimal wöchentlich in der Werkstatt arbeitete. Heute war er zu Hause.

»Aber seine Mutter ist doch in ihrem Laden. Muss er da ganz

allein daheim bleiben?«, fragte sie den Werkstättenleiter scheinheilig.

»Nein, nein, Frau Lederer nimmt ihn immer in die Boutique mit. Da hat er ein eigenes kleines Studio zum Töpfern.«

Valentina hatte genug erfahren. Wenn sie an Sebastian herankommen wollte, musste sie der Trachtenboutique einen Besuch abstatten und seine Mutter ablenken. Dazu brauchte sie Verbündete. Also rief sie Anna an. Sie erzählte ihr das Nötigste über ihre Vermutungen und weihte sie in ihre weiteren Pläne ein.

»Aber du kannst doch nicht ganz allein …«

»Könntest du in einer halben Stunde Nadine anrufen? Damit würdest du mir einen großen Gefallen tun.«

»Was soll ich denn sagen?«, fragte Anna.

»Lass dir was einfallen. Aber halte sie mindestens zehn Minuten hin. Lieber noch länger.«

»Versprochen, ich mach alles, was du willst. Aber was ist, wenn dein Plan nicht aufgeht? Wenn du beim Schnüffeln erwischt wirst? Das ist doch viel zu gefährlich!«

Valentina wollte etwas entgegnen, doch Marion, die Anna offensichtlich den Hörer weggenommen hatte, kam ihr zuvor. »Warte, Walli. Du musst das nicht allein machen.« Sie klang, als wäre sie ganz heiß auf ein Abenteuer. »Ich fahre schnell in meinen Laden, hole meine Pistole und komme dann zur Trachtenboutique.«

Valentina schluckte. Die Pistole, die Marion in ihrem Buchladen aufbewahrte. Von der Valentina vor nicht allzu langer Zeit geglaubt hatte, Marion habe Holzgruber damit erschossen. Jetzt wäre sie ganz praktisch. »Kannst du überhaupt damit umgehen?«

»Unterschätz mich nicht, Walli!«

»Also gut. Wann wirst du da sein?«

»Sagen wir in zwanzig Minuten?«

»Prima. Warte vor dem Geschäft. Ich gehe vor und spiele eine Kundin. Während Nadine durch Annas Anruf abgelenkt ist, schnüffle ich beim Jungen rum. Du kommst in den Laden und kümmerst dich um Nadine, sobald das Telefonat beendet ist. Damit verschaffst du mir mehr Zeit. Alles klar?«

»Klingt gut. Bis dann!«

Beruhigt steckte Valentina das Handy weg und setzte ihren Weg in die Altstadt fort.

Vor der Auslage der Trachtenboutique blieb sie stehen und betrachtete das festliche Dirndl mit dem purpurfarbenen Rock und der darunter hervorblitzenden schwarzen Spitze. Außerdem vergewisserte sie sich, dass keine Kundinnen im Geschäft waren. Dann straffte sie ihren Rücken und trat ein.

Ein Glöckchen bimmelte, Nadine kam angetrabt und grüßte freundlich. Sie trug ein schlichtes graues Leinenkleid, das ihre Figur perfekt zur Geltung brachte. »Möchten Sie sich nur umsehen, oder kann ich Ihnen helfen?«

»Etwas Hilfe wäre fein. Ich suche ein Dirndl für einen festlichen Anlass. So etwas, wie Sie es in der Auslage haben. Das ist wirklich märchenhaft schön.« In Wahrheit konnte Valentina Trachten, egal, ob streng traditionell oder modern aufgepeppt, genauso viel abgewinnen wie Uniformen. Nämlich nichts.

Nadine lächelte. Kein Wunder, märchenhaft war vor allem der Preis des Auslagendirndls. Sie witterte also ein gutes Geschäft. Während sie sich auf Armeslänge näherte, musterte sie Valentina eingehend. »Sie tragen zweiundvierzig?«

Valentina nickte.

»Das tut mir sehr leid, ausgerechnet dieses Stück haben wir nicht mehr in Ihrer Größe. Aber ich zeige Ihnen gern einige andere, sehr exklusive Kreationen.« Nadine wanderte die Kleiderständer entlang, fischte drei verschiedene Modelle heraus und legte sie zur Ansicht nebeneinander auf die Theke. Sie rühmte die Vorzüge jedes einzelnen.

Valentina zeigte auf das teuerste. Ein modernes Trachtenkleid in Smaragdgrün mit Wildledereinsätzen und Pelzbesatz am Saum.

»Das würde ich gern probieren. Und das Zimtfarbene mit dem geschnürten Mieder und den Hirschmotiven. Oder passt das nicht zu meiner Haarfarbe?«

»Das finde ich gerade eine sehr aparte Kombination. Am besten, Sie schlüpfen hinein.« Nadine nahm die beiden Modelle und hängte sie in die Garderobe im hinteren Teil des Geschäfts. In dem Moment zirpte ihr Handy.

»Bitte entschuldigen Sie mich einen Augenblick.«

»Lassen Sie sich ruhig Zeit. Ich komme schon zurecht.« Valentina freute sich über das perfekte Timing. Auf Anna war Verlass! Wie sie gehofft hatte, ging Nadine zum Telefonieren vor die Tür. Der Empfang innerhalb der dicken Mauern ließ zu wünschen übrig. Valentina wartete, bis die Ladentür zugefallen war und Nadine ihr draußen den Rücken zukehrte, dann zog sie die Vorhänge der Umkleidekabine zu und huschte ins Hinterzimmer.

Hier gab es ein kleines Büro mit Computer und Nähmaschine, einen Abstellraum mit haufenweise Schachteln, eine winzige Küche mit einer Kaffeemaschine und einem Kühlschrank und schließlich zwei weitere Räume. Sie öffnete vorsichtig die Tür zu ihrer Linken – eine Toilette. Die rechte Tür führte in ein Zimmer, das gemütlich eingerichtet war. Da gab es ein Bettsofa und einen großen Arbeitstisch, eine Art Werkbank, an der ein Junge saß. Vor sich hatte er einen Klumpen Lehm, den er zu einer Schale formte. Er summte vor sich hin und beachtete Valentina nicht.

»Hallo, Basti!«, sagte sie freundlich und trat langsam näher.

Ohne das Summen einzustellen, zuckte sein Kopf zu ihr hin. Er sah haarscharf an ihr vorbei.

»Ich heiße Walli, und deine Mama hat gesagt, du zeigst mir, was du Schönes getöpfert hast.«

Der Junge sah sie nicht an. Aber sein Summen wurde leiser, hörte ganz auf, und seine Gesichtszüge froren ein, als wüsste er nicht, ob er schreien, davonlaufen oder sich auf Valentina stürzen sollte.

Ihr Blick flog über das Regal, das sich über die gesamte Länge des Zimmers zog und alle Arten von ansprechenden Keramiken beherbergte. Hauptsächlich waren es Schüsseln und Schalen in allen Formen und Größen, die meisten mit kleinen Vögeln verziert, als handelte es sich um Vogeltränken. Es gab aber auch Vogelskulpturen, einen Adler mit gespreizten Schwingen zum Beispiel, einen bunt lackierten Papagei und einen erstaunlich gut getroffenen Raben.

»Ich habe selbst einen zahmen Raben zu Hause«, log sie. »Rocco heißt er. Sieben Jahre ist er alt. Magst du ihn dir einmal ansehen?«

Für den Bruchteil einer Sekunde trafen sich ihre Blicke – Sebastian hatte eindeutig die schönen Augen seiner Mutter geerbt –, dann sah er wieder haarscharf an Valentina vorbei. Die eingefrorene Mimik taute auf, und etwas wie ein Lächeln stahl sich ins Gesicht.

»Rocco«, wiederholte er, und schon summte er wieder.

Valentina brauchte eine Weile, bis sie die Melodie erkannte. War das nicht Mozart? Die Zauberflöte? Vor über dreißig Jahren hatte Schorsch, ein Student der Musikwissenschaft, mit ihr das Kamasutra durchexerziert und dabei mit verschiedenen klassischen Musikstücken experimentiert. Unter anderem mit der Zauberflöte, mit deren Hilfe es ihm gelungen war, den Orgasmus ungewöhnlich lang hinauszuzögern, während er bei Rachmaninows zweitem Klavierkonzert schon nach mickrigen sieben Minuten gekommen war.

Valentina sang leise mit. »Deher Vogelfähängeher bin ich ja, stehets lustig, heissa hopsasa.«

Plötzlich sprang Basti auf. Er nahm den Keramikraben aus dem Regal und hielt ihn Valentina hin.

»Der ist wunderschön«, sagte sie. »Vielleicht möchtest du meinen Rocco auch einmal modellieren?« Sie wusste nicht, ob er das Wort »modellieren« verstand, doch sein Grinsen wurde breiter, und er nickte. Er stellte den Raben zurück und nahm eine der Vogeltränken in die Hand. Eine ovale Schale, dunkelgrün lackiert und mit einem spatzenartigen Vogel verziert, der sich zum Trinken nach unten bückte.

»Für Walli«, sagte er und drückte ihr die Schale in die Hand.

Es war tatsächlich ein Geschenk. »Danke, Basti. Da werden sich meine Piepmätze aber freuen!« Das Eis zwischen ihnen war gebrochen. Jetzt konnte Valentina es wagen. Sie stellte die Vogeltränke ab, öffnete ihre Handtasche und zog ein Foto von Romed Schatz heraus, das sie aus der Zeitung ausgeschnitten hatte.

»Kennst du diesen Mann, Basti?«, fragte sie.

Basti versteifte sich. »Böse!«, schrie er. »Böse, böse, böse!« Valentina steckte das Foto weg und beruhigte den Jungen. Sie lauschte angstvoll nach draußen. Nichts. Nadine telefonierte also noch. Oder sprach sie bereits mit Marion?

»Du hast vollkommen recht, Basti, das ist ein sehr böser Mann. Aber jetzt ist er ja tot und kann deiner Mama nicht mehr wehtun.«

Wieder sah Basti sie ganz kurz an. Sein Blick erinnerte Valentina an ein scheues Reh. »Nie mehr Mama weh macht.« Erleichterung spiegelte sich in seinem Gesicht.

Valentina wurde ein bisschen schwindlig vor Aufregung. Sie war ganz kurz vor dem Ziel, das spürte sie. »Du weißt, wie er gestorben ist, nicht wahr?«

Basti nickte. »Voglbad«, sagte er. Er nahm die Vogeltränke, die er Valentina geschenkt hatte, und ließ sie durch die Luft sausen, als schlüge er auf einen imaginären Kopf ein. »Nie mehr weh macht!«, rief er dabei ein ums andere Mal und wurde immer lauter.

»Was haben Sie hier zu suchen?«, fragte eine scharfe Stimme.

Valentina wirbelte herum.

Nadine stand im Türrahmen, die Arme in die Seite gestützt. In ihrem blassen Gesicht zogen rote Flecken auf.

Mist! Im Eifer des Gefechts musste Valentina ihr Kommen überhört haben. Wie lange war Nadine schon hier? Wie viel hatte sie mitbekommen?

»Ich … bitte entschuldigen Sie. Ich muss dringend auf die Toilette. Und weil ich Ihr Telefonat nicht stören wollte, habe ich mich selbst auf die Suche gemacht und bin versehentlich hier hereingeplatzt. Ist das Ihr Sohn? Ein netter junger Mann! Stellen Sie sich vor, er will mir unbedingt eine Vogeltränke schenken.« Valentina zwang ihre Lippen zu einem Lächeln. Wo, um alles in der Welt, blieb Marion? Eigentlich hätte sie längst hier sein müssen.

»Ja, ja. Basti kann sehr großzügig sein. Äußerst großzügig sogar«, sagte Nadine ausdruckslos. Ihre Gesichtsfarbe normalisierte sich allmählich wieder. »Sie wollten also zur Toilette? Dann versuchen Sie Ihr Glück im Raum nebenan.«

Sie hat die Ausrede geschluckt, dachte Valentina erleichtert. Was bin ich doch für ein Glückspilz!

Nadine trat zur Seite, und Valentina schlüpfte hinaus. Sie taumelte, weil ihre Knie vor Aufregung weich geworden waren, und sie schwitzte. Als sie die Klinke der Toilettentür nach unten drückte, spürte sie einen Schweißtropfen die Schläfe entlangrinnen. Kurz darauf brannte ihr Hinterkopf wie Feuer.

Ihre Hand rutschte von der Türklinke, die Beine knickten ein, ihr Körper sackte nach vorn. Das Glückspilzgefühl machte einer Angst Platz, einer intensiven Todesangst, die aber nur einen Sekundenbruchteil währte.

Dann wurde es schwarz vor Valentinas Augen.

Den Aufprall auf dem Boden bekam sie nicht mehr mit.

25

Warum konnte ihn die Hexe nicht endlich in Ruhe lassen? Was wollte sie denn noch? Ihn ganz unten sehen? Sich an seinen Wunden weiden?

Durch den Türspion verfolgte er, wie sie sich endlich abwandte und wegging. Er bückte sich und hob das quadratische Stück Karton auf, das sie durch den Briefschlitz geschoben hatte.

Vorsichtig fischte er die metallisch glänzende Scheibe heraus. Eine CD, nein, eine DVD, unbeschriftet. Er setzte sich die Lesebrille auf und begutachtete die Hülle.

»Bitte verzeih mir«, las er.

Aha, er hielt also ihr Geständnis in der Hand. Als ob ihn das jetzt noch interessieren würde. Er wusste doch längst Bescheid!

Ob sie den Mord an Holzgruber gefilmt hatte? Zutrauen würde er es ihr. Im Umgang mit ihm hatte sie sich als abgebrühte, hartherzige Person erwiesen. Unfähig zu lieben, unfähig, Unrecht einzusehen.

Und jetzt war sie also eingeknickt. Aber warum der plötzliche Wandel? Und warum deponierte sie ihre Bekenntnisse nicht bei Wurz?

Die runde Scheibe begann, in seiner Hand zu brennen. Er steckte sie in die Hülle zurück und legte sie auf das Schuhregal. Wankte wieder ins Wohnzimmer und schaute den »Tatort« zu Ende, den er vor längerer Zeit aufgezeichnet hatte. Deutsche Kriminserien interessierten ihn zwar nicht die Bohne, aber im Vergleich zu den amerikanischen Seifenopern, die das vormittägliche Fernsehprogramm dominierten, waren sie das kleinere Übel. Über die Kardinalfehler, die die »Tatort«-Kommissare laufend begingen, konnte er sich amüsieren oder den Kopf schütteln. Es war leichte Kost, Berieselung. Und Berieselung bedeutete, nicht nachdenken zu müssen. Es bedeutete, das Blut in seiner Pisse, die Grübelei über den Tod und über den qualvollen Verlauf, den die Krankheit nehmen würde, für Augenblicke wegschieben zu können.

Er versuchte, der schönen Kommissarin Lindholm zu folgen,

die nicht nur mit einem abgebrühten Täter zu kämpfen hatte, sondern auch mit unfallbedingten Kopfschmerzen und Amnesie. Das Konzentrieren fiel ihr schwer, und Heisenberg ging es ebenso. Immer wieder schweiften seine Gedanken ab. Valentinas Gesicht schob sich zwischen die Fernsehbilder. Ihr Geständnis lag zuoberst auf dem Schuhregal und brannte Löcher ins Holz.

Halbherzig sah er zu, wie die schöne Kommissarin einen Fauxpas nach dem anderen beging. Er blieb sitzen, obwohl ihn eine unbekannte Kraft in die Diele zerren wollte. Blieb sitzen und sah zu, wie der Kommissarin Kind entführt wurde, wie sie der Entführerin hinterherhechelte, wie sie sich die Waffe abnehmen, wie sie sich fast erschießen ließ. Und obwohl er sich innerlich wand, blieb er immer noch sitzen, als die schöne Kommissarin dem sicheren Tod entging. Im allerletzten Sekundenbruchteil entging sie ihm, indem ihr Retter sich wie ein *deus ex machina* aus dünner Luft materialisierte und der kaltblütigen Entführerin eine Kugel durch den Kopf jagte. Die Böse, eine korrupte Polizistin, war tot. Ein schwarzes Schaf, das seine gerechte Strafe erhalten hatte.

Und was wäre die gerechte Strafe für mich, den Exbullen, dem wegen ein paar überschüssiger Hormone das Berufsethos abhandengekommen ist?, überlegte er. Eine mehrjährige Gefängnisstrafe? Oder sollte er sich selbst …? Wie der Landeshauptmann?

Damit würde er zwei Fliegen mit einer Klappe erledigen. Sich aus der Verantwortung stehlen und zugleich dem abscheulichen Krebs ein Schnippchen schlagen. Es drängte ihn, Thea um ihre Meinung zu fragen. Aber Thea hatte aufgehört, mit ihm zu sprechen. Er konnte ihre Stimme nicht mehr hören, nicht einmal das war ihm geblieben.

Mühsam rappelte er sich vom Sofa hoch und begann, auf und ab zu wandern. Die Diele entlang, am Schuhregal vorbei und wieder zurück.

Bei der dritten Runde blieb er vor dem Schuhregal stehen und nahm die Kartonstecktasche in die Hand. Drehte sie unschlüssig.

Erst jetzt sah er, was auf der anderen Seite geschrieben stand: *Schatz, Holzgruber, Rauriser = Liebhaber von Nadine Lederer. Sebastian Lederer = Mörder???*

Er schluckte. Offensichtlich handelte es sich nicht um Valentinas Geständnis, sondern um einen wichtigen Hinweis. Er fuhr seinen Computer hoch – warum dauerte das nur so lang? –, steckte die DVD in den Schlitz und sah sich alles an, den ganzen widerlichen Film bis zum bitteren Ende.

Sebastian, der behinderte Sohn von Nadine, hatte Romed Schatz gehasst. Hatte er ihn bei nächster Gelegenheit ermordet? Zumindest Valentina schien das zu denken. Das bedeutete zwangsläufig, dass sie unschuldig war. Und dass er, Heisenberg, sie fälschlich verdächtigt hatte. Einen trügerischen Augenblick fühlte er Erleichterung gepaart mit Scham, dann schwappte Besorgnis über ihn hinweg.

Wie er Valentina kannte, würde sie der Sache nachgehen. Er überlegte nur ganz kurz, hatte schon zu viel Zeit vertrödelt. Konnte nicht nachprüfen, ob Nadine auch mit Holzgruber und Rauriser eine Affäre gehabt hatte. Oder welcher Art Sebastians Behinderung war und ob er es schaffen konnte, jemanden zu erschießen. Valentina war da draußen, und sie war in Gefahr, das spürte er. Mit zitternden Fingern fischte er sein Handy aus der Westentasche und wählte ihre Nummer. Es läutete ins Leere.

Wieso ging sie jetzt nicht dran? Jetzt, wo er ihr endlich den Gefallen tun würde, mit ihr zu reden.

Er wartete eine Minute, anderthalb Minuten und probierte es aufs Neue. Nun kam sofort die Mailbox-Ansage. Sie musste das Handy inzwischen ausgeschaltet haben. Sie oder jemand anderes …

Er suchte die Telefonnummer von Anna Schatz heraus. Vielleicht konnte sie ihm weiterhelfen, schließlich wohnte Valentina zurzeit bei ihr.

Die Witwe des Immobilienmoguls meldete sich nach dem ersten Klingeln, als hätte sie auf einen Anruf gewartet. Kaum hatte er ihr erklärt, wer er war, und nach Valentina gefragt, heulte sie los. Sie mache sich große Sorgen, weil Valentina sich nicht meldete. Mit Mühe gelang es ihm, die hysterische Frau so weit zu beruhigen, dass sie ihm von Valentinas Plan erzählen konnte.

»Ich habe Nadine angerufen, wie vereinbart. Aber schon nach fünf Minuten hat sie gesagt, sie müsse sich um eine Kundin kümmern. Seither habe ich nichts mehr von Walli gehört. Ich kann weder sie erreichen noch Marion, die sich auf den Weg gemacht hat, um Walli zu helfen.«

Heisenberg beendete das Gespräch. Seine Müdigkeit war wie weggewischt. Er schlüpfte in seine Schuhe, schnappte sich den Autoschlüssel und stürmte die Treppe hinunter. Auf kürzestem Weg fuhr er Richtung Altstadt. Er steuerte einhändig, mit der anderen Hand presste er das Handy an sein Ohr und versuchte, Wurz anzurufen. Aber er erreichte nur Linda, die beteuerte, dass die gesamte Abteilung in Sachen Rauriser unterwegs sei. Sie versprach, Wurz so bald wie möglich zu informieren und eine Polizeistreife zur Trachtenboutique zu senden.

In einem riskanten Manöver überholte Heisenberg einen Fiakerfahrer, bog schließlich dem Fahrverbot zum Trotz in die Herzog-Friedrich-Straße ein und hupte, dass eine Busladung italienischer Touristen wie eine Schar schnatternder Gänse auseinanderstob. Er fuhr durch die Pfarrgasse zum Domplatz und hielt direkt vor Nadine Lederers Geschäft.

Als er die Ladentür öffnete und das Bimmeln der Türglocke vernahm, fiel ihm ein, dass er keine Waffe dabeihatte. Ein Nachteil, wenn man allein war und nicht auf die Polizeistreife warten wollte. Aber er durfte nicht noch mehr Zeit verlieren.

»Hallo? Ist jemand hier?«

Kurz darauf hörte er eilige Schritte. Die Lederer erschien auf der Bildfläche. Ihr blondes Haar, das sie zu einem Pferdeschwanz zusammengebunden hatte, sah zottlig aus, ein paar Strähnen hingen ihr ins verschwitzte Gesicht, die sie sich mit fahrigen Bewegungen hinters Ohr strich.

»Grüß Gott! Wie kann ich Ihnen helfen?« Das Lächeln wirkte aufgesetzt und reichte nur bis zu den Mundwinkeln. Sie musterte ihn lauernd.

»Ich bin eigentlich mit einer Freundin hier verabredet. Valentina Gasser. Ist sie hier?«

»Ich kenne keine Frau Gasser.«

»Eine Dame um die sechzig mit wallenden kupferroten Locken«, er deutete die Haarlänge an, »und einer sehr weiblichen Figur.«

»Tut mir leid, eine solche Dame wäre mir bestimmt aufgefallen. Sie war nicht hier. Vielleicht kommt sie ja noch? Möchten Sie einstweilen Kaffee?«

Sie log überzeugend. Wenn er es nicht besser wüsste, hätte er ihr geglaubt. Jetzt hieß es, aufs Ganze zu gehen.

»Frau Lederer, ich weiß, dass Frau Gasser vor Kurzem in Ihrer Boutique war. Entweder Sie sagen mir …«

Sie zog sich hinter die Ladentheke zurück. »Aber ich bitte Sie! Warum sollte ich Sie denn belügen? Bisher waren erst zwei Kundinnen in meinem Laden. Eine junge Frau mit kurzen Haaren und eine Mittvierzigerin mit einem haselnussbraunen Zopf.« Wieder das falsche Lächeln.

»Dann würde ich gern mit Ihrem Sohn sprechen. Sebastian.«

»Wer sind Sie, dass Sie …«

»Oberst Wilfried Heisenberg, Kripo Tirol«, sagte er der Einfachheit halber. Pensioniert oder nicht, sein Name machte noch immer Eindruck. Besonders bei Menschen, die etwas zu verbergen hatten.

Der Lederer war das Lächeln vergangen. Sie presste die Lippen zusammen und zog hektisch eine Schublade auf.

Bevor er reagieren konnte, hatte sie die Rechte hochgerissen und zielte mit einer Pistole auf ihn.

Kruzifixsakrament!

Mit einem Sprung rettete er sich hinter den nächsten Kleiderständer. Schon krachte ein Schuss, traf aber auf etwas Metallisches und prallte ab. Die Lederer kam auf ihn zu. Bevor er die Eingangstür erreichen könnte, würde sie ihm in den Rücken schießen. Er duckte sich hinter den rollbaren Kleiderständer und stieß ihn schließlich mit Schwung gegen ihre Beine. Ein zweiter Schuss löste sich. Klirrend zerbarst die Deckenlampe. Die Lederer verlor das Gleichgewicht und fiel um. Heisenberg stürzte sich auf sie, um ihr die Waffe zu entwinden.

Da legten sich zwei kräftige Arme von hinten um seinen Hals und würgten ihn. Er keuchte, wollte die Arme abschütteln, doch sie schienen aus Eisen zu sein. Ein hoher Ton, der ein bisschen wie Indianergeheul klang, drang an sein Ohr. Oder brachte der Sauerstoffmangel sein Trommelfell zum Rauschen?

Es knallte zum dritten Mal.

Der Druck um seinen Hals ließ nach. Mit einem Ruck konnte Heisenberg sich befreien.

Er erwartete den vierten Schuss, der ihn zweifellos erledigen würde.

Stattdessen hörte er einen Schrei. »Neiiiiin!« Die Lederer ließ die Waffe fallen. »Basti!«

Jetzt erst sah Heisenberg, dass der Junge, der ihn gewürgt hatte, zusammengebrochen war. Er kniete am Boden, fasste sich an den Bauch und betrachtete ratlos das Blut an seiner Handfläche.

Heisenberg reagierte schnell. Zuerst nahm er die Waffe an sich. Er sicherte sie und steckte sie ein. Um ihre Besitzerin musste er sich nicht kümmern, sie würde keinen Widerstand mehr leisten. Schluchzend beugte sie sich über Sebastian und wiegte seinen Oberkörper in ihren Armen.

Da die von Linda versprochene Streife ausblieb, setzte Heisenberg einen Notruf ab. Rettung und Polizei würden bald hier sein. Dann durchforstete er die hinteren Räumlichkeiten. Er musste Valentina finden. Vielleicht war es noch nicht zu spät.

An der Kante des Türrahmens zur Toilette fand er frisches Blut. Und als er die Brille aufsetzte und niederkniete, entdeckte er eine feine Blutspur, die zum Lagerraum führte. Mit klopfendem Herzen schaute er sich um. Überall standen Schachteln herum, alle waren leer. Als sein Blick auf einen zusammengerollten Teppich fiel, wurde ihm schwummrig. Hastig rollte er ihn auseinander.

Er hätte schreien mögen, als Valentina zum Vorschein kam, zu einem Paket verschnürt, aber lebend.

In einem Regal entdeckte er ein Teppichmesser. Damit schnitt er die Nylonschnur durch, mit der ihre Handgelenke am Rücken zusammengebunden waren. Dann löste er mit einem Ruck den Klebestreifen von ihrem Mund.

»Au!« Die Haut an ihrer Oberlippe war aufgerissen und blutete. »Wäre das auch sanfter gegangen?«

»Freut mich ebenfalls, dich zu sehen«, knurrte er. Er hätte sie ohrfeigen mögen. Für ihre Sturheit, ihren Alleingang, die Platzwunde an ihrem Kopf, den Betrug. In erster Linie für den Betrug an ihm und seinen Gefühlen. Aber er war so verdammt froh, dass sie noch lebte! Sie versuchte aufzustehen, war aber zu wacklig auf den Beinen.

»Lass das!«, herrschte er sie an. »Bleib liegen, bis die Sanitäter da sind. Du bist verletzt.« Die Kopfwunde blutete noch immer. Er fand ein sauberes Taschentuch in seiner Hosentasche und befahl ihr, mit der Hand dagegen zu drücken.

Sie gehorchte. Sah ihn dankbar an. Schuldbewusst. Pah. Sollte sie sich ihre Schuldgefühle doch an ihre roten Locken stecken! »Ist sonst alles in Ordnung? Hast du Schmerzen?«

»Nicht schlimm, nur ein paar Prellungen«, sagte sie mit fester Stimme. Aber ihre Hände zitterten wie Espenlaub.

»Dann kümmere ich mich um den Jungen. Den hat es schwer erwischt.« Er wandte sich zum Gehen.

»Danke«, rief sie ihm hinterher. Jetzt klang ihre Stimme weinerlich.

»Keine Ursache.« Bloß keine sentimentalen Anwandlungen, bloß keine Gefühlsduseleien mehr. Davon war er ein für alle Mal geheilt.

Er eilte in den Verkaufsraum. Sebastian hatte das Bewusstsein verloren. Heisenberg musste versuchen, ihn am Leben zu halten. Der Junge atmete noch, aber sein Puls war schwach.

»Nehmen Sie seine Hand und sprechen Sie mit ihm!«, fuhr er die hysterisch schluchzende Nadine an und lagerte Sebastians Beine hoch.

Zum Glück war das Notarztteam rasch zur Stelle. Es gelang ihnen, Sebastians Kreislauf zu stabilisieren. Dann packten sie ihn auf eine Trage, luden ihn in den Rettungswagen und rauschten mit Blaulicht davon.

Auch Valentinas Platzwunde wurde erstversorgt. Ein zweiter Rettungswagen brachte sie in die Klinik, wo die Wunde genäht werden und Valentina – wegen Verdacht auf Gehirnerschütterung – über Nacht bleiben sollte.

Die Polizeistreife kam sogar in doppelter Ausführung. Einmal die Männer, die Heisenberg angefordert hatte. Dann die, die von Linda zunächst zur falschen Trachtenboutique geschickt worden waren, beinahe ans andere Ende der Stadt. Zuletzt kreuzte Wurz auf. Wortlos ging er auf Heisenberg zu, umarmte ihn und schlug ihm anerkennend auf die Schulter.

Junge, Junge. Wenn du wüsstest, dachte Heisenberg.

Nadine wurde festgenommen. Seit die Sanitäter ihren Sohn in den Rettungswagen geladen hatten, war sie verstummt, ihre Tränen waren versiegt, ihre Miene versteinert. Sie leistete keinerlei Widerstand, als zwei Streifenbeamte sie abführten und ihr beim Einsteigen in den Einsatzwagen behilflich waren.

Wurz kaute auf seiner Unterlippe herum. »Wilfried, es … ähm … es wäre mir eine Ehre, wenn du bei der Befragung der Lederer dabei sein würdest.«

Heisenberg musterte seinen Nachfolger lange und konnte sich ein spöttisches Grinsen nicht verkneifen. »Ach, weißt du, Toni, da weiß ich mir was Schöneres als so eine Befragung«, sagte er und ließ sich jedes einzelne Wort auf der Zunge zergehen wie die süße Topfenfülle einer Golatsche. Damals, als er noch einen Magen gehabt und Topfengolatschen genossen hatte.

26

Sie wollte keinen Anwalt, und sie wollte niemanden anrufen. Aber sie bat darum, ihren Mann über Bastis Einlieferung in die Klinik zu informieren. »Damit ein vertrautes Gesicht da ist, wenn der Junge aus der Narkose aufwacht.«

Aus ihrer verhärteten Kinnpartie schloss Wurz, dass sie den Gedanken, Sebastian würde womöglich nie mehr aufwachen, mit aller Kraft unterdrückte.

»Frau Lederer, geben Sie zu, dass Sie auf Oberst Heisenberg geschossen haben?« Mit einer Beretta, wie Lois Holzgruber eine gehabt hatte.

Nadine schwieg.

»Und geben Sie zu, dass Sie Valentina Gasser niedergeschlagen, gefesselt und geknebelt haben, um sie zu einem späteren Zeitpunkt zu töten?« Vermutlich irgendwo im Wald, damit das Blut nicht den alten Riemenboden der Trachtenboutique versauen würde.

Keine Reaktion seitens der Beschuldigten.

»Und geben Sie zu, dass Sie damit Ihren Sohn Sebastian schützen wollten?«

Kerzengerade saß Nadine auf ihrem Stuhl, immer noch eine eindrucksvolle Erscheinung, immer noch eine schöne Frau, wenn auch totenbleich im Gesicht, mit derangierter Frisur und einem blutdurchtränkten Kleid. »Die rothaarige Schnepfe hat mir keine Wahl gelassen. Was musste sie auch herumschnüffeln und meinen Jungen ausfragen? Er ist unschuldig. Ich lasse nicht zu, dass Basti in diese Geschichte hineingezogen wird. Niemals werde ich das zulassen!« Sie schrie das »Niemals« hinaus, schleuderte es Wurz entgegen wie einen Speer.

Er unterdrückte ein Seufzen. Sie waren so nah dran. Hoffentlich würde die Lederer kooperieren. Hoffentlich versuchte sie nicht, die Übermutter zu spielen und die Taten selbst zu gestehen, nur um ihren Sohn zu schützen. Dabei deutete alles darauf hin, dass er die Morde begangen hatte.

Selma rückte ihre Brille zurecht und sah Wurz fragend an.

Er nickte ihr zu. Sollte sie ihr Glück versuchen. Bei Frauen hatte sie manchmal ein besseres Gespür als er.

»Warum wollten Sie Valentina Gasser töten, wenn Basti unschuldig ist?«, fragte Selma in diesem lockeren Tonfall, als säße sie mit Nadine im Kaffeehaus und tauschte sich mit ihr über die Schwächen ihrer Liebhaber aus.

Wurz beobachtete die Lederer aus dem Augenwinkel. Er sah, dass sie zu zittern begann. Dann vernahm er ein Geräusch. Es begann als feines Sirren wie von einer einzelnen Mücke, schwoll zu einem Mückengeschwader an, schließlich zu einem keuchenden Lachen.

Nadine lachte. Lachte, als hätte sie den Verstand verloren. »Warum? Ja, warum nur?«, kreischte sie zwischen zwei Lachattacken. »Warum mussten drei Menschen sterben?«

Wurz überlegte, ob er einen Arzt rufen sollte. Zum Schluss kollabiert sie uns noch, dachte er.

Im nächsten Augenblick stoppte der hysterische Ausbruch, als hätte jemand einen Stecker gezogen. Ihre Augen verwandelten sich in tote Steine.

»Das fragen wir uns natürlich auch«, sagte Selma so ruhig, als wäre nichts gewesen. »Ich tippe auf Eifersucht. Mussten diese drei Männer – Ihre Liebhaber – sterben, weil Ihr Sohn eifersüchtig war?«

»Basti kennt keine Eifersucht.« Nadine senkte ihre Stimme zu einem beinahe unverständlichen Raunen. »Sie mussten sterben, weil ich meinen Sohn falsch eingeschätzt habe.«

»Was meinen Sie damit?«, fragte Wurz.

Sekundenlang reagierte die Lederer nicht, eine gefühlte Ewigkeit. Schwarze Ringe ließen die steinernen Augen unnatürlich groß wirken. Instinktiv spürte er, dass er jetzt keinesfalls ungeduldig werden durfte. Er verschränkte seine Arme und lehnte sich zurück, während er Selma mit den Augen ein Zeichen gab.

»Helfen Sie uns, Nadine«, sagte sie. »Wir möchten nur zu gern an Sebastians Unschuld glauben. Erzählen Sie uns, was am Tag von Romed Schatz' Ermordung wirklich passiert ist. Erinnern Sie sich an diesen Tag?«

Nadine nickte wie in Zeitlupe. »Das war der 24. September, ein Montag. An diesem Tag ging einfach alles schief.« Sie sah aus dem Fenster, als wäre es eine Kinoleinwand und die Ereignisse des unheilvollen Tages zögen als Film vorüber. »Der Kaffee war alle, ich hatte Streit mit Berti, ein Lieferant hat mir die falsche Ware geliefert, eine unzufriedene Kundin hat mich genervt. Gegen fünf Uhr ist Romed gekommen, wie jeden Montag. Er hat seine perfiden Spielchen mit mir gespielt, wie jeden Montag. Danach ist er eingeschlafen, ich bin ins Bad gegangen und habe ausgiebig geduscht, auch das wie jeden Montag. Als ich zwanzig Minuten später das Schlafzimmer betrat, lag Romed noch genau so da wie zuvor. Aber sein Kopf war eingeschlagen. Und neben dem Bett saß Basti, blutverschmiert. Im Arm hielt er eine Keramikschale und wiegte sie wie ein Baby. Es war eine hellblau lackierte Vogeltränke, deren Rand eine Nixe zierte, eines seiner schönsten Stücke. Blut und Haare von Romed klebten daran. Ich war geschockt.« Nadine löste ihren Blick vom Fenster und sah Wurz in die Augen. »In meinem Kopf kreiste nur ein einziger Gedanke: Mein Sohn hat einen Menschen umgebracht, er hat getötet. Und jetzt, jetzt nehmen sie ihn mir weg. Ich war vollkommen fertig.«

Na bitte, es ging ja. Wie Perlen rollten die Worte aus ihrem Mund. Geständnisperlen. Wurz atmete auf und musste sich zusammennehmen, um sich die Erleichterung nicht anmerken zu lassen. »Wie war Sebastians Verhältnis zu Romed Schatz?«

»Romed hat meinen Sohn bei jeder Gelegenheit verspottet, er hat ihn Spasti genannt. Und mein Junge mag geistig behindert sein, Romeds Verachtung hat er gespürt. Er hat ihn gehasst.« Nadine erzählte von einem Zwischenfall, der sich vor knapp einem Jahr zugetragen hatte. Basti sei versehentlich ins Schlafzimmer geplatzt, mitten im Sex. Er habe wohl nicht verstanden, was da genau passierte, habe vermutlich Angst um das Leben seiner Mutter gehabt. Jedenfalls sei er auf Romed losgegangen, habe auf ihn eingedroschen, sei kaum zu bändigen gewesen. »Seit damals habe ich darauf geachtet, dass die beiden einander nicht mehr begegneten. Und jeden Montag, bevor Romed aufgekreuzt ist, habe ich Basti in sein Zimmer gesperrt.«

»Und am 24. September nicht?«

»Ich glaubte, ich hätte den Schlüssel von Bastis Zimmertür umgedreht. Aber dann war ich mir nicht mehr sicher. Wie gesagt, ich war müde und zerstreut, genervt von den vielen Pannen dieses Tages. Als ich meinen Jungen neben dem Toten sitzen sah, mit der blutigen Schale im Arm, war mir klar, dass ich das Absperren vergessen haben musste.«

»Was haben Sie dann getan?«

»Meinen Mann angerufen. Er war im ›Paloma‹ und ist sofort gekommen. Wir waren uns einig, dass wir Basti schützen mussten. Die Vorstellung, dass man ihn in eine psychiatrische Klinik stecken würde, ertrugen wir beide nicht.« Sie vergrub ihr Gesicht in den Händen.

»Also haben Sie sich den Überfall ausgedacht«, sagte Wurz. Nadine nickte. »Berti hat die Wohnungstür manipuliert, um einen Einbruch vorzutäuschen. Dann hat er mich geschlagen, damit es authentischer wirkt.«

Wurz blickte auf. Er erinnerte sich an Nadines Verletzungen. »Da hat er aber hart zugeschlagen.«

»Wenn Sie glauben, dass es ihm leicht gefallen ist, täuschen Sie sich. Er musste mehrmals ansetzen, bis er einen festen Schlag hinbekommen hat. Dabei hat er geweint.«

»Den Rest der Geschichte kennen wir. Ihr Mann hat den Jungen ins Auto gepackt und ist nach Fulpmes gefahren, zu seinen Eltern. Diese wurden eingeweiht und haben ihm und Sebastian ein Alibi gegeben.«

Nadine nickte. »Meine Schwiegereltern lieben ihren Enkel über alles. Sie würden für ihn sterben, wenn es sein müsste.«

»Frau Lederer, kommen wir zum nächsten Opfer. Auch Lois Holzgruber war Ihr Geliebter. Wie war Sebastians Verhältnis zu ihm?«, fragte Wurz. Wenn es weiter so gut laufen würde, könnten sie die Mordfälle heute noch zum Abschluss bringen.

Nadine sprach leise, aber deutlich und so flüssig, als läse sie den Text von einem Blatt ab.

»Meistens habe ich Lois in seinem Haus am Lanser See besucht. Ab und zu ist er zu mir gekommen. Fast immer mittwochs, während Basti in der Behindertenwerkstätte war. Begegnet sind sich die beiden nur wenige Male. Lois hat Basti seine Abneigung zwar nicht gezeigt, aber mein Junge spürt so was trotzdem. Er mochte Lois nicht.«

»Ist es möglich, dass Sebastian allein nach Igls gefahren ist, um Lois Holzgruber zu besuchen? Ist Ihr Sohn dazu in der Lage?«

»Selbstverständlich kann er allein mit dem Bus fahren. Er hat einen guten Orientierungssinn. Aber wieso hätte er das tun sollen?«

»Um ihn zu töten wie Romed Schatz? Aus Eifersucht? Oder aus dem Bedürfnis heraus, Sie zu schützen?«

»Lois war ein wundervoller Liebhaber, nicht so ein perverses Schwein wie Romed.« Entweder hatte sie Wurz' Fragen überhört, oder sie ignorierte sie einfach. »Wenn ich mit ihm geschlafen habe, konnte ich mich fallen lassen und für einige Stunden alle Probleme dieser Welt vergessen. Ich konnte Berti und seine ständigen Ängste und Panikattacken hinter mir lassen, ich konnte den Widerling Romed ausblenden und die permanente Sorge um Bastis Zukunft. Deshalb habe ich Lois gebraucht. Und nach Romeds Ermordung, nach der Aufregung um Basti und der Befragung durch die Kripo habe ich ihn erst recht gebraucht.«

Hoffentlich kommt sie bald zum Punkt, dachte Wurz, und er beeilte sich zu nicken, als sie ihn ansah.

»Aber Lois hatte auch eine andere Seite. Er war ein rücksichtsloser Geschäftsmann. Schlau und verschlagen. Und er besaß eine verdammt gute Menschenkenntnis. Natürlich wusste er alles über meine langjährige Beziehung zu Romed, und aus der Zeitung kannte er die Umstände von Romeds Ermordung. Im Unterschied zu Ihnen hat er die Geschichte vom Eindringling, der den Immobilientycoon getötet und seine Geliebte bewusstlos geschlagen hat, nie geglaubt. Lois kannte mich gut. Seine Röntgenaugen haben entdeckt, dass ich Angst hatte und etwas vor ihm zu verbergen versuchte. Er kombinierte. Und dann hat er mir auf den Kopf zugesagt, dass mein Junge der Mörder sei und dass ich ihn decken würde.« Sie schluchzte auf. Zitterte. »Meine Verzweiflung war ihm egal. Er hat dreckig gegrinst und mir ein Geschäft vorgeschlagen.«

»Was wollte er von Ihnen?«

»Es ging um sein Projekt Windpark. Er wusste, dass Romed den Landeshauptmann erpresst haben musste.«

»Woher? Haben Sie es ihm erzählt?«

Sie schüttelte den Kopf. »Lois hat eine hohe Summe investiert – Geld aus seinem Privatvermögen –, um den Windpark und die damit verbundene Änderung des Naturschutzgesetzes durchzudrücken. Als der Landeshauptmann sich dann trotz des Schmiergelds für die Skiarena entschied, hat Lois eins und eins zusammengezählt und sich gedacht, dass jemand interveniert haben musste.«

»Holzgruber hat Ihnen gegenüber also zugegeben, dass er den Landehauptmann bestochen hat?«

Nadine nickte. »Das ist in der Politik nun mal so üblich«, sagte sie, als wunderte sie sich über Wurz' Einwand. »Und normalerweise hatte Pepi diesbezüglich seine Prinzipien: Wer gezahlt hat, dem wurde geholfen. Als er wortbrüchig wurde, hat Lois ihn kontaktiert. Er wollte die Summe erhöhen. Doch Pepi hat abgewunken und ihm sogar angeboten, das Geld zurückzuzahlen.«

Was für ein Ehrenmann, dachte Wurz erbost.

»Zu diesem Zeitpunkt war Lois klar, dass Pepi erpresst wurde, natürlich von einem Skiarena-Befürworter. Und welchem von diesen Schlappschwänzen konnte man so etwas schon zutrauen außer Romed?«

»Also gut. Holzgruber ist hinter Romed Schatz' Erpressungsgeschichte gekommen. Aber was hat er von Ihnen erwartet?«

»Er wollte wissen, womit Pepi Linder erpresst wurde. Er dachte wohl, dass ich als Romeds Geliebte auch seine Vertraute war.«

»Haben Sie ihm von der DVD erzählt?«

»Ich hätte ihm alles erzählt, um meinen Sohn zu schützen. Leider wusste ich nicht viel. Nur, dass es einen kompromittierenden Film über Pepi gab. Dass Romeds Deal mit Pepi geklappt hat und dass er noch eine Kopie des Films besaß.« Nadine strich sich eine Haarsträhne aus der Stirn.

»War Holzgruber mit dieser Information zufrieden?«

»Natürlich nicht. Er wollte unbedingt, dass ich ihm die DVD beschaffe, damit er Pepi Linder seinerseits damit erpressen und den Windpark wieder ins Rennen bringen konnte.«

»Inzwischen kennen wir alle diesen Film. Und ich frage mich, wie Holzgruber ihn gegen Linder eingesetzt hätte, ohne sich selbst zu belasten.«

»Lois wusste ja nicht, was auf dem Film zu sehen war, und ich wusste es auch nicht. Es hätte um ein anderes unsauberes Geschäft gehen können oder um irgendetwas Schmutziges aus Pepis Privatleben.«

Das war einleuchtend. Wurz rieb sich die Nase. »Kannten Sie das Versteck der DVD?«

»Eben nicht. Aber das hat Lois mir nicht geglaubt.« Sie nahm einen Schluck Wasser. »Ich habe mich nachts in Romeds Büro geschlichen, mit einem Zweitschlüssel, den er bei mir deponiert hatte. Alles habe ich durchsucht. Erfolglos. Keine DVD weit und breit. Ich habe Lois gesagt, dass Romed den Film vermutlich zu Hause aufbewahrt hat und er Anna Schatz danach fragen sollte. Ich habe ihn angefleht, Basti aus dem Spiel zu lassen.«

»Hat er sich darauf eingelassen?«

»Zunächst schon. Was hätte es ihm auch gebracht, Basti zu verpfeifen? Aber dann sind Sie bei ihm aufgekreuzt und sind ihm gehörig auf die Pelle gerückt. Sie haben ihn verdächtigt. Da hat er seine Meinung geändert. Er werde jetzt reden müssen, hat er zu mir gesagt. Ich solle nicht traurig sein, so ein Hascherl wie Basti komme eh nicht ins Gefängnis, sondern bloß in eine Anstalt.« Nadine biss sich auf die Lippe, dass sie zu bluten begann. »Ich war so unsagbar wütend, und ich hatte Angst. Ich bin sofort zu ihm gefahren.«

Wurz schwieg. Jetzt bloß nicht hinschauen, dachte er. Lass sie, sei geduldig, dann erzählt sie es dir von selbst.

»Ich wollte reden. Er wollte Sex. Natürlich habe ich mitgespielt. Ich wusste, dass er eine Pistole besaß, ein Familienerbstück. Er hat sie in derselben Schublade aufbewahrt wie seine Präservative. Ich habe sie genommen, ohne dass er es bemerkte. Er war schon zu erregt, um überhaupt irgendetwas zu bemerken.« Nadines Lippen verzogen sich zu einem Lächeln, das so schnell wieder verblasste, dass Wurz es für eine Sinnestäuschung hielt. »Er hat sich gar nicht erst ausgezogen. Hat nur den Hosenstall aufgeknöpft und sich in den Schaukelstuhl gesetzt mit seiner Riesenerektion.« Nadine griff zum Wasserglas und trank es auf einen Zug leer. »Ich habe mich auf ihn gesetzt. Mit jeder Schaukelbewegung des Stuhls hat er lauter gestöhnt. Hat nicht bemerkt, dass ich hinter seinem Rücken die Pistole entsichert habe. Erst als er das kalte Metall der Mündung auf seiner Brust spürte, hat er mich verwundert angeschaut.« Nadine starrte auf ein Brandloch im Parkettboden, das noch aus Heisenbergs Zeit stammte. »Das Abdrücken ging ganz leicht. Er war sofort tot.«

Wurz schluckte. Das war kein gefaktes Geständnis, um den geliebten Sohn zu schützen. Instinktiv spürte er, dass sie die Wahrheit sagte. »Anschließend haben Sie Holzgrubers Hosenstall geschlossen und die Wohnung sauber gemacht, damit wir keine Fingerabdrücke finden.«

Ihr Kopf ruckte nach oben. Sie sah ihn verwundert an. »Nein, das habe ich nicht. Als Lois mit glasigen Augen vor und zurück schaukelte, bekam ich Panik. Ich habe mich in rasender Geschwindigkeit angezogen, die Pistole eingesteckt und bin weggerannt.«

Wurz wechselte einen Blick mit Selma. Sie öffnete den Mund, aber er signalisierte ihr zu schweigen. Sicher, dass Nadine die Putzaktion bestritt, war verwunderlich, aber letztlich handelte es sich dabei nur um ein kleines Detail, das gern ungeklärt bleiben durfte, wenn dafür ein Schlussstrich unter die Mordfälle gezogen werden konnte.

Nadine ließ ihren Kopf auf die Tischplatte sinken. Sie sah müde aus, abgekämpft.

»Wollen Sie, dass wir Pause machen?«

»Ich möchte es gern hinter mich bringen. Könnte ich vielleicht einen Kaffee haben?«

Selma ging hinaus und kehrte kurz darauf mit einem Tablett zurück, auf dem drei dampfende Tassen aneinanderklirrten.

Nadine roch an ihrem Kaffee, schloss die Augen und atmete durch.

»Kommen wir zu Andreas Rauriser«, sagte Wurz. »War er auch ein Liebhaber von Ihnen?«

»Ja, das war er, aber das ist lange her. Durch ihn habe ich meinen Mann kennengelernt. Seither war er nur noch ein guter

Freund der Familie, vor allem von Berti. Und ein Mitstreiter im Skiarena-Projekt.«

»Wie stand Sebastian zu Rauriser?«

»Basti hat den Andreas geliebt. Nur bei seinem letzten Besuch …« Sie hielt inne, als hinge sie einem Gedanken nach.

»Was ist da passiert?«

»Das war letzte Woche, kurz nach dem großen Protest der Naturschützer, bei dem der Landeshauptmann seine Meinung zum zweiten Mal geändert und damit die Skiarena ins Off katapultiert hat. Andreas und Berti wollten besprechen, wie man das Projekt doch noch retten könnte. Während für Berti klar war, dass es keinen Weg mehr gab, wollte Andreas nicht aufgeben. Für ihn stand alles auf dem Spiel, denn die Ginzer Bergbahnen sind schon seit einigen Jahren marode. Die Skiarena war praktisch seine letzte Chance.«

»Lassen Sie mich raten: Bei der Besprechung ging es wieder um die ominöse DVD und die neuerliche Erpressung des Landeshauptmanns?«

Nadine nickte. »Andreas hat mich danach gefragt. Und dann ist etwas Merkwürdiges passiert. Basti ist ins Wohnzimmer gekommen. Als er Andreas sah, hat er ihn nicht mit großem Hallo begrüßt wie sonst immer, sondern er ist erstarrt. Kalkweiß war er im Gesicht, die Augen hat er aufgerissen. Und er hat in die Hose gemacht. Wir dachten zuerst, er bekommt einen epileptischen Anfall. Aber das war es nicht.«

»Hatte er Angst vor Andreas Rauriser?«, fragte Selma.

Nadine nickte. »Während Berti unseren Jungen ins Bett gebracht hat, ist mir immer klarer geworden, dass etwas nicht stimmte. Ganz und gar nicht stimmte. Als ich Andreas darauf ansprach, hat er getan, als wüsste er von nichts. Aber ich war hellhörig, und ich habe nachgedacht.« Nadine ergriff den Kaffeelöffel und klopfte damit auf den Schreibtisch. »Die ganze Nacht habe ich nachgedacht. Am nächsten Tag habe ich Andreas unter dem Vorwand besucht, ich hätte die DVD.«

»Aber statt des heiß begehrten Films hatten Sie die Pistole von Lois Holzgruber dabei.«

Nadine lachte kurz auf. »Ein wirksames Mittel, um die Wahrheit zu erfahren. Andreas hat es sofort zugegeben. Er hat alles zugegeben und mir ins Gesicht gelacht«, schrie sie. Dann ließ sie ihren Kopf auf die verschränkten Arme sinken und weinte in die Ärmel ihres Kleides.

Wurz gab Selma ein Zeichen.

»Was hat Andreas Rauriser zugegeben?«, säuselte sie.

»Dass er es war, der Romed umgebracht hat«, murmelte Nadine tonlos. »Andreas war's und hat es so gedreht, als wäre es Basti gewesen. Und ich … ich habe mich täuschen lassen. Ich habe kein Vertrauen zu meinem Sohn gehabt.«

Nadine war am Ende ihrer Kraft. Dennoch spulte sie die Worte herunter wie eine Maschine. Als Freund der Familie hatte Rauriser das Versteck für den Reserveschlüssel zur Wohnung der Lederers gekannt und auch von Romeds regelmäßigen Besuchen gewusst. Er drang in die Wohnung ein, wartete, bis Romed schlief und Nadine im Bad verschwand. Holte Sebastian aus seinem Zimmer und erschlug Romed vor seinen Augen mit einer von Sebastians Vogeltränken. Drückte dem Jungen, der vor Schreck wie gelähmt war, die Mordwaffe in die Hand und flüchtete.

Nadines Blick wanderte zu Selma. »Verstehen Sie? Andreas hat Basti für seine billige Rache missbraucht. Und er hat es geschafft, dass ich meinen eigenen Sohn für einen Mörder gehalten habe.«

Wurz nickte. »Eine Sache begreife ich nicht. Was für ein Motiv hatte Andreas Rauriser für den Mord an Schatz? Er stand doch auf derselben Seite.«

»Das hat er mir auch erzählt, bevor ich abgedrückt habe.« Sie lächelte. »Kurz vor Romeds Tod hatten die beiden einen Streit, anscheinend wegen einer Lappalie. Romed war betrunken und hat sich über Andreas und seinen Vater lustig gemacht. Der alte Rauriser, der als integrer Geschäftsmann und liebender Familienvater galt, hatte anscheinend eine Schwäche. Er vergnügte sich ab und zu im Büro mit einer Stricherin. Dabei muss es zu einem tragischen Unfall gekommen sein. Ein Sturz, die junge Frau fiel unglücklich und starb. Rauriser senior bekam es mit der Angst zu tun und bat seinen tüchtigen Kompagnon Romed Schatz um Hilfe. Und Romed half. Er entsorgte die Leiche, indem er sie bei Nacht und Nebel zu einer Baustelle brachte, wo sie am nächsten

Tag einbetoniert wurde. Danach hat er Rauriser erpresst, ihm die Firma zu überschreiben.«

Selma hieb mit der Faust auf den Tisch. »Was für ein kaltblütiges Schwein!«

»In den Medien hieß es, der alte Rauriser habe sich auf dubiose Geschäfte eingelassen und sein Nachfolger müsse nun den guten Ruf wiederherstellen. Romed stand da wie ein Held, der alte Rauriser erhängte sich.«

»Und das hat Schatz dem Rauriser-Sohn gegenüber zugegeben?«

»Im Suff und weil er es genossen hat, dass Andreas nichts dagegen tun konnte. Er hatte ihn ja in der Hand. Wie er immer alle in der Hand hatte.«

Selma schüttelte den Kopf. »Da hat er sich wohl verrechnet. Ein tödlicher Fehler.«

»Warum haben Sie Andreas Rauriser nicht angezeigt, statt ihn zu erschießen?«, fragte Wurz.

»Ohne Beweise? Ich hätte eingestehen müssen, dass ich gelogen habe. Und wer hätte mir dann noch geglaubt?« Nadine lehnte sich zurück und schloss die Augen.

Wurz fühlte sich selbst müde und ausgelaugt. Erschöpft wie nach einem Berglauf.

Als er die Lederer hinausbegleitete, kam Linda angerauscht. »Gerade hat die Klinik angerufen. Die OP war erfolgreich. Sebastian ist außer Lebensgefahr.«

Nadines Körper verlor an Spannung, als hätte jemand mit einem Ruck den Faden herausgezogen, der sie gerade noch zusammengehalten hatte. Ihre Knie knickten ein, sie schlug auf dem Boden auf, ehe Wurz sie auffangen konnte.

»Linda, schnell, ruf einen Arzt!«

Stunden später saß er vor versammelter Mannschaft im Besprechungsraum und bedankte sich bei jedem Einzelnen.

»Wer hätte das gedacht«, murmelte Mitterhofer. »So eine wunderschöne Frau, und dann begeht sie gleich zwei Morde.«

Wurz nickte. »Eine tragische Geschichte. Ein Doppelmord aus Mutterliebe.« Wie viel lieber hätte er den Landeshauptmann als

Mörder gesehen. Oder den Spanier, diesen Hund von Álvarez, der ihn hinterrücks niedergeschlagen hatte.

»Ja mei«, sagte Weinreich. »So isses, das Leben. Fall geklärt. Drei Mordopfer und ein Kollateralschaden.« Er klopfte eine Zigarette aus der Packung. »Und weit und breit keine Gewinner nicht.« Sprach's, steckte sich die Kippe zwischen die Lippen und verschwand nach draußen.

Stimmt nicht, dachte Wurz. Die Witwe von Schatz, die konnte man schon als Gewinnerin bezeichnen.

Als alle anderen gegangen waren, stand auch Selma auf und gähnte herzhaft. »Ich bin gespannt, ob Pedro Álvarez jetzt aus seinem Versteck auftaucht.«

Wurz verdrehte die Augen. »Der soll nur auftauchen, den schnapp ich mir. Was die Körperverletzung betrifft, hab ich noch ein Hühnchen mit ihm zu rupfen.«

Selma hob die Brauen, bis sie als perfekte Bögen ihre dunklen Augen überwölbten. »Dazu müsstest du ihm aber beweisen, dass er dich niedergeschlagen hat. Kannst du das? Hast du ihn überhaupt gesehen?«

»Wie denn? Hinten habe ich keine Augen. Aber wer soll es sonst gewesen sein? Du hast doch auch gesehen, dass er zur Baustelle gerannt ist.«

»Tut mir leid, Toni, ich habe gar nichts gesehen. Ich habe euch beide aus den Augen verloren.«

Wie sie ihn musterte mit schief gelegtem Kopf und diesem zweideutigen Lächeln, das man rätselhaft nennen konnte, Mona-Lisa-haft oder einfach unverschämt. Wegküssen hätte er es mögen.

Und dann wusste er selbst nicht, welcher Teufel ihn ritt. »Wie wär's mit einem Drink, Selma?«, hörte er sich plötzlich sagen. »Zur Feier des Tages und zum Abschluss des Falls!«

»Jetzt sind die anderen aber schon weg.«

Genau. Darauf hatte er ja gewartet. »Pech. Dann feiern halt nur wir zwei, und ich kann dir endlich einmal sagen, was mir schon lang auf der Zunge liegt.«

»Geht leider nicht. Ich bin schon verabredet.«

Irritiert hob er die Brauen. »Dein Freund?«

Sie lächelte. Ihr Kinngrübchen war hinreißend. »Ich habe keinen Freund.«

Das wäre also geklärt, dachte Wurz. Er hatte freie Bahn. Wenn nicht heute, dann morgen.

»Ich stehe nämlich mehr auf Frauen«, sagte sie und schlüpfte in ihre Lederjacke. »Was liegt dir denn auf der Zunge?«

Er musste sich verhört haben. Unwillkürlich fasste er an sein Ohrläppchen. »Was?«

»Was du mir sagen wolltest, will ich wissen.«

»Ach so, das ... ja, also das ist ... ähm ... nicht so wichtig. Nur ganz allgemein, wegen unserer Zusammenarbeit. Und so.«

»Na dann, auf ein anderes Mal. Tschüss, Toni!«

»Ja ... ähm ... Ciao.« Er fühlte sich wie damals, als Álvarez ihm das Brett auf den Kopf geknallt hatte. Nur dass ihn diesmal keine Bewusstlosigkeit von seiner Pein erlöste.

Revierinspektorin Selma Tappeiner war also eine Lesbe. Eine türkischstämmige Lesbe noch dazu. Und er, Oberleutnant Anton Wurz, interimistischer Chef des Tiroler Landeskriminalamts mit Hoffnung auf einen dauerhaften Leiterposten, er hatte sich sinnlos in sie verknallt. Hatte schlaflose Nächte verbracht, hatte sich wochenlang gequält, hatte tagelang in seinem Kopf die Worte formuliert und immer wieder neu formuliert, die er ihr heute Abend hatte sagen wollen. Wenigstens diese Blamage war ihm erspart geblieben.

Er schüttelte sich. Hätte sich gern hinter einer Sonnenbrille versteckt wie Lieutenant Horatio Caine, aber er hatte keine dabei. Wozu auch? Endlich war der Föhn zusammengebrochen, und es regnete in dicken Schnüren, als ob es nie wieder aufhören wollte.

27

Kaum hatte der Oberarzt mit seinem Geschwader schwirrender Praktikantinnen und Jungärztinnen das Zimmer verlassen, sank Heisenberg auf sein Kissen zurück und atmete ein paarmal tief durch, als hätte er während der Visite die Luft angehalten.

Gutartig.

Er schämte sich.

Zwei Wochen lang hatte er Trübsal geblasen und sich selbst bemitleidet. Wie ein sterbender Wal war er abgetaucht und hatte sich treiben lassen.

Wenn Wurz nicht auf ihn eingeredet hätte wie auf ein krankes Ross, er, Heisenberg, läge jetzt nicht hier. Er würde sich noch immer in seinen Ängsten suhlen, würde jeden Tag an das Gewächs in seiner Blase denken, das er sich wie eine Ansammlung karfiolartiger Wucherungen vorgestellt hatte, würde sich ausmalen, wie es die polypenartigen Tentakel ausbreitete, andere Organe eroberte, seinen ganzen Körper durchwucherte, bis in die winzigsten Kapillargefäße hinein.

Jetzt war er – nach einem vollkommen harmlosen Eingriff – tumor- und beschwerdefrei. Nur beim Pinkeln brannte es noch ein bisschen.

Es klopfte. Er seufzte. Wenn die Schwestern nicht ständig hereinplatzen und Unruhe verbreiten würden, ließe es sich hier eigentlich aushalten. »Ja!«

Die Tür öffnete sich, und ein warmes Rot flutete in den kalkweißen Raum.

»Du?« Er setzte sich auf.

»Wie geht es dir?« Sie näherte sich zögernd, hielt etwas hinter ihrem Rücken versteckt.

»Gut«, sagte er knapp.

Das war – neben dem permanenten Gewusel des Pflegepersonals – der zweite Nachteil, den ein Krankenhausaufenthalt so mit sich brachte: Man war seinen Besuchern ausgeliefert. Während man sich zu Hause überlegen konnte, ob man die Tür öffnen wollte oder nicht.

»Woher weißt du, dass ich hier bin?«

»Von deinem Nachfolger. Und weil ich ohnehin meine Freundin Marion besuchen wollte, die mit einem Beinbruch in der Klinik liegt, habe ich mir gedacht … also, ich dachte, ich …«

Wie unsicher diese Ausgeburt an Selbstbewusstsein plötzlich wirkte! Er weidete sich an ihrer Verlegenheit und musterte das Pflaster auf ihrem Kopf, das durch die rote Lockenpracht schimmerte, die an dieser Stelle ausgedünnt worden war.

»Wurz hat gesagt, dass du … dass es vielleicht …« Ihre Wangen färbten sich purpurn, die Farbe biss sich mit dem Kupferton des Haars. »Ist es Krebs?«, platzte sie schließlich heraus.

»Kruzifixsakrament.« Er legte eine kleine Pause ein. Als er bemerkte, dass sie innerlich fast platzte, sagte er endlich: »Nein.«

Er sah sie aufatmen, sah sie strahlend lächeln, sah sie näher kommen. Gefährlich nahe. Er erkannte jede einzelne Pore ihrer Nase, sah die Feuchtigkeit in ihren Augen, roch den Valentina-Duft, das Zimtige, das Vanillige, das Gewürz, das er nicht kannte.

Dann war sie zu nahe. Drückte ihm einen Kuss auf die linke Wange, einen auf die rechte.

Sein Gesicht wurde heiß. Ehe er etwas tun oder sagen konnte, ging sie wieder auf Abstand.

»Ich freue mich so, Willi. Was für phantastische Nachrichten!« Die Arme, die sie die ganze Zeit hinter ihrem Rücken verborgen hatte, krochen vor und ließen ein Päckchen auf die Bettdecke fallen.

»Geburtstag habe ich aber nicht, soviel ich weiß.«

»Du hast mir das Leben gerettet.« Sie trat von einem Fuß auf den anderen. »Und ich hänge sehr an meinem Leben. Ich habe lange überlegt, was ich dir schenken soll. Was Großes kann ich mir leider nicht leisten. Aber ich hoffe, du magst es.«

Da sie keine Anstalten machte zu gehen, riss er das Geschenkpapier auseinander.

Eine kleine Holzkiste kam zum Vorschein. Tiroler Edelschokolade mit Whiskyfüllung. »Sehr nett, ich danke dir.« Da ihm Schokolade nicht bekam, würde er sie Wurz schenken. Oder noch besser der segensreichen Frau Önder, die seinen Haushalt so gut in Schuss hielt.

»Das ist nur die Verpackung. Das eigentliche Geschenk ist in dem Kuvert.«

Das Kuvert war smaragdgrün, und er öffnete es mit zittrigen Fingern, die an den Kuppen zu schwitzen begannen; ärgerte sich gleichzeitig über diese pubertären Erscheinungen und darüber, dass Valentina ihm offensichtlich immer noch nicht gleichgültig war.

Mangels Lesebrille hielt er das Kärtchen auf Armlänge von sich weg. »Ein Gutschein.« Er las mit wachsendem Staunen.

»Was?« Er runzelte die Stirn. Las noch einmal. »Tangokurs für zwei Personen?«

»Du hast mir einmal erzählt, du seist in deiner Jugend ein passabler Tänzer gewesen. Und später hätte dir dein Beruf leider keine Zeit dafür gelassen. Also hab ich mir gedacht, du würdest vielleicht gern …«

»Das ist ja nett gemeint, wirklich. Aber ich wüsste gar nicht, mit wem ich diesen Kurs besuchen sollte. Wer will schon mit einem alten Knacker wie mir Tango tanzen!«

»Ich wüsste schon jemanden.« Valentinas Blick schwenkte zum Fenster und verlor sich in der Ferne.

»Du?« Er starrte sie entgeistert an.

»Ich bin eine leidenschaftliche Tänzerin!« Als er nicht reagierte – die Überraschung hatte seinen ganzen Körper gelähmt –, lächelte sie ein feines Lächeln, das traurig aussah. Aber vielleicht interpretierte er schon wieder zu viel hinein.

»Keine Angst. Mir ist schon klar, dass du nicht mit mir tanzen möchtest. Ich habe dich zu sehr enttäuscht. Aber wenn es sonst niemanden gibt, der in Frage kommt, könntest du mit einer meiner Freundinnen tanzen. Mit Anna, die sehr sanft und mütterlich ist, gut backen und zuhören kann. Oder mit Marion. Sie wirkt zuerst ein wenig trocken und spröde, ist aber eine interessante Gesprächspartnerin, sehr intelligent und sportlich. Allerdings wird es bei Marion noch dauern, bis sie wieder gut genug auf den Beinen ist.«

Endlich hatte er sich von seinem ersten Schreck erholt. Er setzte sich auf und zwang sie, ihn anzusehen. »Du? Du würdest mit mir Tango tanzen?« Was sie über ihre Freundinnen erzählt hatte, ignorierte er. »Das verstehe ich nicht. Ich dachte, du kannst mich nicht leiden.«

»Willi, ich bitte dich. Wie kommst du denn darauf? Natürlich mag ich dich. Sehr sogar. Sofern du mich nicht mit einem überstürzten Heiratsantrag erschreckst. Und mit einem Brillantring, den die Schwiegertochter der Queen tragen könnte.« Sie schüttelte den Kopf. »Ich bin ein altes Hippiemädel, ich wollte nie heiraten, und ich fürchte, das wird sich auch in Zukunft nicht ändern.«

»Aber hast du nicht gesagt, du stehst nur auf jüngere Männer? Auf potente Bergsteiger wie den Holzgruber?«

»Du wusstest von Lois?« Ihre grünbraunen Augen wurden groß und rund wie Murmeln.

Er nickte. Lächelte müde. »Ich Idiot habe dich für seine Mörderin gehalten, weil ich deinen Halsschmuck in seinem Blut gefunden habe. Dieses Filzding …«

Sie schlug sich die Hand vor den Mund. »Als ich Lois gefunden habe, war er schon tot. Ich bin ohnmächtig geworden. Und dann bin ich weggerannt.«

Über seine Putz- und seine Verbrennungsaktion schwieg er lieber. »Und wie viele Holzgrubers gibt es noch in deinem Leben?«

Sie trat einen Schritt zurück, warf den Kopf in den Nacken. »Einige. Ich war nie ein Kind von Traurigkeit. Ist das ein Problem für dich?«

Ja, dachte er. Das war es. Er mochte altmodisch sein, ein Spießer. Aber er hatte nun mal keine Lust, seine Herzensdame zu teilen. Musste er seine Ansichten überdenken? Wollte er in seinem Alter überhaupt noch über seinen Schatten springen?

»Aktuell gibt es niemanden«, murmelte sie. »Vielleicht habe ich begriffen, dass mich junge Liebhaber nicht vor dem Älterwerden bewahren? Vielleicht sehne ich mich auch einfach nach einem verlässlichen Freund, mit dem man stundenlang plaudern kann, ohne dass einem der Gesprächsstoff ausgeht.«

»Du würdest also gern mit mir Tango tanzen? Und ab und zu auch plaudern?«

»Zum Beispiel. Oder Ausflüge machen. Oder auch …«

»Vögeln?«, platzte er heraus.

»Ich muss schon bitten!« Schwester Adelheid, eine dürre Person, die unmöglich so alt sein konnte, wie sie aussah, besaß das Talent, sich vollkommen geräuschlos zu nähern. Auf ihren Filzpantoffeln glitt sie ans Bett und kontrollierte seine Temperatur. Dann zog sie die Bettdecke weg, hob sein Pyjamaoberteil an und rammte ihm die Anti-Thrombose-Spritze in die Bauchhaut, dass er beinahe aufgejault hätte. Sie musterte Valentina und ihn mit einem verächtlichen Blick, knurrte etwas Unverständliches und glitt wieder hinaus.

Kaum war die Tür hinter ihr ins Schloss gefallen, prusteten sie beide los. Heisenberg lachte laut und kehlig, bis seine Augen tränten, Valentina lachte herzhaft und glucksend.

Wie er das vermisst hatte!

»Heißt das also, wir machen den Tangokurs zusammen?«, fragte sie und wischte sich die Tränen von den Wangen.

Ja, schrie es in ihm! Ja, ja, ja! JAAA! Aber er schluckte den Schrei hinunter. »Gibst du mir ein bisschen Zeit?«, fragte er stattdessen. »Ich werde darüber nachdenken.« Warum sollte nicht auch ein Mann manchmal ein bisschen Diva sein?

»Einverstanden.«

Und dann unterhielten sie sich, als hätte es nie eine Auseinandersetzung gegeben, wie zwei alte Bekannte, fast wie ein altes Ehepaar. Ein warmes Gefühl zog in seinen Bauch ein und ließ sich nieder. Die Vorstellung vom alten Ehepaar korrigierte er allerdings sofort und strich sie aus seinen Gedanken. Er würde aufpassen müssen, dass er nicht in gewohnte Muster verfiel. Dass er nicht klammerte und nicht alles nach ihr ausrichtete, als wäre sie seine Mitte.

Als sie weg war, weinte er vor Erleichterung.

Ah, das Leben. Endlich hatte es ihn wieder.

OKTOBER

Nachspiel

»Wie geht es jetzt eigentlich mit deinen Krimiplänen weiter?«, fragte Marion, ohne ihr Stricktempo zu verlangsamen. Seit die Temperaturen so schlagartig gesunken waren, hatte sie es eilig, den Norwegerpullover fertig zu stricken, den sie Elias, ihrer neuen Eroberung, versprochen hatte. Und den würde der Gute auch bitter nötig haben, denn er engagierte sich für »Occupy Innsbruck« und campierte mit einigen Hartgesottenen im Freien.

Valentina, die sich von Marions Eifer hatte anstecken lassen, strickte an einem Weihnachtsgeschenk für Willi. Einem königsblauen Schal. Nichts als rechte Maschen, immer geradeaus. Dennoch eine Herausforderung, die sie an ihre Grenzen brachte, und ein steter Kampf mit schwitzigen Händen und knirschenden Nadeln.

Mit einem Seufzer legte sie das Strickzeug auf den Tisch. »Ach, weißt du, ich habe das Krimischreiben aufgegeben.« Sie ergriff ihr Glas und ließ sich Annas Pflaumenlikör auf der Zunge zergehen.

»Was? Das ist aber schade. Ich habe mir schon ausgemalt, wie ich in meinem Laden die Premierenlesung für dich organisiere. Krimi-Kistl präsentiert: Valentina Gasser, ›Tirolerbrut‹.«

»Nein, nein, ich lasse lieber die Finger davon. Da denkt man sich etwas völlig Abstruses aus, und kurz darauf holt einen die Realität ein.«

Marion streckte ihr eingegipstes Bein aus und wackelte mit den Zehen. »Ja, das war schon äußerst seltsam. Da haben wir gemeinsam an deinem Plot getüftelt, haben Romed am Papier über die Klinge springen lassen, und dann …« Sie stach die abgestrickte Nadel in die Luft. »Weißt du, dass ich am Anfang gedacht habe, du hättest …?« Sie zog die Stricknadel quer über ihren Hals.

Daher hatte Marion ihr also immer wieder diese merkwürdigen Blicke zugeworfen. Valentina wurde einiges klar. »Hast du deshalb keine Kommentare mehr zu meinem Text abgegeben? Auf das Kapitel, in dem Lois ermordet wurde, hast du nie reagiert.«

»Ich wollte dir schreiben, dass das dein bisher bestes Kapitel war. Aber dann habe ich von Holzgrubers Tod erfahren und war entsetzt. Musste den Schock erst verdauen.«

»Du hast mir einen Doppelmord zugetraut? Mir, deiner guten Freundin?« Valentina verdrehte in gespieltem Entsetzen die Augen. Was sie von Marion gedacht hatte, würde diese nie erfahren.

»Na ja, ich hätte nicht geglaubt, dass es solche Zufälle geben kann.«

»Es war ja auch kein Zufall.« Valentina senkte die Stimme. »Erinnerst du dich, dass ich mir den Plot notiert habe? Auf einem losen Blatt Papier?«

»Freilich. Wir saßen auf deinem Balkon und haben gestrickt.«

»Und dann seid ihr gegangen, und ich habe mich an meinen Laptop gesetzt, um zu schreiben, aber das Blatt Papier war weg. Verschwunden.«

»Verlegt wirst du es haben.«

»Das habe ich auch gedacht. Und vor zwei Wochen, als ich wieder mal in meiner Wohnung war, um die Blumen zu gießen, hat Vanessa geklingelt und mir das Blatt überreicht. Und einen weinroten BH, den ich seit Längerem vermisst habe.«

Marion hielt mit dem Stricken inne und schielte über ihren Brillenrand. »Vanessa?«

»Der Föhn hat die Sachen auf ihren Balkon geweht, sie wohnt ja direkt unter mir.«

»Ach so, du meinst die Edelnutte?«

»Tantra-Massagen sind ihr Spezialgebiet.« Valentina grinste. »Und jetzt rate mal, wer einer ihrer Stammkunden war?«

»Ich bitte dich! Woher soll ich denn das wissen?«

»Andreas Rauriser. Deshalb kam er mir auch so bekannt vor. Er ist mir ein- oder zweimal im Treppenhaus begegnet. Aber meinst du, das wäre mir eingefallen, als ich ihm in Romeds Arbeitszimmer gegenüberstand?«

»Ja, ja, das Alter. Und die Vergesslichkeit.« Marion schenkte Likör nach. »Dann hat Rauriser Romed Schatz also nach unserem gemeinsamen Krimiplot ins Jenseits befördert wie nach einem Libretto!«

»Furchtbar, nicht? Nur weil ich mich partout selbst verwirklichen wollte. Ich mache mir große Vorwürfe.«

»Aber Walli, das ist doch absurd! Rauriser hat Schatz so sehr gehasst, er hätte ihn auf alle Fälle umgebracht. Wenn ihm dein Zettel nicht in die Hände gefallen wäre, hätte er bestimmt einen anderen Weg gefunden.«

»Trotzdem. Mir reicht's. Ich schreibe keine Silbe mehr.«

Marion fuchtelte mit ihrem Zeigefinger vor Valentinas Nase herum. »Jetzt hab dich nicht so. Seien wir ehrlich! Ist es um eines der Mordopfer schade?« Sie erhob ihr Glas. »Trinken wir lieber. Auf Andreas Rauriser, ohne den Anna noch immer eine unterdrückte Ehefrau wäre. Nicht die großzügige Witwe, die die Welt bereist und ihre Freundinnen währenddessen in ihrer feudalen Villa wohnen lässt.«

Sie ließen die Gläser aneinanderklingen.

Der fruchtige Likör tat Valentinas Nerven gut. Eine Hälfte von ihr fand Marions Gedanken zwar schrecklich, die andere Hälfte stimmte ihr bereits freudig zu. »Den nächsten Schluck trinken wir auf dich, Marion, und deine vollständige Genesung. Dass du bald wieder lange Waldspaziergänge mit deinem Elias unternehmen kannst.«

»Nett von dir, Walli, aber ich trinke lieber auf deine Gesundheit. Schließlich wärst du fast gestorben, nur weil ich auf dem Weg zu Nadines Boutique einem Radfahrer in die Quere gekommen bin.« Sie klopfte auf ihren Gips.

Wieder prosteten sie einander zu. Der Pflaumenlikör schmeckte himmlisch.

»Zu guter Letzt müssen wir unbedingt auf Anna anstoßen, dieses Teufelsweib.«

Marion runzelte die Stirn. »Was heißt hier ›Teufelsweib‹? Anna ist ein Engel! Wusstest du, dass sie Nadine vor ihrer Abreise im Gefängnis besucht hat?«

»Und sie hat Sebastian zur Genesung einen Papagei geschenkt und seinem Vater das ›Paloma‹ verkauft. Für einen symbolischen Euro.« Anna war wirklich der großzügigste Mensch auf Erden.

»Trotzdem Teufelsweib.« Valentina grinste. »Ich habe gestern mit ihr geskypt. Pass auf!«

»Wie geht es ihr? Erzähl schon.«

»Sie hat es tatsächlich geschafft, eine Einladung zu einem Gala-Diner mit verschiedenen Hollywood-Stars zu ergattern. Johnny-Boy war auch dabei.« Valentina verdrehte die Augen. »Keine Ahnung, was sie dafür auf den Tisch legen musste, aber bestimmt ein kleineres Vermögen.«

»Anna hat mit Johnny Depp zu Abend gespeist? Das sagst du mir erst jetzt?« Marion zappelte wie ein Teenager. »Und wie war's?«

»Ein Desaster.« Valentina beugte sich verschwörerisch über ihr Likörglas. »Johnny soll in Wirklichkeit noch toller aussehen als Jack Sparrow und Willy Wonka zusammen, und er soll witzig und charmant sein.«

»Großartig. Wo bleibt das Desaster?«

»Unsere Anna, die seit Jahr und Tag von Johnny Depp geschwärmt hat, die eine halbe Stunde ohne Punkt und Komma Lobhudeleien über ihn vom Stapel lassen konnte, unsere Anna hat sich Knall auf Fall in einen anderen verguckt.«

»In einen anderen Schauspieler? Mensch, Walli, jetzt mach es doch nicht so spannend! Wer ist es? Sean Connery?«

Valentina schüttelte den Kopf. »Viel jünger.«

»Womöglich George Clooney?«

Sie leerte ihr Glas, schmatzte ein wenig und atmete tief durch. »Es ist Robert Pattinson.«

»Du meinst diesen Vampir-Darsteller? Der ist doch nicht einmal halb so alt wie sie.«

»Richtig. Und er steht keineswegs auf bleiche Anorektikerinnen, sondern auf reife Damen mit großer Oberweite.« Valentina trank den letzten Rest Likör. »Anna verbringt das Wochenende mit ihm in Malibu.«

»Das glaube ich nicht. Unsere hausbackene, schüchterne Anna?« Marion wollte nachschenken, aber die Flasche war leer.

»Ich sage ja, sie ist ein Teufelsweib. Und während du mit deinem Elias Schach spielst und ich mit Willi Tango für Senioren belege, lässt sie sich von diesem Beau das Surfen beibringen. Und vermutlich einiges andere mehr.« Valentina stand auf und holte eine neue Likörflasche. Es war die letzte. Hoffentlich kam Anna bald wieder nach Hause.

»Das ist Stoff für einen Roman!« Schwungvoll zog Marion den Korken heraus und schenkte die grünliche Flüssigkeit in die Gläser. Zitronenmelisseduft verbreitete sich im Raum.

Valentina hob die Brauen. »Ein Roman?« Sie rieb sich die Hände. »Wie wär's, wenn wir zwei den gemeinsam schreiben würden?«

»Keine schlechte Idee«, sagte Marion und nahm ihre Brille ab. »Die Protagonistinnen sind drei ältere Ladys, die jede Menge Spaß haben.«

»Und jede Menge Liebhaber.« Valentina kicherte. Sie fühlte sich ganz leicht beschwipst.

Marion leerte ihr Glas. Ihre schmalen Lippen, die vom Likör feucht glänzten, verzogen sich zu einem Lächeln, das ein bisschen sentimental und ziemlich hintergründig aussah. »Gut, Walli. Du bringst dein Kamasutra-Wissen ein und sorgst für die Liebesszenen. Anna soll die Likörrezepte im Anhang beisteuern. Und ich, ich sorge dafür, dass ein bisschen Blut fließt.« Sie lachte keckernd. »So ein, zwei gepflegte Morde, mehr nicht.«

Valentina seufzte, als sie das Wort »Morde« vernahm, und das Zimmer begann sich plötzlich linksherum zu drehen. Aber das konnte natürlich auch am Alkohol liegen.

Herzlichen Dank an …

- Dr. Pia Gigl für die Beratung in medizinischen Fragen. (Sollten sich trotzdem Fehler eingeschlichen haben, sind sie ausschließlich auf meinem Mist gewachsen.)
- meine treuen Testleserinnen Emma und Susanne.
- Stephie aus der Schreibwelt für die Anleitung zum richtigen Berlinern, wa?
- Antonia von den Wiener Strickistinnen für die Recherchehilfe in Sachen gestrickter Aktionismus.
- Rainer Wekwerth für ein erleuchtendes Telefonat.
- meine Agentin Beate Riess für ihre Professionalität, ihr Engagement und ihre wunderbare Ruhe.
- meinen Lektor Carlos Westerkamp, der mit Sorgfalt, Einfühlungsvermögen und Umsicht sehr zur Verbesserung des vorliegenden Textes beigetragen hat.
- das gesamte Team des Emons-Verlags für die tolle Zusammenarbeit.

LENA AVANZINI
Tod in Innsbruck
KRIMINALROMAN
emons: